SWORD ART ONLINE
카와하라 레키 | 지음
abec | 일러스트
김준 | 옮김
019
REKI KAWAHARA abec bee-pee
SWORD ART ONLINE
moon cradle

"서, 설마 그럴 리가……."
로니에 아라벨
§ 과거 키리토를 보좌했던 초등연사.
≪대전≫에서의 무훈으로,
현재는 센트럴 커시드럴에서
수습 정합기사를 맡고 있다.

"——이대로라면,
머지않아 다시 한 번 전쟁이 일어날 거야."
키리토 § 《언더월드》에 평온을 가져다준 소년.
현재는 중앙도시 센트리아에서 《인계통일
회의》의 《대표검사》를 맡고 있다.

"말도 안 돼……. ≪힘의 규약≫이 있는 한,
암흑계인은 인계인을 죽일 수 없어."
이스칸 § ≪대전≫ 때는 다크 테리토리군의 권투사 길드장으로서 싸웠다. 현재는 암흑계군 총사령부의 사령관으로서, 인계와 교류를 꾀하고 있다.
"범인이 인계인이라면,
그 녀석은 금기목록을 무시할 수 있다는 뜻이 돼."
셰이타 신서시스 트웰브 § ≪무음≫이라는 이명을 가진 정합기사. ≪대전≫ 후 함께 싸웠던 암흑계인 이스칸과 결혼하여, 현재는 옵시디아 성에 인계 측 전권대사로서 체류하고 있다.

"……센트리아에서 암흑계인에 의한
≪살인사건≫이 일어났어."

"이야아압!"

"어……,
엄청나군……!"
"이것이……,
키리토의 심의……."

≪언더월드≫ 전도

일러스트/쿠루스 타츠야

SWORD ART ONLINE

「이것은 게임이지만 놀이가 아니다.」

——「소드 아트 온라인」 프로그래머 카야바 아키히코

SWORD ART ONLINE
moon cradle

REKI KAWAHARA

ABEC

BEE-PEE

백악색 돌기둥이 늘어선 회랑에 두 개의 소리가 울리고 있었다.

앞에서 달리는 것은 회색 경장 갑옷에 가느다란 장검을 찬, 살짝 긴 짙은 갈색 머리카락을 휘날리는 소녀. 그 바로 뒤를 온몸에 연노랑빛 솜털이 가득 난 새끼용이 긴 꼬리를 흔들며 따라가고 있었다. 아직 뿔도 나지 않은 새끼용의 머리는 소녀보다 살짝 높은 위치에 있었다.

소녀의 이름은 로니에 아라벨. 새끼용의 이름은 츠키가케.

마치 동화에 나올 듯한 아름답고 흐뭇한 이 광경에서, 소녀와 새끼용이 몇 년 뒤에는 언더월드 최대급의 전투력을 가진 ≪정합기사≫로 성장하리라는 사실을 상상하는 것은 쉽지 않은 일이었다.

그러나 실제로 지금 시점에서도 검과 술식 실력에서 로니에를 능가하는 자는 전 세계에 백 명도 채 되지 않았다. 그 지독했던 ≪이계전쟁≫과 뒤이어 벌어진 ≪4제국 대란≫에서 소녀는 항상 최전선에서 싸웠고, 사상 최초로 실전에서의 무훈을 인정받아 수습 정합기사에 임명된 것이다.

하지만――.

앞으로 더욱 연마될 것이고 언젠가 꽃피우게 될 소녀의 검기가 전장에서 필요한 일은 아마 없으리라.

왜냐하면 언더월드는 300년에 걸친 전란 끝에 드디어 완전한 평화를 얻었기 때문이었다.

인계인, 암흑계인, 고블린, 오크, 오우거, 자이언트 등 여섯 종족은 항구적인 평화조약을 체결했다. 일반 백성을 학대했던 인계의 4황제 가문과 상급기사의 특권도 폐지되었다. 붕괴된 채 있던 동쪽 대문을 상인의 짐마차가 오갔으며, 중앙도시 센트리아에서는 암흑계에서 온 관광객을 어렵지 않게 볼 수 있었다. 과거 두 세계를 가로막았던 공포와 몰이해는 봄날의 눈처럼 흔적도 없이 녹고 있었다.

두 번 다시 적의 피를 마실 일이 없을 검을 허리에 찬 채, 기둥에 부딪혀 긴 그림자를 만들고 있는 밝은 태양빛 속을 소녀는 새끼용과 함께 나아가고 있었다.

탁탁탁탁, 파닥파닥 하는 두 개의 소리는 멀어지더니 이윽고 사라졌다.

어디선가 나타난 커다란 나비가, 다시 찾아온 정적을 즐기듯 회랑에서 팔랑거렸다.

1

"로니에~, 이쪽이쪽!"

목소리가 들린 방향으로 까치발을 들고 쳐다보니 인파 저쪽에서 타오르듯 새빨간 머리카락이 이리저리 흔들리는 것이 보였다.

몰려든 센트럴 커시드럴의 술사와 직원들 사이를 죄송합니다, 죄송합니다 하고 사과하며 빠져나갔다. 몇 사람인가 귀찮다는 표정으로 쳐다보았지만, 로니에의 뒤를 따라오는 츠키가케를 보고는 아무 말 없이 길을 열어주었다.

힘들게 제일 앞줄까지 온 로니에는 휴우 하고 길게 숨을 내쉬었다.

"참~, 왜 이렇게 늦은 거야? 이제 곧 시작이잖아!"

뾰로통하게 뺨을 잔뜩 부풀린 빨강머리 친구에게 마지막으로 사과.

"미안해. 뭘 입을까 고민하다 보니……."

"고민……이라니, 평소와 같은 모습이잖아?"

어이없다는 표정을 짓는 소녀의 이름은 티제 슈트리넨. 로니에와 마찬가지로 수습 정합기사를 맡고 있었다. 머리카락 색을 꼭 닮은 단풍색 눈동자는 반짝반짝 빛나고 있었고, 날씬한 몸에는 귀여운 무늬의 상의와 남색 치마를 입고 있었다. 허리에는 붉은 가죽으로 된 검집이 있었지만 그조차도 옷에 맞춘 장신구처럼 보였다.

역시 지난주에 산 남제국제 솥 정도는 걸치고 올걸 하고 후회하며 시선을 돌리자 티제의 건너편에서 그녀가 기르는 새끼용 시모사키가 츠키가케와 서로 콧등을 문지르고 있었고, 그 너머에서는 한 사람의 청년이 온화한 미소를 짓고 있었다.

청년이라고 하기보다 소년이라고 하는 편이 적합한 외모였지만, 가죽띠에는 위엄이 느껴지는 장검과 가운데가 구부러진 두 개의 투척용 단검이 걸려 있었다. 검에서 전해지는 우선도도 상당했지만 단검의 그것은 격이 달랐다. 종이처럼 얇아 보이는 그 무기는 세계에 몇 개 되지 않는 ≪신기≫급 무기였던 것이다.

로니에는 오른쪽 주먹을 수평으로 들어 가슴에 대고 왼손은 검의 손잡이에 놓는 기사의 예를 갖춤으로써 정식으로 청년에게 인사를 했다.

"안녕하십니까, 렌리 님."

그러자 정합기사 렌리 신서시스 트웬티세븐은 용의 건너편에서 쓴웃음을 지으며 대답했다.

"안녕, 로니에 씨. ……그렇게 격식을 차리지 않아도 괜찮아. 오늘은 모처럼의 축제니까 말이야."

"축제……인 건가요?"

자기도 모르게 고개를 갸웃거렸다. 오늘——인계력 382년 2월 17일은 달력상으로는 완벽한 평일이다. 지난해 반포된 ≪인계기준법≫에도, 현재 개정 작업이 진행 중인 ≪금기목록≫에도, 오늘을 축하해야 한다고는 단 한 줄도 적혀 있지 않았다.

그러나 주위를 둘러보면 광대한 이곳 센트럴 커시드럴 정면 광장에 전 직원이 모두 나온 게 아닌가 싶을 만큼 많은 사람들로 떠들썩했다. 모두들 음료나 가벼운 먹을거리를 한쪽 손에 들고 흥분한 모습이었다.

게다가 평소에는 굳게 닫혀 있는 커시드럴의 정문이 오늘은 중앙도시의 시민들에게 개방된 모양이었다. 정문 안쪽 좌우에 임시로 설치된 스탠딩 관람석에는 천 명은 가볍게 넘을 듯한 수의 구경꾼들이 모여 있었다.

"……하긴, 축제 외에 뭐겠어? 어쩔 수 없지. 선배……가 아니라 대표검사님이 무언가를 할 때는 반드시 이렇게 되어 버리니까."

티제가 반쯤 포기한 얼굴로 하는 말에 로니에도 고개를 끄덕였다.

"그렇지……. 오늘은 커시드럴이 파괴되지 않았으면 좋겠는데……."

세 사람 모두 시선을 보낸 그곳에는――.

뭐라고 말하기 어려운 물체가 조용히 자리를 잡고 있었다.

하얀 돌바닥으로 된 정면 광장에는 노란색 줄로 한 변의 길이가 100메르쯤 되는 정사각형 모양의 공간이 만들어져 있었고, 그 공간의 한가운데서 쉬익쉬익 기묘한 소리를 내고 있는 것은 간단하게 표현하자면 ≪금속으로 만든 용의 조각상≫이었다.

그러나 단순한 조각상이 아니라는 증거로 뾰족한 머리 상부는 투명한 유리로 만들어져 있었으며, 무척이나 평평한 몸통 좌우에는 짧은 날개가 달려 있었다. 크게 부푼 엉덩이에 달린 것은 다리가 아니라 두 개의 굵은 원통. 꼬리는 존재하지 않았다.

전장 5미터는 될 법한 그 조각상은 원통을 이용해 직립해 있었고, 게다가 엉덩이 부분에서는 살짝살짝 오렌지색 화염까지 보이고 있었으니 그 정체를 전혀 알 수가 없었다.

……한 가지 확실한 건, 무척 불길한 예감이 든다는 거야.

속으로 그렇게 중얼거리며 로니에는 금속제 비룡에서 시선을 돌려 그 근처에 서 있는 세 사람의 그림자를 응시했다.

그러자 그중 한 사람——밤색의 긴 머리카락을 미풍에 날리며 진주색 스커트 왼쪽에 가느다란 검을 찬 젊은 여성 검사가 로니에의 시선을 느낀 것처럼 돌아보았다. 그리고 미소를 지으며 오른손을 들더니 손짓으로 불렀다.

"자, 다녀와."

티제가 씨익 웃으며 등을 밀었고, 로니에는 잠시 망설였지만 결국 눈앞의 노란색 줄을 넘었다. 뒤에서 당연한 것처럼 츠키가케도 따라왔다.

구경꾼들의 시선이 집중되는 것을 의식하면서 한계까지 몸을 움츠리고 광장을 종종걸음으로 가로질렀다. 여성 검사 앞에 멈춰선 뒤 척 하고 손끝까지 펴서 다시 한 번 기사의 예의를 갖추었다.

"안녕하십니까, 부대표님."

"안녕, 로니에 씨. 오늘은 축제 같은 날이니, 더 편하게 대해도 돼."

빠져들 것만 같은 아름다운 얼굴에 부드러운 미소를 띤 아스나의 말에 로니에는 살짝 어깨에 힘을 빼며 대답했다.

"……네, 아스나 님."

"그 ≪님≫도 필요 없다고 그렇게 말했는데……."

하고 입술을 삐죽 내밀었지만, 그것만큼은 받아들일 수 없었다.

눈앞에 서 있는, 로니에보다 아주 살짝 연상으로 보이는 여성——인계통일회의 부대표검사 아스나는 백성들에게 있어서는 어떤 의미에서 대표검사보다도 더 큰 존경을 받는 존재였다. 왜냐하면 그녀가 창세 신화에 등장하는 세 여신 중 하나, ≪창세신 스테이시아≫의 환생이라고 인계의 모든 주민들이 믿고 있기 때문이었다.

그녀 자신은 단호하게 신이라는 사실을 계속 부정했지만, 로니에는 예전 이계전쟁에서 아스나가 휘두른 칼에 대지가 거대한 균열을 일으키는 장면을 지근거리에서 목격한 적이 있었다. 그 광경을 본 이상 ≪님≫을 생략하는 일은 상상할 수도 없었다.

기사단 규정집에 '님을 붙이지 말 것'이라고 기재가 된다면 따를 수밖에 없겠지만, 그때까지는 단호하게 거부하겠다는 의지를 담아 머리를 좌우로 세차게 젓자 아스나는 쓴웃음을 지으며 화제를 돌렸다.

"그건 그렇고, 로니에 씨는 열 속성 신성술이 특기였지?"

"아, 네."

당혹스러워 하면서도 고개를 끄덕였다. 그러자 아스나는 얼굴을 가까이 대고 작은 목소리로 말을 이었다.

"그럼 잠깐 부탁이 있어. 저기에 들어 있는 열 엘레멘트와 교감해서, 혹시 폭주할 것 같으면 나한테 알려줄 수 있을까?"

"네, 네에……? 열 엘레멘트가 들어 있다고요?"

무슨 말인지 금방 이해가 가지 않아 로니에는 눈을 깜빡이며 고개를 돌렸다.

우뚝 서 있는 금속제 비룡을 쳐다본 뒤 그 옆에서 무엇인가 이야기를 하고 있는 두 사람의 남성을 바라보았다.

"……잘 들어라, 꼬맹이. 열 엘레멘트 봉인부의 천명은 계산상으로는 발생하는 열에 견딜 수 있지만, 그건 얼음 엘레멘트의 충분한 공급이 있을 때만 가능한 거야! 넌 동결술을 잘 못하니까 한순간이라도 엘레멘트의 생성이 지체되면 눈 깜짝할 사이에 봉인부가 터질 거라고!"

의미를 알 수 없을 뿐더러 그야말로 무례하기 짝이 없는 태도로 말을 하는 사람은 멋진 턱수염을 기른, 50대로 보이는 남성이었다. 사드레라는 이름의 그 인물은 로니에도 잘 아는 사람으로 중앙도시 센트리아에서 발군의 기술을 가진 금속세공사였다. 오랜 기간 번화가에서 가게를 경영하고 있었지만, ≪4제국 대란≫ 때는 기사단에 협력했고 그 일을 계기로 센트럴 커시드럴의 공창장(工廠長)으로 취임했다.

그런 사드레의 잔소리에 어린아이처럼 볼멘 얼굴을 하고 있는 건——.

검은 머리에 검은 눈동자를 지닌, 극히 평범해 보이는 한 사람의 청년이었다.

긴 소매가 달린 상의와 바지가 하나로 이어진 기묘한 회색 옷을 입고 있었고 허리에는 무기류를 따로 차지 않았다. 그는 갈색 가죽장갑을 낀 두 손을 머리 뒤로 깍지 낀 채 조금 지루한 얼굴로 사드레에게 대꾸했다.

"알아알아, 그 이야기는 귀에 딱지가 앉을 만큼 들었다고. 하지만 아저씨, 그 ≪꼬맹이≫라고 부르는 건 이제 그만하는 게 어때?"

"흥, 싫다 이 녀석아. 3년 전 네가 내 공방에 딱딱하기 그지없는 그 망할 나뭇가지를 들고 와서는, 그 녀석을 검으로 갈아내는 데 훌륭한 흑련암 숫돌을 여섯 개나 써버렸지. 그 순간부터 난 널 영원히 꼬맹이로 부르겠다고 결심했다고."

"……쳇, 그 검이 없었다면 지금쯤 이 세상에 엄청난 일이 벌어졌을 거라고……."

중얼중얼 투덜거리던 그 청년은 갑자기 빙글 몸을 돌려 로니에를 바라보았다.

처음 만났을 때부터 전혀 바뀌지 않았다. 어딘가 장난을 좋아하는 어린아이 같은 분위기가 남아 있는 얼굴에 커다란 미소가 걸려 있는 것을 본 순간, 로니에의 가슴 깊은 곳이 꾸욱 조여드는 것 같았다.

그 사실이 겉으로 드러나지 않도록 노력하며 로니에는 머리를 숙였다.

"안녕하십니까, 키리토 선배."

사실은 지금도 ≪님≫을 붙이지 않으면 안 되었지만, 이 사람에 대해서만은 실제로 공식 문서로 ≪님 금지령≫이 내려지고 만 것이다. 그래서 어쩔 수 없이 둘 다 학생이었던 시절의 호칭인 ≪선배≫를 지금도 사용하고 있었다.

과거 북 센트리아 제립 수검학원의 상급수검사였고, 지금은 인계통일회의의 대표검사로 취임한 청년 키리토는 웃는 얼굴로 오른손을 들며 대답했다.

"안녕, 로니에! 건강하지? 츠키가케!"

로니에의 뒤에서 새끼용이 꾸르르르 하고 커다란 소리로 울더니 작은 날개를 퍼덕이며 키리토에게 달려들었고 사정없이 그의 뺨을 핥았다. 그 모습에 자신도 모르게 미소를 지은 다음 옆에 있는 사드레 공창장에게도 인사를 했다.

"안녕하십니까, 공창장님."

"그럼그럼. 잘 있었지, 로니에 양?"

딴 사람이 된 것처럼 부드러운 미소를 띠는 남자에게 로니에는 재빠르게 다가가 작은 목소리로 물었다.

"저, 저기……. 아까 말씀하시던 열 엘레멘트 봉인부라는 건 대체 뭔가요?"

"그 말 그대로란다. 자, 저기 ≪기룡(機竜)≫ 시작 1호기의 엉덩이를 보려무나."

"기……룡?"

처음 듣는 말이었지만 그것이 눈앞에 서 있는 금속제 비룡의 이름이라는 것은 바로 알 수 있었다.

생명이 없는 인공물을 용이라고 부르는 일에 다소 위화감을 느끼면서도, 다시 살펴보니 쉬익쉬익 하는 기묘한 소리는 타원형으로 튀어나온 엉덩이 부분에서 나오는 모양이었다.

"저기에 서방에서 만든 아다만트강 용기 두 개가 들어 있는데, 그 안에 열 엘레멘트가 용기 하나에 열 개씩 봉인되어 있단다."

"뭐, 뭐라고요……?!"

그 말을 들은 순간 로니에는 깜짝 놀라 입을 벌렸다.

열 엘레멘트는 신성술의 원천이 되는 여덟 속성의 엘레멘트 중 가장 변덕스러운 존재였다. 공중에 잠시 잡아놓을 수 있는 얼음 엘레멘트나 바람 엘레멘트와 달리 생성된 채 그대로 방치하면 눈 깜짝할 사이에 열과 빛을 내며 사라진다. 열 엘레멘트를 소환한 뒤 가공하거나 해방할 때까지 계속 집중력을 유지하는 것은, 술사를 목표로 하는 아이라면 가장 먼저 배우는 기본 중의 기본이었다.

"마, 말도 안 돼……. 아무리 내구성이 높은 아다만트강이라고 해도 열 개나 되는 열 엘레멘트에 노출되면 금방 녹거나 폭발하잖아요……."

"거기가 가장 고심한 부분이었지. 용기 바깥쪽에 내동결성이 높은 요룬드 큰지네의 껍질로 만든 관을 설치했단다. 그 관은 얼음 엘레멘트 봉인부로 이어져 있고, 거기로부터 냉기를 공급받아 열 엘레멘트 봉인부의 용해를 막는 것이 대략적인 구조란다."

"…………아, 네…………."

구조를 설명해주어도 로니에에게 있어서 열 엘레멘트와 얼음 엘레멘트는 신의 기적이라고 할 수 있는 신성술의 원천일 뿐, 금속과 갑주를 가공하는 대장 기술이나 세공 기술과는 아무런 관련이 없는 존재였다. 그 둘을 조합하면 어떻게 될지는 한 번도 생각해본 적이 없었다.

"…………그, 그런 게 잘될 수 있을까요……?"

멍한 채로 중얼거리자, 사드레는 튼튼한 두 손을 휙 하고 벌렸다.

"글쎄, 나는 모르겠구나."

"네?!"

"타는 건 내가 아니라 키리토 꼬맹이니까."

"네에~~?!"

탄다——라는 건 대체 무슨 의미인 걸까?

쭈뼛쭈뼛 고개를 돌려 육중하게 서 있는 ≪기룡≫의 머리 부분을 쳐다보았다.

그러자 투명한 유리판을 뾰족한 모양으로 달아 놓은 머리 내부에는 아무리 보아도 의자로밖에 보이지 않는 물체가 설치되어 있다는 것을 알 수 있었다. 의자 주위에는 여기저기 복잡한 금속관이 설치되어 있었고, 작은 원반도 몇 개인가 붙어 있었다. 원반의 중앙에는 가는 바늘이 달려 있었는데, 그것은 기묘한 소리와 동기되어 가늘게 떨고 있었다.

"…………서, 설마……. 저기에 누군가 타서……, 열 엘레멘트를 해방시키고……, 엉덩이 쪽의 통으로 불꽃을 내뿜으면……."

"응응, 날아가는 거야. 비룡처럼."

그렇게 대답한 것은 어느샌가 옆에 서 있던 키리토였다.

게다가 그 옆에서는 츠키가케가 ≪기룡≫의 금속제 날개의 냄새를 맡더니 마음에 들지 않는 듯한 얼굴로 흥 하고 콧방귀를 뀌었다.

"무……, 무, 무, 무리에요. 선배!!"

키리토가 입고 있는 기묘한 옷의 소매를 잡아당기며 필사적으로 소리쳤다.

"마, 만약 열 엘레멘트가 스무 개나 폭주하면 흔적도 없이 날아갈 거라고요! 바, 바람 엘레멘트로 하세요. 커시드럴의 승강반처럼."

"으음~, 그건 승강동이 밀폐되어 있으니까 바람 엘레멘트의 압력으로도 위아래로 움직이는 거야. 아무것도 없는 하늘을 날기 위해서는 열 엘레멘트의 폭발력이 아니면……."

거기서 씨익 웃으며 키리토는 주위를 둘러보았다.

"게다가 벌써 이렇게 구경꾼들이 왔잖아. 이제 와서 중지라고 하면 제2차 중앙도시 대란이 일어날걸."

"모, 모은 건 선배잖아요?!"

오늘 이곳 센트럴 커시드럴 정면 광장에 이렇게 많은 사람이 모인 것은 키리토 본인이 ≪커시드럴 공창 주최로 공개 실험을 행함≫ 하고 대대적으로 알렸기 때문이다.

평화가 찾아온 언더월드에서 현재 최대의 소동 발생원인 인계 대표검사님이 또 무언가를 꾸미고 있다고 한다면, 지난번 ≪북쪽 동굴의 수호룡 재생 실험≫을 재미있게 즐긴 직원들이며 시민이 모이는 것은 당연했다.

그때 되살아난 백룡과의 문답에서 키리토가 조금이라도 실수했다면 커시드럴의 가로수가 얼어붙는 정도로 끝나지는 않았을 것이다. 그것을 알고 있는 로니에는 자기도 모르게 휘청거리며 쓰러질 뻔했다.

로니에를 붙잡아준 것은 바로 뒤에 있던 부대표검사였다. 키리토와 오랜 기간 알고 지낸 아스나는 달관한 듯한, 체념한 듯한 얼굴로 말했다.

"더는 소용없어, 로니에 씨. 이렇게 된 이상 하게 해주는 수밖에."

"마, 말도 안 돼……………. 아니……, 그건, 그렇네요……."

좌우로 흔들려던 머리를, 생각을 바꿔 세로 방향으로 살짝 움직였다. 로니에 역시 지난 몇 년 동안 키리토가 무언가를 생각해내면 ≪하게 해두는 수밖에 없다≫는 것을 뼈저리게 알고 있었다.

최소한 대참사만큼은 피할 수 있도록 최선을 다해야겠다고 생각하며, 로니에는 ≪기룡≫이라는 것의 심장부를 향해 정신을 집중했다.

수습 정합기사로 임명받았다고 해도 로니에는 아직 기사의 비의인 ≪심의≫를 자유자재로 조작할 수 있는 영역까지는 도달하지 못했다. 키리토나 상위기사들처럼 심의로 술식을 극한까지 단축시켜 신성술을 행사하는 일 또한 전혀 해낼 수 없었지만, 그래도 요즘은 생성된 엘레멘트의 상태를 느낄 수 있을 정도는 할 수 있게 되었다.

사드레가 말한 대로 기룡의 내부에는 많은 열 엘레멘트가 봉인되어 있었다. 그러나 열 엘레멘트가 얌전히 있어 줄 리는 절대 없었다. 불쾌한 듯 몸을 떨며 틈만 나면 봉인부를 날려버리려고 기회를 엿보고 있었다.

엘레멘트 단계에서부터 이렇게 거친데 해방을 하면 어떻게 될까……라고 생각하니 등줄기가 서늘해지는 듯했지만, 이제는 어떻게 될지를 지켜보는 수밖에 없었다.

"……저, 일단 열 엘레멘트와 교감을 했어요, 아스나 님. 지금은 일단 정상적으로 제어되는 것 같습니다만……."

로니에가 작은 목소리로 말하자 옆에 있던 아스나도 소곤거리며 대답했다.

"고마워. 그럼 그대로 회로를 유지해줘."

"아, 네."

로니에가 고개를 끄덕인 바로 그때, 조금 떨어진 곳에서 키리토가 큰 소리로 말했다.

"좋아, 그럼 시작해볼까?! 아스나, 카운트다운 부탁해!"

"왜, 왜 나인 건데?!"

"옛날부터 보스 부대에 돌입할 땐 항상 그랬었잖아!"

의미를 알 수 없는 키리토의 대사에 아스나는 어이가 없다는 듯 머리를 저으며 오른손을 들고 신성술의 기동어를 영창했다.

"시스템 콜!"

이어서 바람 엘레멘트와 수정 엘레멘트를 조합한 ≪광역확성술≫을 부드럽게 펼쳤다. 그녀 역시 아직 심의에 관해서는 발전 도중이지만, 술식의 파악과 응용에 관해서만큼은 커시드럴의 고위 술사들도 당해내지 못했다.

깔때기 모양으로 소용돌이치는 공기 중앙에 떠 있는 얇은 유리막을 향해 아스나는 맑게 퍼지는 목소리를 발했다.

『이 자리에 와주신 여러분, 오래 기다리셨습니다! 지금부터 센트럴 커시드럴 공창이 주최하는 ≪기룡 시작 1호기≫의 비상 실험을 시작하겠습니다!』

확대된 목소리가 광장 가득 울리자 가느다란 줄 바깥쪽에서 있던 커시드럴 직원들과 정문 안쪽 관람석을 채운 중앙도시 시민들이 일제히 와아 하고 탄성을 올렸다. 북쪽에 서 있는 센트럴 커시드럴을 쳐다보니 지상 30층쯤에 있는 대형 테라스에 정합기사들의 갑옷이 눈부시게 빛나고 있었다.

박수와 환호 속에서 키리토는 구경꾼들을 향해 손을 흔들고 기룡에 걸쳐진 사다리를 빠르게 오르기 시작했다. 눈 깜짝할 사이에 두부(頭部)까지 도착한 키리토는 투명한 유리판의 일부를 열고 안쪽으로 미끄러지듯 들어갔다.

하늘을 향해 설치된 의자에 앉아 가죽끈으로 몸을 고정. 목에 걸고 있던 무척이나 큰 안경을 얼굴에 장착하고 지상의 사드레를 향해 왼손 엄지를 들었다.

사드레는 로니에와 아스나가 있는 곳까지 물러서더니 몸짓으로 20미터 이상 더 물러나도록 했다. 로니에는 열 엘레멘트와의 교감 상태를 잃어버리지 않도록 주의하며 신중하게 거리를 두었다.

『그럼 초읽기를 시작하겠습니다! 여러분도 같이 해주세요!』

무척이나 익숙한 모습으로 아스나가 구경꾼들에게 소리쳤다. 높이 두 손을 들고 열 개의 손가락을 펼쳤다.

『준비, 10! 9! 8!』

아스나가 손가락을 접으며 카운트다운을 시작하자 약 천 명의 목소리가 합창하듯 호응했다. 힐끗 보니 티제와 렌리도 웃으며 소리를 지르고 있었다.

츠키가케의 목을 꽉 껴안으며 로니에도 함께 외쳤다.

『7! 6! 5!』

갑자기 열 엘레멘트의 진동이 강해지는 것이 느껴졌다. 키리토가 심의로 직접적인 제어를 개시한 것이다.

키리토의 강렬하기 그지없는 심의력이 엘레멘트를 매개로 하여 교감하는 로니에에게도 흘러들었다.

다시 가슴 깊은 곳이 꾸욱 조여들었다.

――이 감정만큼은 절대 밖으로 내보여선 안 돼.

――키리토 선배의 보좌역으로서, 언젠가 나이가 들어 천명이 다하는 그 시간까지 조용히 잠들어 있게 해야 돼.

바로 옆에 선 아스나에게 들키지 않도록 로니에는 살짝 뜨거워진 두 눈을 강하게 깜빡이며 큰 소리를 질렀다.

『4! 3! 2!』

슈우우우욱 하는 기룡의 울부짖음이 점점 음량을 더했다. 둔한 은색으로 빛나는 거체가 격렬하게 떨렸고 아래쪽 통에서 흘러나오는 빛이 붉은색에서 오렌지색, 노란색으로 색을 바꾸었다.

『1! ……제로!!』

합창이 광장 바닥을 흔드는 것과 동시에 키리토의 고함소리가 아주 작게 들렸다.

"디스차지!!"

엘레멘트의 해방을 명하는 커맨드.

직후 스무 개의 열 엘레멘트가 일제히 감추고 있던 힘을 폭발시켰다.

성대한 충격음과 함께 기룡의 아래쪽에서 하얗게 빛나는 화염이 뿜어져 나왔다. 그것은 거의 무한의 천명을 가지고 있는 바닥 대리석을 새빨갛게 달구고 하얀 연기를 무럭무럭 피웠다. 대관중이 심하게 술렁였다.

그 연기 속에서——.

은색의 화살이 되어, 금속으로 만든 용이 일직선으로 날아올랐다.

지금까지 로니에가 한 번도 들은 적 없는 높은 소리가 하늘 가득 울려 퍼졌다. 두 개의 통에서 긴 화염꼬리를 이끌며 기룡은 높이높이 날아올랐다.

해방된 열 엘레멘트의 위력을 로니에는 들어 올린 두 손의 손바닥이 아플 정도로 느낄 수 있었다. 원래라면 어떤 소재로 만든 용기라고 해도 초고열에 의해 순식간에 천명을 잃고 기룡 전체가 대폭발을 일으켜야 한다. 그러나 봉인부에 장착된 가느다란 관에 초저온 얼음 엘레멘트가 계속 보내져 용기의 열을 제어하고 있었다. 그 결과, 열 엘레멘트의 폭발력은 분사통에서 한쪽 방향으로만 방출되어, 거대한 기룡을 똑바로 날게 한 것이다.

지금 이 순간, 언더월드 역사상 처음으로 사람이 비룡 외의 것을 타고 창공을 날고 있는 것이었다.

"…………굉장해……."

로니에의 두 눈에 조금 전과는 다른 이유로 눈물이 번졌다.

뿌옇게 번지는 시야 저 끝에서 은색 기룡은 센트럴 커시드럴을 벗어나려는 듯 계속해서 올라가고 있었다.

만약 기룡이 지상의 어느 곳에 고정되어 있었다면 계속해서 생성되는 얼음 엘레멘트 때문에 주위의 공간신성력이 눈 깜짝할 사이에 고갈되었겠지만, 고속으로 이동하면 신성력의 공급은 어떻게든 충족될 것이다. 그렇다면 저 기계로 만든 용은 비룡도 갈 수 없을 정도의 높은 곳까지 상승할 수 있을 지도——모른다.

그렇게 생각한 순간, 로니에는 인계 대표검사의 진짜 의도를 알아차린 듯한 느낌이 들었다.

키리토는 그저 저것을 날게 하는 것이 목적이 아니라——, 어쩌면 저 기룡으로 어떤 생명체도 넘을 수 없는 ≪세계 최후의 벽≫을…….

그러나, 거기까지 생각한 순간.

로니에는 갑자기 열 엘레멘트가 팽창되는 것을 느꼈다.

봉인부가 일그러지고 있었다. 고열로 녹고 있는 것이었다. 이유는 알 수 없지만 봉인부의 온도를 낮추어야 할 얼음 엘레멘트의 공급이 지체되고 있었다.

“아, 아스나 님! 열 엘레멘트가——.”

그렇게 말한 순간 퍼엉! 하는 불길한 소리가 울렸고, 한쪽의 봉인부에서 검은 연기가 흘러나오는 것이 보였다.

직후, 기룡은 빙글빙글 수직으로 회전하기 시작했다. 진로가 남쪽으로 틀어졌다. 그쪽에는——.

센트럴 커시드럴의 95층이 있었다.

"부, 부딪히겠어!!"

로니에는 두 손을 가슴 앞에서 모은 채 소리쳤다. 구경꾼들 사이에서도 커다란 비명이 터져나왔다.

스릉!! 하고 울린 소리는 아스나가 허리의 세검을 뽑는 소리였다.

솔루스의 빛이 일곱 색깔로 나뉘어져 반짝이는, 세상에서 가장 아름다운 도신이 똑바로 커시드럴을 가리켰다.

"……간다!"

아스나는 살짝 여신답지 않은 기합과 동시에 세검의 끝을 왼쪽으로 움직였다.

그 움직임에 조종당하듯이 거대한 센트럴 커시드럴의 95층부터 그 윗부분이 무거운 소리를 내며 서쪽으로 밀려났다.

그렇게 생긴 공간을 기룡이 눈 깜짝할 사이에 검은 연기를 끌며 통과.

머나먼 남쪽 하늘에서 눈부신 섬광을 발했고.

콰앙 하는 소리와 함께 화려하게 폭발했다.

기룡의 상승에 의해 어느 정도는 소비되었겠지만, 그래도 열 엘레멘트 스무 개가 동시에 해방된 그 위력은 엄청난 것이었다.

일반적으로 열 엘레멘트는 손가락 하나로 하나밖에 제어를 할 수 없기 때문에, 아무리 고위 술사라도 동시 생성은 열 개가 한계였다. 들리는 소문으로는 과거 공리교회를 좌지우지

하던 원로장은 발가락까지 이용함으로써 스무 개, 그리고 죽은 최고사제 어드미니스트레이터는 머리카락도 단말로 사용해 백 개 가까운 엘레멘트를 조종했다고 했지만, 당연히 로니에는 그 모습을 직접 본 적이 없었다.

기사인 로니에조차 그랬으므로, 커시드럴에 모여 있던 시민들이 놀라는 것은 당연한 일이었다. 머나먼 고공에서 만들어진 제2의 솔루스라고 할 수 있는 오렌지색 섬광에 이어 천지를 울리는 듯한 굉음이 지상에 도달하자, 대부분의 구경꾼들은 두 손으로 머리를 감싸며 비명을 질렀다.

그러나 당연한 말이지만 가공되지 않은 열 엘레멘트가 상공에서 작렬한 것 뿐이므로, 화려하기 짝이 없는 현상과는 달리 몇 백 메르 떨어진 지상에는 아무런 피해도 주지 않았다.

쭈뼛거리며 고개를 드는 구경꾼들의 눈에는 뭉게뭉게 피어오른 검은 연기가 다시 원래 위치로 돌아온 커시드럴의 최상부를 가리고 있는 것이 보였다.

2개월 전 이 광장에서 발사한 신년 축하용 불꽃보다 몇 배나 큰 폭발이었다. 그렇다면 강철로 만든 비룡을 타고 있던 대표검사는 대체 어떻게 되었을까――? 아마도 모두가 그렇게 생각했을 것이고, 당연히 로니에도 그렇게 생각하며 가슴 앞에 두 손을 모은 채 두 눈을 크게 떴다.

"키…………."

키리토 선배!

하고 외치기 직전, 옆에 있던 아스나가 가볍게 로니에의 어깨를 잡으며 말했다.

"괜찮아."

동요한 기색이라고는 조금도 없는 아스나의 침착한 목소리가 울리는 것과 동시에 뭉게뭉게 피어오르는 검은 연기를 뚫고 낙하하는 작은 그림자가 보였다.

사람이었다. 기룡을 형성하고 있던 모든 물질이 증발하면서 공간신성력이 되어 확산되었지만, 빙글빙글 돌면서 떨어지는 인물이 입은 회색 옷에는 그을린 자국 하나 보이지 않았다.

그 그림자가 갑자기 두 팔을 펼쳤다.

그러자 소매 부분의 천이 녹아내리듯 뒤쪽으로 펼쳐지더니 얇은 날개로 형태를 바꿔 어깨로 이어졌다.

비룡을 닮은 날개를 두 번, 세 번 퍼덕이자 낙하의 속도가 완만해졌고, 잠시 뒤 완전히 정지했다.

최고사제의 죽음과 함께 상실된 줄 알았던 비행술, 아니 정확히는 술식이 아니었다. 심의를 이용해 옷의 천을 진짜 날개로 변형시키고 자신은 하늘을 나는 일이 허락된 생명체라고 ≪세상의 섭리≫를 바꿔 쓴 것이다.

그런 일이 가능한 인간은 지금 현재 그 외에는 존재하지 않았다. 하늘을 쳐다보던 구경꾼들은 일제히 술렁였고 잠시 뒤 그것은 거대한 환성과 박수로 바뀌었다.

당초의 목적이었던 ≪기룡 비행 실험≫은 실패한 것이나 마찬가지였지만, 키리토는 웃는 얼굴로 손을 흔들며 천천히 내려오고 있었다. 로니에도 그 모습을 바라보며 열심히 박수를 쳤다. 말도 안 되는 생각을 실행으로 옮기고, 어처구니없는 결과를 만들어내는 키리토의 행동은 몇 년이 지났어도 전혀 바뀌지 않았다.

얼굴은 분명 웃고 있었지만, 자신의 두 눈에서는 다시 눈물이 번지는 것을 로니에는 깨달았다.

힘껏 눈을 감아 더 이상 눈물이 나오는 것을 막으며 가슴속으로 조용히 빌었다.

가능하다면, 오늘 같은 날들이 영원히 계속되기를, 하고.

2

센트럴 커시드럴 50층, ≪영광의 대회랑≫이라는 이름으로 불리는 넓은 공간은 현재 ≪인계통일회의≫의 회의장으로 사용되고 있었다.

예전에는 연마된 대리석이 깔려 있었을 뿐인 바닥 중앙에 떡갈나무 고목으로 만든 거대한 원탁이 놓여 있었고, 그 주위를 스무 개의 의자가 둘러싸고 있었다.

그중 하나에 앉아 목을 움츠리고 있는 것은 키리토였다. 키리토 앞에 선 덩치 큰 남성이 천둥 같은 목소리로 소리쳤다.

"오늘만큼은 꼭 말씀드려야겠습니다. 대표검사님!!"

"…………네."

"이번에는 절대 벽을 부수지 않겠다! 그렇게 검에 맹세한 사실을 벌써 잊어버리신 건 아니시겠죠?!"

"………………네."

인계 최강의 검사를 마치 교사와 같은 모습으로 야단치고 있는 것은 중후한 적동색 갑옷을 입은 기사였다. 강인해 보이는 얼굴에 짧게 깎은 머리카락과 날카로운 눈동자는 회색. 이름은 듀솔버트 신서시스 세븐으로 최고참 정합기사 중 한 사람이었다.

"아스나 님께서 신력을 발휘하지 않으셨다면 지금쯤 커시드럴 95층 이상은 잿더미가 되어 있을 겁니다! 아무리 사람이 없는 층이라고 해도 역사와 전통의 ≪백아의 탑≫이 ≪잿더

미의 탑≫이 되면 중앙도시의 백성들이 얼마나 한탄하고 슬퍼하겠습니까! 무엇보다 대표검사님은 자신이 얼마나 중요한 위치에 계신지에 대한 자각이라는 것이 너무 부족합니다! 술식이나 도구에 대한 연구는 그 일을 천직으로 하는 술사와 대장장이에게 맡겨두시면 되지 않습니까?!"

영원히 계속될 것 같은 듀솔버트의 설교를 조금 떨어진 곳에 앉아 있던 날씬한 기사가 가로막았다.

"그 정도로 해두세요, 듀솔버트. 대표검사님이 마치 소금을 뿌린 민달팽이처럼 쪼그라들었잖아요."

웃음기를 띤 아름다운 목소리의 주인은 거울처럼 매끈한 갑옷에 물결치는 검은 머리카락을 등 뒤로 넘긴 여성 검사였다. 왼쪽 허리에는 백은으로 된 손잡이가 달린 가느다란 장검, 그리고 오른쪽 팔에는 인계에서는 보기 드문 남색 머리카락의 어린 아기를 안고 있었다.

"그, 그렇지만 기사장님……."

"너무 야단쳤다가 또 대표님이 가출이라도 하면 곤란하잖아요. 다음 달에도 암흑계와의 회의가 있는데."

활짝 핀 꽃처럼 아름다운 미소를 짓는 여성 기사장의 이름은 파나티오 신서시스 투. 2대 정합기사단 단장이라는 요직에 있는 세계 최대급 검력의 소유자였지만 자고 있는 아기를 천천히 어르는 모습에서는 조금도 그렇게 보이지 않았다.

풀이 죽은 채 있는 키리토 앞까지 이동하더니 파나티오는 싱긋 웃으며 말했다.

"그러니 당분간은 얌전하게 있어줘, 꼬마."

그 말에 휙 하고 고개를 든 키리토의 얼굴에는 커다란 쓴웃음이 떠올라 있었다.

"≪대표님≫보다도 ≪꼬마≫라고 불리는 쪽이 훨씬 더 무섭네요."

"후후, 무섭다고 생각하는 건 뭔가 떳떳하지 못한 부분이 있기 때문 아닐까?"

하고 파나티오가 슬쩍 눈길을 주는 곳에는 팔짱을 낀 채 서 있는 부대표검사 아스나의 모습이 있었다. 그녀 역시 미소를 짓고 있었지만 눈초리가 아주 조금 실룩이는 것 같은 기분이 들었다.

이어서 파나티오는 원탁에서 떨어진 기둥 옆에 서 있는 로니에에게도 시선을 보내더니 무슨 의미인지 장난기 어린 미소를 띠었다. 그러나 바로 원래의 표정으로 돌아와 탁 하고 키리토의 어깨를 쳤다.

"뭐, 이번에는 직접적인 피해도 없었고 더 이상 나무라지는 않도록 하죠. 그 대신 저녁 식사 때까지 성실히 집무를 해주시길 부탁드려요."

"…………알았어."

포기한 듯 고개를 끄덕이는 키리토의 양쪽 어깨를 잡고 의자째 원탁으로 돌리더니 파나티오는 다시 한 번 로니에를 보고 손짓을 했다. 급히 다가가니 안고 있던 아기를 내밀었다.

"로니에, 미안하지만 벨체를 좀 돌봐줄래? 요즘 혼자만 놀게 했더니 이것저것 많이 부수곤 한단다."

"아, 네. 알겠습니다!"

그렇게 대답하고 내민 로니에의 두 팔에 기사장은 자고 있는 아기를 살짝 놓았다. 순간 팔에 느껴지는 무게에 로니에는 깜짝 놀랐다. 수습 정합기사인 로니에는 인계군 제식 무기라면 길이 2메르짜리 대검도 한 손으로 휘두를 수 있었지만, 아기의 무게라는 것은 무기와는 전혀 다르게 느껴졌다.

두 팔에 놓인 아기를 다시 가슴 쪽으로 고쳐 안자, 한 살이 되는 벨체는 새근새근 숨소리를 내며 다시금 편안한 잠에 빠졌다. 로니에는 파나티오에게 살짝 고개를 숙이고 다시 벽 쪽으로 돌아왔다. 그곳에서 기다리던 츠키가케가 코를 내밀어 흥미로운 듯 벨체의 냄새를 맡았다.

원탁에서는 키리토, 아스나, 파나티오, 듀솔버트 그리고 과거 수도사라 불렸던 신성술사단의 단장과 커시드럴 각 부처의 책임자들이 적당한 간격으로 앉았고, 바로 회의가 시작되었다.

"먼저 얼마 전 보고드렸던 한끝산맥 남쪽 동굴의 재개통에 대해서……."

"동굴을 다시 파는 것은 가능하지만, 남쪽의 밀림지대에 가도를 건설하는 것은 상당한 시간이……."

오늘은 정식 평의가 아니므로 수습인 로니에는 이 자리에 있을 의무가 없었다. 실제로 단짝인 티제는 부족한 술식 공부를 하겠다면서 대도서관에 틀어박혀 있었다.

그러나 로니에는 키리토에게 살짝 물어보고 싶은 것이 있었다. 오전의 비행 실험을 보고 있을 때 문득 떠오른 상상의 진위가 이상하게 신경이 쓰였던 것이다. 키리토는 잠깐만 눈을 떼면 금세 커시드럴의 어딘가——어쩔 때는 센트리아의 상점가일 때도 있고, 심할 때는 인계의 어느 거리나 마을까지 날아가므로 이 회의가 끝나자마자 재빨리 붙들 생각이었다.

심의를 수련할 때는 가느다란 쇠기둥 위에 한쪽 다리만으로 몇 시간이고 서 있는 일도 있으므로, 등을 기둥에 기대고 회의가 마치기를 기다리는 정도는 아무것도 아니었다. 새끼용인 츠키가케도 티제의 시모사키보다는 얌전한 성격이므로 심심하다고 기둥을 물어뜯지는 않을 것이다.

활발한 논의에 귀를 기울여가며 가만히 서 있으니 갑자기 팔에 안긴 아기가 에취 하고 귀엽게 재채기를 했다.

눈을 뜨는 것 같지는 않았지만 추운 건가 싶어 몇 걸음 옆으로 이동해 높은 창문에서 들어오는 솔루스의 빛을 직접 받을 수 있는 위치에 섰다. 부드러워 보이는 남색 머리카락이 반짝반짝 빛났고 통통한 뺨에도 햇살이 떨어졌다. 그 순수한 아름다움에 로니에는 순간 숨을 멈추었다.

…………아기, 라…….

미소를 지으며 마음속으로 그렇게 중얼거렸다.

동시에 의식은 지난달 중앙도시 북부에 있는 본가에 돌아갔을 때의, 그다지 즐거웠다고는 할 수 없는 기억으로 빠져들어 갔다.

아라벨 가문은 대대로 구 귀족제도에서는 최하위 계급인 육등작사의 서훈을 받아온 집안이었다.

생활은 결코 윤택하다고 할 수 없었다. 상급 귀족처럼 사유지가 있을 리도 없고, 수입은 제국위사대에서 소대장으로 근무하는 부친의 급여와 약간의 작사 수당뿐. 일하지 않아도 매달 막대한 세수를 걷는 일등, 이등작사 가문은 물론이고 센트리아의 중심부에 큰 가게를 열고 있는 상가에도 한참이나 미치지 못했다.

그래도 밝은 성격에 집안일을 잘하는 모친과 엄격하지만 상냥한 아버지, 장난꾸러기 동생에 둘러싸여 매일매일 무척이나 즐거웠다.

오직 한 가지 우울했던 것은, 부친의 본가인 사등작사 가문에서 때때로 열리는 파티였다. 부친은 가문의 넷째 아들로 조부는 로니에가 아기일 때 천계로 돌아가셨지만, 가문을 이은 장남――즉 로니에의 백부 일가는 모두 하늘 높은 줄 모르는 오만한 성격이었던 것이다. 화려하게 차려입은 백부가 로니에 어머니의 낡은 드레스를 과장되게 칭찬할 때의 표정이 너무나 싫어 파티가 있을 때마다 가기 싫다고 떼를 쓰곤 했다.

그러나 4제국 대란과 그 진압을 거치면서 귀족제도는 크게 바뀌었다. 사유지는 모두 해방. 귀족 등급도 폐지. 작사 수당만큼은 시간을 두고 폐지하기로 했지만 그것만으로는 부족했기 때문에, 모든 귀족은 재편된 ≪인계군≫에서 일자리를 얻지 않으면 안 되었다.

옛날부터 작위가 높았던 사람들에게는 그야말로 혁명에 가까운 변화였지만, 로니에 입장에서는 드디어 바람직한 모습이 되었다는 생각이 들었다. 가문의 이름만으로 장군이니 참모니 하며 견장을 빛내기만 하던 시대가 끝나고, 검력과 지력

그리고 경험과 견식이 있는 사람이 제대로 요직에 앉을 수 있게 되었기 때문이다.

요컨대, 현재는 모든 작위 계급이 평등한 상태라고 할 수 있었다.

그러나 거기에도 약간의 예외가 있었다.

센트리아의 모든 귀족 중에서 오직 두 사람, 수습 정합기사로 임명받은 로니에의 생가인 아라벨 가문과 티제의 생가인 슈트리넨 가문이었다.

지난달 로니에는 수습 기사가 된 뒤 처음으로 본가에 돌아갔다. 1년 만에 만난 부모님과 동생은 모두 건강했고, 특히 아직 북 센트리아 수검학원의 학생인 동생은 크게 흥분해 로니에의 검을 휘둘러보려고 하기도 하고――검을 뽑지도 못했지만――, 로니에에게 팔씨름을 도전하기도 하는 등――전혀 움직이지도 않았지만――, 엄청난 소동을 벌였다. 아버지는 커시드럴에서의 생활에 대해 이것저것 물었고 어머니의 요리는 여전히 맛있었다. 그야말로 즐거운 하룻밤이었지만.

그 다음 날 이른 아침부터 숙부 세 사람과 그 가족들이 몰려왔고, 게다가 그들은 생각지도 않은 선물까지 잔뜩 지참하고 있었다.

바로 로니에의 혼담이었다.

언젠가 로니에가 정식으로 서임을 받게 될 정합기사는, 구시대에는 공리교회의 수호자로서 전 인계로부터 압도적인 두려움과 존경을 받고 있었다. 그 감정은 교회가 ≪인계통일회의≫로 혁신된 지금도 거의 변하지 않았다. 아니, 오히려 많은 정합기사가 이계전쟁에서 목숨을 잃음으로써 영웅시되는 정도는 더 커졌을지도 모른다.

그런 기사를 며느리로 삼으면 그 가문의 격식 및 수입은 단숨에 오를 것――, 이라 백부와 백모들은 생각하는 모양이었다. 적당한 나이의 아들이 있는 집은 그 아들을, 없는 집은 친한 가문의 후계자를, 잘도 이렇게나 모았구나 하고 감탄할 정도로 로니에 앞에 소개장을 산더미처럼 쌓아놓고 떠들어대었다.

――아무리 수습 기사라고 해도 여자의 가장 행복한 천직은 아이를 낳고 기르는 일이다. 들어보니 정합기사단장 그 사람도 아기를 기르고 있다. 그렇다면 네가 그렇게 해도 안 된다는 법은 없을 거다. 우리 집 아들을 꼭 추천한다. 아니, 우리 집, 아니아니, 이쪽의…….

예전에 키리토가 로니에와 티제에게 남모르게 알려준 사실이 있다.

구 공리교회를 지배하던 최고사제는 전 제국에서 검기나 술력이 뛰어난 사람들을 모아 정합기사로 내세웠지만, 사실 기사들은 ≪신서사이즈 비의≫라는 금단의 술식에 의해 이전의 기억을 삭제당하고, 대신 자신들은 신계에서 소환된 사람이 아닌 존재라는 가짜 기억을 주입당했다는 것이었다.

물론 너무나 무서운 일이었지만――, 기사단 운영의 합리화라는 점에서는 멋진 솜씨였다고 백부와 백모를 보며 로니에는 생각할 수밖에 없었다.

연막술이라도 사용해 도망가고 싶은 것을 참고 로니에는 설령 정합기사를 며느리로 맞이한다고 해도 작사 수당이 늘거나 영지가 주어지지는 않는다고 열심히 설명했다. 그러나 백부 일행은 전혀 믿으려고 하지 않았고 나중에는 로니에가 매일 커시드럴에서 사치스러운 생활을 하고 있을 거라는 말까지 했다. 그 말에 아버지가 화를 내며 내쫓아준 덕분에 로니에는 겨우 위기에서 벗어날 수 있었다.

그러나――.

고마워요 아버지, 하고 인사를 하면서도 로니에는 마음속으로 생각할 수밖에 없었다.

부친은 결혼하고 싶은 남자가 생기면 결혼하라고는 하지만, 내심 빨리 손자 얼굴을 보고 싶은 것이 분명했다. 아니, 그 이전에 아버지도 어머니도 딸이 정합기사단에 들어간 사실에 불안감을 느끼고 있는 것이 분명했다. 전쟁만 일어나지 않았다면 로니에는 평범하게 수검학원을 졸업하고 어딘가 비슷한 배경을 가진 가문의 차남이나 삼남과 결혼해 아라벨 가문을 이었을 것이다.

그러므로 로니에가 결혼을 해서 아이를 낳기를 두 사람이 바란다는 것은 분명했다.

그 소원을 가능하다면 들어줘서 안심시켜주고 싶은 마음은 있었다.

그러나 로니에는 본가를 떠나 커시드럴로 돌아가면서 마음속으로 몇 번이나 사과할 수밖에 없었다.

――죄송해요, 아버지. 어머니. 저는 아마, 아니 틀림없이, 평생 결혼도 하지 않고 아이도 낳지 않을 거예요.

——왜냐하면 제 마음이 그 사람에게 전해질 일은 영원히 없을 테니까요.

품 안의 벨체가 눈을 뜨고 작게 칭얼거리는 바람에 로니에는 회상을 멈추었다.

당황해서 어색한 손놀림으로 살며시 쓰다듬었지만, 벨체는 좀처럼 칭얼거리는 것을 멈추지 않았다.

"벨체, 착하지? 착하지?"

열심히 달랬지만 아기의 얼굴은 점점 붉어지더니 일그러졌고 큰 울음을 터뜨리는 상태로 이행——.

되기 직전, 앞에서 뻗어온 손이 휙 하고 아기의 옷을 붙잡고 들어올렸다.

"그 정도로는 만족을 못 해, 이 아이는."

서 있는 것은 모친인 기사장 파나티오였다. 아름다운 검은 머리를 가진 그녀의 얼굴에는 자애로움으로 가득한 미소가 어려 있었다.

"자아, 높은 게 좋지?"

그렇게 말하더니 벨체를 휘익 하고 위를 향해 던졌다. 그야말로 가벼운 동작이었지만 그녀는 최강의 정합기사다운 완력을 지니고 있었다.

아기는 빙글빙글 돌면서 ≪영광의 대회랑≫의 엄청나게 높은 천장을 향해 계속해서 올라갔다.

"아……, 아앗……! 위, 위험해……!!"

로니에는 놀라 그 자리에서 얼어붙었다. 아기는 거의 천장에 그려진 신계 그림에 닿을락 말락한 곳에서 멈춘 뒤, 이번에는 일직선으로 떨어졌다.

그리고 다시 모친의 두 손에 쏙 들어왔다. 그러자 꺄르륵 하고 즐거운 듯한 목소리로 웃었다.

"하여튼 장래가 걱정된다니까. 로니에, 아이를 돌봐줘서 고마워. 또 부탁할게."

그렇게 말하고 파나티오는 출구로 향했다. 어느샌가 회의는 끝나 있었고 듀솔버트를 비롯한 각 부처의 책임자들도 자리를 떠나고 있었다.

"……육아법에도 원인이 있는 것 같은데……."

조용히 중얼거리는 소리가 들려와 몸을 돌리니 키리토가 어이없는 표정 반, 걱정스러운 표정 반인 얼굴로 서 있었다. 옆에서 아스나도 미묘한 미소를 띠고 있었다.

"뭐, 언젠가 기사가 되어 비룡을 탈 테니까 미리 높은 곳에 익숙해지는 것도 좋은 일……이지 않으려나?"

"셰이타 씨의 아기도 그렇고 정말이지 장래가 걱정……, 아니, 기대가 되는군."

절레절레 머리를 흔들던 키리토는 그럼, 하는 말과 함께 허리에 두 손을 대었다.

"오늘 업무도 끝났고 나는 잠깐 2호기를 보러……."

"뭐, 뭐어~?! 벌써 그 다음 게 완성되어 있는 거야?"

"이번 건 더 대단해. 열 엘레멘트 엔진과 스러스터 사이에 바람 엘레멘트 컴프레서를 장착해서 터보 기능을……."

"저기, 키리토 군. 파워보다는 안정성을 어떻게든 하라고!"

다른 사람들보다 신성어가 많이 섞인 두 사람의 대화에 로니에는 망설이다 손을 들고 끼어들었다.

"아, 저기……. 죄송한데 키리토 선배……."

"응?"

"저기, 제가 이야기……라고 할까, 여쭤보고 싶은 게 있어서……."

키리토는 의외였는지 검은 눈동자를 끔뻑였지만 금세 가벼운 미소와 함께 고개를 끄덕였다.

"그래, 좋아. 그럼 조금 빠르기는 하지만 차라도 마실까? 아스나는 어때?"

키리토의 말에 부대표감사는 "흐음" 하는 소리를 냈다.

"나도 어울릴게, 라고 말하고 싶지만 잠시 뒤 대도서실에서 신성술 강의를 듣기로 했거든."

"그래? 2대 사서씨도 무서운 사람이니 안 빼먹는 편이 좋으려나……?"

"불성실한 학생에게만 그래."

부르르 몸을 떠는 키리토에게 웃어 보이고 아스나는 한 걸음 물러서 로니에를 쳐다보았다.

"그럼 나중에 저녁 때 봐. 로니에 씨, 키리토 군이 과자를 너무 많이 먹지 않도록 신경 써줘."

"아, 알겠습니다."

고개를 숙이는 로니에와 내가 어린앤가 하고 중얼거리는 키리토에게 가볍게 손을 흔들고 아스나는 무지개색 반사광을 남기며 씩씩하게 걸어갔다. 그 뒷모습이 남쪽 출입구로 사라질 때까지 바라본 뒤 키리토는 빙글 몸을 돌리며 말했다.

"그럼 우리는……, 오랜만에 80층 쪽으로 가볼까? 로니에, 나 *설도(雪桃) 케이크가 먹고 싶어."

"네. 주방에서 준비해 가겠습니다."

"난 두 조각……. 아니, 세 조각 정도 부탁해! 그럼 먼저 가 있을게!"

로니에가 대답을 할 시간도 주지 않고 키리토는 승강동으로 이어지는 북쪽 출입구로 재빨리 사라졌다. 옆에서 꾸벅꾸벅 졸고 있는 츠키가케의 목을 쓰다듬으며 로니에는 작은 목소리로 말했다.

"……통째로 들고 가는 편이 좋을 것 같네."

10층의 대주방에서 새하얀 설도 설탕 절임을 듬뿍 얹은 케이크를 통째로――조리장이 노려보기는 했지만――홍차 주전자와 함께 바구니에 넣은 다음 로니에는 커시드럴 80층으로 향했다.

자동 승강반을 타자 단숨에 상승했다. 과거 이 장치는 사람의 손으로 움직였던 모양이지만 자동화로 바뀌면서 조작을 맡고 있던 소녀는 그 천직에서 해방되었고, 지금은 탁월한 풍소술 실력을 인정받아 공창에서 새로운 일을 하고 있다고 들었다.

센트럴 커시드럴 80층은 ≪운상정원≫이라는 별명처럼 실내이면서도 전체가 꽃밭으로 되어 있었다. 은빛을 띤 서리 백

*설도(雪桃): 중국의 복숭아 품종. 과실이 입동 전에 성숙하여 눈이 내릴때 먹는다 하여 붙여진 이름.

합이 군생하는 광대한 초지 중앙, 부드러운 곡선을 그리는 언덕 꼭대기에 검은 옷을 입은 인계 대표검사의 모습이 보였다.

키리토는 언덕 중앙에 심어놓은 어린 금목서 나무에 오른손을 댄 채 서 있었지만 로니에가 다가가자 돌아보며 미소를 지었다.

"아, 수고했어."

"아뇨, 이것도 보좌연사의 직무니까요."

쿡 하고 웃으며 로니에는 재빨리 깔개를 펼쳤다. 바구니에서 접시를 꺼내 아이처럼 눈을 반짝이는 키리토에게 큼직하게 자른 케이크를 건넸다. 자신과 츠키가케의 몫도 자르고 두 개의 컵에 차를 부은 뒤 "드세요"라고 말했다.

"잘 먹겠습니다!"

소리치더니 키리토는 마치 비룡과 경쟁이라도 하듯 입을 움직이기 시작했다. 그 모습을 지켜보며 로니에는 가슴 깊은 곳에서 찌잉 하고 무언가 따뜻한 것이 퍼지는 것을 의식했다.

요즘, 이렇게 키리토와 같이 있게 되면 행복함을 느끼는 동시에 이런 생각을 하게 된다. 시간을 동결하는 신성술이 있으면 좋을 텐데……. 이 짧은 순간이 영원히 계속되었으면 좋을 텐데, 하고.

그러나 어떤 술식이든 시간만큼은 조종할 수 없다. 시간은 거스를 수도 멈출 수도 없는 것으로 오로지 미래를 향해 흘러가기만 한다.

시간이 그런 존재이기 때문에 이 세계는 최대의 위기를 넘기고 이렇게 완전한 평화를 얻을 수 있었다. 로니에도 언젠가 정식으로 정합기사로 임명될 것이고, 크게 자란 츠키가케의 등에 올라 하늘을 나는 날도 올 것이다. 그 순간을 당연히 마음 졸이며 기다리고 있다. 그렇지만 동시에 기도도 하게 되는 것이다. 시간아 멈춰라, 하고.

"……니에? 로니에?"

키리토의 목소리에 생각에 빠져 있던 로니에게 번쩍 얼굴을 들었다.

"아, 죄, 죄송합니다! 더 드릴까요?"

"아, 아니, 그럼 고맙지만……. 그게 아니라……"

하고 말하면서도 빈 접시를 내밀며 키리토는 가볍게 고개를 갸웃거렸다.

"그러니까 뭔가 내게 묻고 싶은 게 있다고 하지 않았나?"

"아……."

그때서야 자신이 했던 말을 떠올리고 로니에는 당황하며 입을 열었다.

"죄송합니다! 그랬었죠……. 그러니까, 선배가 만든 그 강철의 용……, ≪기룡≫에 대한 거예요."

로니에로부터 받은 두 번째 조각을 크게 베어 물며 키리토는 끄덕였다.

"응."

"저기, 불현듯 떠오른 건데……. 아니, 걱정이 되어서 말인데요……."

자기도 모르게 좌우를 살핀 뒤 한층 목소리를 낮추며 로니에가 물었다.

"……선배는 혹시 그 기룡으로……. ≪최후의 벽≫을 넘을 생각 아닌가요……?"

순간 키리토는 윽 하는 묘한 소리를 내더니 왼손으로 가슴을 치면서 오른손을 허공에서 내저었다. 로니에가 급히 차가 담긴 컵을 쥐어주자 그것을 단숨에 들이켜고는 길게 한숨을 내쉬었다.

이어서 흑발 청년은 처음 만났을 때와 조금도 달라지지 않은 개구쟁이 같은 미소를 띠었다.

"……역시 보좌연사님인걸. 숨길 수가 없겠어."

"네? 그, 그럼 정말로……."

"응, 뭐 그렇지."

아무것도 아니라는 듯 고개를 끄덕이고 슬쩍 뺨을 문지르는 키리토를 로니에는 잠시 멍하니 응시했다.

최후의 벽. 그것은 인계와 암흑계로 이루어진 언더월드를 둘러싼 무한에 가까운 높이를 가진 절벽의 통칭이었다.

센트리아에서는 하늘의 푸른빛에 녹아 존재조차 인식할 수 없는 그 벽을 로니에도 딱 한 번 자신의 눈으로 본 적이 있었다. 키리토를 수행하며 암흑계 북방에 있는 산 고블린족의 영토를 방문했을 때 지평선 너머로 희미하게 비치는 절벽이 있는 것을 깨닫고 숨을 삼켰다.

고블린들의 이야기에 따르면 벽은 흙이 아니라 초경도 광물로 이루어진 모양이었다. 동굴이나 계단을 파는 일은 물론이고 작은 구멍 하나를 내는 일도 쉽지 않은 탓에 300년 역사 속에서 등반을 시도했던 자는 모두 추락사를 당했다고 한다.

같은 종류의 일화는 자이언트족과 오우거족에도 있었기에, 결론적으로 벽은 절대불가침이라고 할까, 그 이름대로 ≪세계의 끝≫을 알리는 경계로 암흑계에 사는 모든 종족은 인식하고 있었다.

——그랬을, 터였지만.

"저, 저기, 그러니까……."

어느 정도 예상하고 있기는 했지만 너무나 간단히 긍정하자, 역시 놀라움이 앞선 탓에 로니에는 필사적으로 머릿속의 생각을 정리하려 노력했다. 차를 한 모금 마시자 겨우 생각이 정리가 되었다.

"……저기……. 그렇다는 건 선배는 이미, 선배가 지닌 비행술로 벽을 넘을 수 있는지 없는지 시험해 보셨다는 건가요?"

"응."

고개를 끄덕인 뒤, 키리토는 바로 머리를 좌우로 흔들었다.

"시험해 봤는데 바로 포기했어. 풍소비행술은 물론이고 심의로 만든 날개로도 절대 넘을 수 없었거든. 아무래도 일정 이상의 고도에 다가가면 중력이 무한정으로 증대되는 것 같아……."

팔짱을 끼고 금목서 줄기에 기대며 키리토는 반쯤 자신에게 설명하는 것처럼 담담하게 말을 이었다.

"……그렇지만 한계 도달점에서 나이프를 위로 던졌더니 그건 상당한 높이까지 날아가더군. 즉, 모든 오브젝트의 침입을 거부하는 건 아니라는 거지. 아마 인간으로 분류된 유닛만 선택적으로 거부하는 것 같아. 날개가 생긴 정도로는 내 유닛

ID까지는 바뀌지는 않을 테니까……. 그렇다면 남은 건 나를 무언가 이동 가능한 물체에 완전히 밀폐시킨 뒤, 그 전체를 무생물 오브젝트인 것으로 시스템이 인식해주길 바라는 수밖에 없다는 거지…….”

조금씩 이야기를 이해하는 것이 어려워진 로니에는 쭈뼛거리며 손을 들었다.

“저기, 그렇다는 건 맨몸으로는 벽을 넘을 수 없지만, 그 금속으로 된 용에 타면 넘을 수 있을지도 모른다는 건가요?”

“응……?”

그때서야 드디어 고개를 들고 키리토는 몇 번인가 눈을 깜빡인 뒤 크게 고개를 끄덕였다.

“아, 미안. 그래, 맞아. 그 말대로야. 사실은 가죽이라든가 종이로 만든 비행기……가 아니라 용을 내가 술식과 심의로 날리는 방법도 벌써 시험해봤어. 그렇지만 실패였어……. 나 자신이 움직이는 건 옷이나 갑옷과 마찬가지로 인식되는 듯했어. 용 자체의 힘으로 날 필요가 있는 거지. 그렇지만 열 엘레멘트의 고온에 견딜 수 있으려면 아무래도 금속밖에 없을 테고, 그 무게를 날게 할 정도의 힘을 내기 위해서는 필요한 열 엘레멘트의 수도 늘어날 수밖에 없는 악순환이 이어지고 있지만…….”

“하아……, 어려운 문제네요…….”

자신도 모르게 키리토의 심경이 되었던 로니에가 다시 제정신을 차렸다.

“아니, 그게 아니라! 저기, 제가 묻고 싶은 건요…….”

"응, 뭔데?"

"왜 최후의 벽을 넘지 않으면 안 되는가예요! 물론 저도 키리토 선배를 보좌한 지 오래 되었으니까 벽이 있으면 넘고 싶어 하는 선배의 마음을 모르는 건 아니지만……. 지금은 더 중요한 일이 많이 있지 않나……, 싶어서……."

기세 좋게 이야기를 시작했지만, 왠지 설교처럼 되고 만 것을 뒤늦게 깨닫고 고개를 움츠렸다. 그런 로니에의 어깨를 키리토가 가볍게 두드렸다.

"고마워, 로니에. 항상 걱정만 끼쳐서 미안하다고 생각해."

그렇게 말하며 웃자, 갑자기 심장이 뛰기 시작했다. 그것을 들키지 않도록 필사적으로 억눌렀다. 그런 로니에의 심정을 알아차린 기색도 없이 키리토는 두 손을 머리 뒤에서 깍지 끼고 시선을 위로 향했다.

"…………그렇지만 말이야, 나는 저 벽을 넘는 것이 지금 언더월드에서 해야 할 최우선적인 과제라고 생각해."

"네……? 그건 무슨 뜻인가요?"

"……다른 사람에게 말하면 안 돼. 예를 들어 티제나 파나티오에게도 말이야."

갑자기 하는 말에 두 눈이 휘둥그레졌지만 겨우 고개를 끄덕일 수 있었다.

그러나 정말로 놀라운 것은 그 뒤에 이어진 키리토의 말이었다.

"――이대로라면, 머지않아 다시 한 번 전쟁이 일어날 거야."

"…………!! 서, 설마 그럴 리가……. 이제야 겨우 평화로운 시대가 되었는데…….”

신음하듯 말하자, 키리토는 복잡한 얼굴로 고개를 저었다.

“유감이지만 평화는 아마 오래 지속되지 않을 거야. ……동쪽 대문이 붕괴되고 양쪽 세계의 교류사업이 시작되면서 암흑계에서 많은 관광객들이 오게 되었어. 지금은 아직 신기한 풍경이나 음식을 즐기고 있지만 그들도 조만간 깨달을 거야. 두 세계가 결정적으로 다르다는 사실을.”

“다르다고요……?”

“그래. 인계의 대지는 너무 풍요롭고 암흑계는 너무 척박하다는 거야. 로니에도 봤지? 그 붉은 하늘과 석탄 찌꺼기 같은 지면을……. 유일하게 수도 옵시디아 주변은 나름대로 지력이 풍부하지만 그곳을 지배하는 것은 결국 아인이 아니라 인족이야. 이대로라면 고블린족이나 오크, 자이언트 사이에서 다시 조금씩, 그렇지만 분명히 불만이 쌓이겠지. ……나와 아스나는 어떡해서든 아인족의 영토를 녹화(綠化)할 수 없을까 노력해봤지만 허사였어. 공간 리소스……, 신성력의 공급이 절망적으로 적거든.”

로니에는 아무 말 없이 키리토의 말을 들었다.

——확실히 암흑계의 황량한 광경은 뇌리에 각인되어 있다. 그렇지만 지금까지 그런 거라고만 생각했지 그것을 어떻게든 할 수 없을까 하는 생각은 전혀 하지 않았다.

“……선배……, 저는…….”

입을 연 로니에를 향해 검은 눈동자를 향하고 키리토는 부드럽게 미소를 지었다.

"미안, 로니에를 책망하는 게 아니야. 어쩔 수 없는 거야. 언더월드는 처음부터 그런 식으로 만들어졌으니까. 가난한 암흑계와 풍요로운 인계 사이에 전쟁이 일어나게끔 할 목적으로 말이지. 그리고 전쟁은 실제로 시작되었고 많은 희생을 치른 끝에 최악의 결말만큼은 피할 수 있었어. 그 전쟁으로 잃은 생명을 위해서도 이제 두 번 다시 같은 일이 반복되어선 안 돼."

"그, 그렇지만, 대체 어떻게 하면……."

"해답은 하나뿐이야. 아인족에게는 암흑계 변경으로 쫓겨나서 어쩔 수 없이 개척해야 했던 영토가 아니라 그들이 자랑스러워 할 수 있는 나라가 필요해. ≪아인≫이라고 불릴 필요가 없는 진짜 나라가."

"진짜……, 나라."

따라가는 것만으로도 어려운 키리토의 이야기였지만, 그 말이 의미하는 것만큼은 이상하게도 곧바로 이해할 수 있었다.

로니에가 자신의 눈으로 본 적이 있는 것은 산 고블린족의 영토뿐이었다. 동쪽 대문에서 북동쪽으로 멀리 떨어진 곳의 구릉지대에 그들의 나라가 있었다. 땅에 보리는 자라지 않았고 강에 물고기는 살지 않는, 말 그대로 황야였다.

게다가 선선대 족장 하가시, 그 아들인 선대 족장 코소기가 연이어 목숨을 잃고, 최근에서야 새로운 족장이 선출되었기 때문에 부족의 부흥은 계속 늦춰지고 있었다. 다크 테리토리가 ≪힘의 규약≫에만 복종했던 구시대라면 즉시 자이언트나 오크 족, 어쩌면 평지 고블린족에 의해 멸망당했을 것이다.

키리토를 수행해 그들의 땅을 방문한 로니에는 지푸라기로 만든 조악한 자리에 환자가 방치되어 있고, 굶주린 어린아이들이 힘없이 울고 있는 광경에 아무 말도 하지 못했다. 인계로부터 운반해온 대량의 지원 물자로 최악의 상황은 벗어났지만, 그래도 근본적인 문제 해결은 되지 않았다. 그 땅에는 출생률이 높은 고블린족의 인구를 지탱할 만한 자원이 애당초 없었기 때문이다.

그러나 로니에는 지금까지 ≪앞으로의 일≫을 생각하려고 하지 않았다. 아니, 억지로 잊어버리려고 노력했다. 자신이 나눠준 오래도록 썩지 않는 것만이 장점인, 그다지 맛도 없는 딱딱한 빵을 받아들고 정신없이 입에 넣는 고블린 아이들의 모습을.

그 뒤로도 인계로부터 계속해서 물자는 보내지고 있을 것이다. 그것으로 괜찮을 것이라고 자신에게 되뇌며, 풍족한 인계에서 하급이라고 해도 귀족으로서 무엇 하나 부자유스럽지 않게 생활해왔다는 죄책감에는 눈을 감아 왔다.

그렇지만 지금 키리토의 입에서 ≪진짜 나라≫라는 말을 듣고 로니에는 강하게 의식할 수밖에 없었다. 그 황야는 아무리 생각해도 나라라고는──아니, 영토라고조차 부를 수 없는 곳이었다. 그곳은 유형지(流刑地)였다. 생활하는 것 그 자체가 형벌인 것이나 마찬가지인 땅인 것이다.

"…………선배……. 전…………, 저는……."

로니에는 깊이 머리를 숙인 채 먹던 케이크 접시에 딸그랑 포크를 떨어뜨리고는 갈라진 목소리를 내었다.

——귀족에게는 주어진 특권 이상의 중대한 의무가 있어. 언제 어느 때라도 힘없는 자들을 위해 싸우지 않으면 안 돼. 신성어로 ≪노블 오블리게이션≫이라고 하는 의무가.

2년 전, 아직 아무것도 모르는 초등연사였던 로니에에게 그렇게 가르쳐준 것은 눈앞에 있는 키리토였다.

——그런데 나는 어느샌가 그것을 잊고……. 아니, 아니야. 사실은 고블린족을 같은 인간이라고 생각하지도 않았어. 그들의 처지를 불쌍하다고 생각하면서도 마음속 어디에선가는 그렇다고 해도 어쩔 수 없다는…….

왈칵 쏟아진 눈물방울 하나가 흘러내려 하얀 접시에 떨어졌다. 옆에 있던 츠키가케가 꾸루루루 하고 걱정스러운 듯 소리를 내었고, 앞에서 뻗어온 손이 로니에의 머리를 부드럽게 쓰다듬었다.

"미안, 로니에. 이 이야기를 하면 네가 상처를 받을지도 모른다는 건 알고 있었어."

평소에는 잘 들을 수 없는 온화한 목소리로 키리토가 속삭였다.

"……그렇지만 그렇게 자신을 책망하지 않아도 돼. 지금 인계에서 암흑계로 지원 물자를 보낼 수 있는 것은 황제와 대귀족의 낭비를 막을 수 있었기 때문이고, 인계가 급속도로 부흥되었기 때문이야. 어느 쪽이든 로니에의 노력이 없었으면 실현 불가능한 일이었지. 그러니 로니에는 그들을 위해 나름 노력을 한 거야."

"그런……, 건가요?"

"그럼. 나는 그 뒤에도 산 고블린 나라에 간 적이 있지만, 그곳 아이들은 빵을 주었던 너를 여전히 잊지 않고 있었어."

다시, 조금 전과는 약간 의미가 다른 눈물이 흘러 뺨을 적셨다. 키리토는 그것을 깨끗한 손수건으로 닦아주었다.

눈앞에 있는 그의 품에 뛰어들어 얼굴을 묻고 실컷 울고 싶다는 충동을, 로니에는 필사적으로 참았다. 그 자리에 고개를 숙이고 선 채 억지로 눈물을 멈춘 뒤 얼굴을 들고 작게 미소를 지었다.

"……고마워요, 선배. 이제 괜찮아요……. 죄송해요, 이야기 중에 울기나 하고."

"로니에가 울보인 건 초등연사 시절부터 알고 있었으니 괜찮아."

그렇게 말하고 웃는 키리토를 입술을 내밀고 노려보면서도, 로니에는 다시 가슴 깊은 곳이 조여드는 것을 참아야만 했다.

그 느낌을 차와 함께 마셔 흘려보내고 눈을 깜빡여 마지막 눈물을 없앤 뒤 입을 열었다.

"……저기, 선배가 생각하는 일은 대충 알겠어요. 고블린과 오크에게도 인계와 비슷한 풍족하고 아름다운 나라가 필요하다. 그런 곳은 이미 언더월드에는 없는 이상 ≪최후의 벽≫ 저편을 찾아볼 수밖에 없다. 그러기 위해 그 기룡으로 어떻게든 벽을 넘지 않으면 안 된다……. 그런 거죠?"

"그 말대로야. ……벽을 넘은 뒤에도 힘들겠지만……."

크게 고개를 끄덕이는 키리토에게 망설이면서도 물었다.

"……그렇지만 벽의 저편이라는 게 정말 있을까요? 그 벽이 영원히 한없이 계속된다면……?"
"그건 나도 생각했어. 그렇지만……, 만약 그 벽이 정말 이쪽 세계의 끝이라면 그건 벽일 필요가 없다는 생각이 들어. 단순히 침입이 불가능한 어드레스……. 허무 비슷한 것이어도 충분하지 않았을까?"
"허무……. 보이지도 않고 들어갈 수도 없는 공간 같은 것인가요?"
"그래. 그렇지만 실제로는 최후의 벽은 실재하는 절벽이야. 엄청나게 높고 엄청나게 단단한 벽이지. 그렇게 된 이유가 이쪽 세계의 주민들을 이해 불가능한 존재와 대면시키지 않게 하기 위해서라면……. 진정한 의미의 ≪세계의 끝≫은 그곳에 도착한 시점부터 ≪끝≫이 아니게 될 가능성이 있어……. 모든 것은 메인 비주얼라이저에 얼마만큼의 여지와 여력이 있는가에 달렸지만……."
또다시 이야기가 이해할 수 없는 영역으로 넘어가면서 로니에가 눈썹을 찡그리자 키리토는 미안하다는 듯이 머리를 긁적였다.
"미안미안, 로니에와 이야기를 하면 나도 모르게 머릿속에 있는 것을 전부 말하게 되더라고. 그러니까 말이지……, 이 세상은 원래 ≪끝≫ 같은 건 없어."
"끝이 없다고요……?"
그 역시 로니에에게는 익숙지 않은 개념이었다.
북 센트리아에서 태어나 자란 로니에에게 있어 도시를 부채꼴로 감싸는 거대한 성벽——. 즉 ≪불후의 벽≫이 최초의 끝이었다. 나중에는 그 너머에 광대한 놀란가르스 제국이 펼쳐져 있는 것을 배웠고, 다시 다른 3제국과 함께 원형의 인계를 형성하고 있다는 것을 알게 되었다.

인계를 둘러싸고 있는 ≪한끝산맥≫과 그 너머에 있는 무서운 다크 테리토리에 대해서 배운 것은 여덟 살 때 유년학교에 들어가서였다. 그렇다고 해도 교사 역시 암흑계의 구체적인 지형에 대해서는 말하지 않았고——지금 생각해 보면 알고 있었는지 아닌지도 의심스럽지만——, 그 땅에도 그것을 둘러싼 무한의 절벽, 즉 ≪최후의 벽≫이 있다는 사실을 알게 된 것은 인계수비군에 티제와 함께 지원해 동쪽 대문에 부임한 뒤의 일이었다.

요컨대 로니에가 아는 세계에는 항상 일정한 ≪끝≫이 존재했다. 예를 들어 그 경계를 넘는다고 해도 반드시 다음 벽이 나타났다. 그리고 언제부터인가 절대로 넘을 수 없는 완전한 세계의 끝에 닿았다고 믿고 있었던 것이다.

"……그렇다면……, 최후의 벽 너머에도 인계나 암흑계와 같은……. 초지며 삼림, 황야가 끝없이, 끝없이 펼쳐져 있는 건가요?"

더듬거리며 그렇게 묻자 키리토는 으음 하고 신음했다.

"어떻게 설명하면 좋을까……. ——그래, 잠깐만 와볼래?"

일어서서 손을 내밀었다. 두근거리며 그 손을 잡자 키리토는 로니에를 일으켜 세우고 운상정원 외주부에 작게 열린 창문까지 데리고 갔다.

"자, 저걸 봐."

검은 옷의 오른팔이 가리킨 것은 청색이 점점 짙어지는 동쪽 하늘 위에 뜬 하얗게 뜬 반원――루나리아였다. 로니에와 츠키가케는 새끼용의 이름을 따온 커다란 별을 시키는 대로 바라보았다. 그러자 키리토가 너무나도 당연한 말을 했다.

"둥글지?"

"아……, 네. 둥글어요."

대체 무슨 말을 하려는 걸까 하고 생각하면서도 고개를 끄덕였다.

"저 달은 평평한 원반이 아니라 완전히 둥근 구체야. 그래서 태양의 빛이 닿는 부분만 밝게 보이기 때문에 차기도 하고 기울기도 하는 거지. 그건……, 센트리아의 학교에서도 배웠었지?"

자신이 없는 듯 확인하는 키리토에게 쓴웃음을 지으며 다시 한 번 끄덕 하고 머리를 흔들었다.

"물론이죠. 하늘 저편 신계에 떠 있는, 루나리아 신이 계신 황금의 보석……이라고 유년학교에서는 배웠지만……"

"그렇군. 음, 그러니까……, 사실은 인계와 암흑계를 포함하는 이쪽 세계도 사실은 그와 마찬가지로 구형일 거라고 난 추측하고 있어."

"네……?! 구형이라고요?!"

로니에는 깜짝 놀라 소리쳤다. 갑자기 발밑이 불안정하게 느껴져 자신도 모르게 힘을 주었다. 옆에서 츠키가케가 키리토를 향해 무슨 바보 같은 소리냐고 비웃는 듯 후욱 콧바람을 내뿜었다.

키리토는 그 뒤에 5분 정도를 소비하여, 이 세상의 지형 구조——행성이라고 그는 말했다——에 대해 알려주었다. 물론 쉽게 받아들일 수 있는 이야기는 아니었지만, 그래도 한 가지는 이해할 수 있었다.

센트럴 커시드럴 95층에 있는 ≪효성의 망루≫는 바깥쪽이 모두 하늘을 향해 열려 있었다. 그 끝에 서서 지상을 바라보면 멀리 수평선이 위를 향해 완만한 곡선을 그리고 있는 것을 알 수 있었다.

이 세계가 정말 구형이라면 그렇게 보이는 것이 당연——한 것인지도 모르지만, 머리는 이해가 되어도 실감이 나질 않아 로니에는 하늘에 뜬 달을 응시했다.

갑자기 자신도 생각하지 않았던 말이 입술에서 흘러나왔다.

"이곳 세계도 저 달도 같은 구형이라면……, 달에도 초원이나 숲이나 도시가 있고 사람이 살고 있는 걸까요?"

"어……?"

그것은 키리토에게 있어서도 예상 밖의 질문이었는지 검은 머리카락의 검사는 크게 한 번 눈을 깜빡이더니 금세 평온한 눈빛으로 돌아왔다.

"……그럴지도 모르지. 달까지의 거리에 따라서는 작은 위성이 아니라 같은 사이즈의 행성일 가능성도 있어……. 뭐, 언젠가 가보면 알겠지."

아무렇지 않은 듯 대답하는 키리토의 말에, 로니에는 스스로도 의외일 정도로 그다지 놀라지 않았다. 오히려 이 사람이라면 당연히 그렇게 말할 것이라는 예감 비슷한 것이 있었다.

그렇기에 로니에는 그저 미소만 지으며 아주 조금, 1센 정도 키리토에게 다가가 작은 목소리로 속삭였다.

"그때는 꼭 저도 같이 갈 거예요. 선배의 보좌연사로서."

"그렇다면 커다란 기룡을 만들어야겠군."

그리고 두 사람과 한 마리는 그대로 잠깐 동안 하늘 저편의 반원을 응시하고 있었다.

3

돌발적인 다도회가 끝난 뒤, 식기를 주방에 되돌려준 다음에도 로니에는 계속 키리토의 말에 대해 생각했다.

최후의 벽 저편의 이야기나, 세계가 구형이라는 이야기나, 달까지의 여행 이야기가 아니었다. 처음 화제에 올랐던 ≪다시 전쟁이 일어날 가능성≫에 대해서였다.

인계의 풍요로움이 아인족에게 불만을 축적시킬 것이라는 이야기는 분명 있을 법하다고 로니에는 생각했다. 그렇지만 그것이 실제 전쟁——즉 다시 무력침공으로 이어질 것인가 하고 생각하면, 솔직히 좀처럼 믿어지지 않았다.

왜냐하면 지금은 암흑계에서도 ≪5족평화조약≫이 체결되어 전 종족에게 철저하게 주지되고 있기 때문이었다. 인계와 비교하면 원시적인 법률이지만, 거기에도 확실하게 살인과 약탈을 금지한다고 규정되어 있었다.

물론 지금까지 수백 년 동안 힘이 있는 자가 모든 것을 지배한다고 하는 ≪힘의 규약≫만을 따라온 암흑계 주민들에게는 경천동지할 정도의 대변혁을 강요하는 것이므로, 과도기의 완충장치로써 목숨을 빼앗지 않는 범위 내에서 하는 결투의 자유는 남겨놓은 모양이었다. 그렇지만 전쟁이 일어나면 그런 힘 조절을 할 여유는 없을 것이다.

그리고 설사 암흑계 백성이라고 해도 ≪법을 어겨서는 안 된다≫라고 하는 혼의 봉인은 인계인과 다르지 않을 터였다.

그렇기 때문에 지난 전쟁으로부터 불과 몇 년밖에 지나지 않았지만 암흑계에서 온 관광객들을 인계에 받아들일 수도 있었던 것이다.

"……로니에, 뭐 해? 듣고 있는 거야, 로니에?"

몇 번이나 오른쪽 어깨를 흔들리고 나서야 로니에는 깜짝 놀라 얼굴을 들었다.

커시드럴 4층, 대수련장 한쪽 구석에서 심의의 수행을 하던 도중, 어느샌가 다른 생각에 빠진 모양이었다. 오늘 과제는 ≪단좌무상(端坐無想)≫으로, 이는 ≪소인교감(素因交感)≫이나 ≪철주고립(鉄柱孤立)≫ 등의 수행과 달리 실제로 잡념에 빠지기 쉬운 골치 아픈 과제였다.

그렇지만 아무래도 옆에 있는 단짝은 잡념 정도가 아니라 잡담에 도전할 생각인 듯했다. 로니에는 살짝 수련장 중앙에서 하위 기사들에게 검기 지도를 하고 있는 사범――오늘은 ≪치염궁≫ 듀솔버트――의 모습을 살핀 다음 작은 목소리로 친구에게 사과했다.

"미안해, 멍하니 있었어."

그렇게 말한 뒤 이 상황에서 자신이 사과하는 것도 뭔가 이상하다고 생각했지만 빨강머리 파트너는 뾰로통하게 뺨을 부풀리고 속삭였다.

"뭐야, 전혀 안 들은 거야? ……상담해주었으면 하는 일이 있다고 말했잖아."

"상담?"

살짝 고개를 갸웃거리고 로니에는 옆으로 시선을 돌렸다.

수검학원 시절부터 알아온 수습 기사 티제 슈트리넨이 심각한 표정으로 고개를 끄덕이고 있었다.

"응. …………저기, 나……. 신청을 받았어."

"뭐, 결투를?! 절대 안 돼, 결투 따윈!"

반사적으로 작게 소리치자 티제는 단풍색 눈동자로 로니에를 노려보며 재빨리 부정했다.

"아니야! 그 반대……. 결투가 아니라……, 맞선이라고 할까……. 그러니까……."

단짝이 무슨 말을 하고 있는지 이해하지 못한 채 로니에는 몇 초 동안 멍하니 있다가 드디어 말의 의미를 이해했다.

직후, 뭐어~~~?! 하고 절규할 뻔했지만 그것을 참기 위해 로니에는 모든 심의를 쥐어짜야만 했다. 대신 크게 숨을 들이마셨다가 잠깐 멈춘 뒤 가늘게 오랫동안 내뱉었다.

다시 한 번 공기를 들이마신 뒤 로니에는 쭈뼛거리며 물어보았다.

"…………그 말은, 그러니까, 결혼……, 이라는 거……?"

그러자 티제는 시선을 앞쪽 바닥으로 떨어뜨리고는 작게 끄덕였다.

당연한 의문이 입에서 튀어나오려는 것을, 대체 누가 신청했냐는 말을, 로니에는 겨우 참았다. 현재 티제에게 결혼을 신청할 가능성이 있는 남자는 한 사람밖에 없었다. 바로 상위 정합기사, ≪쌍익인≫ 렌리 신서시스 트웬티세븐이었다.

그가 티제를 연모하고 있는 것은 이계전쟁 때부터 분명했다. 의외라고 하기보다 오히려 늦은 프러포즈라고 해도 좋을 정도였다.

항상 소심한 미소를 짓고 있는 작은 남성 기사의 모습을 머릿속으로 떠올리며 로니에는 "축하해" 하고 말하려 했다.

그러나 그 말을 말리려는 듯 티제는 재빨리 머리를 좌우로 흔들었다.

"……난 아직, 어떻게 대답할지를 못 정했어."

그 말에 로니에의 눈이 휘둥그레졌다.

"어……, 왜……? 싫어하는 건 아니야, 라기보다는 좋아하잖아? 렌리 님과 함께 자주 같이 있기도 했고……."

쭈뼛거리며 묻자 티제는 더 깊이 고개를 숙이며 항상 명랑한 그녀에게 어울리지 않는 애절한 표정을 지었다.

"좋아해. 그렇지만 내가 렌리 님을 좋아하는 이유도, 나는 알고 있어. 그건……, 렌리 님이 어딘가 선배와 닮았기 때문이야."

"…………!"

로니에는 날카롭게 숨을 들이마셨다.

티제가 말하는 ≪선배≫는, 물론 대표검사 키리토를 가리키는 게 아니었다. 수검학원 초등연사였던 시절 로니에가 키리토를 보좌했던 것처럼 티제도 한 사람의 상급생을 따라다녔다. 온화한 언행과 부드러운 미소 속에 키리토에게 지지 않을 정도의 강한 의지와 검력을 숨기고 있던 그를 티제가 진심으로 연모했다는 사실을 로니에는 잘 알고 있었다.

그러나 그는 이제 없다.

빨강머리 친구는 그 슬픔을 극복했다고 로니에는 믿고 있었다. 보석 같은 수많은 추억들을 가슴속 깊은 곳에 소중히 간직하고 다시 앞을 향해 걸어갈 것이라고 그렇게 생각하고 있었다.

그러나 그것이 착각이었다는 것을 붉은 속눈썹에서 뺨으로 떨어지는 투명한 이슬이 알려주고 있었다.

“티제…….”

친구의 이름을 부른 로니에는 힘껏 입술을 깨물고는 일어섰다. 그리고 수련장 중앙에서 열심히 지시를 내리는 듀솔버트를 향해 소리쳤다.

“사범 각하! 기사 슈트리넨의 몸 상태가 좋지 않습니다. 오늘 수련은 마쳐주시길 바랍니다!”

짧은 머리의 기사는 강철의 화살 같은 시선을 로니에에게 퍼부었지만, 다행히 아무 말 없이 고개를 끄덕였다. 로니에는 재빨리 티제를 일으킨 뒤 얼굴이 드러나지 않도록 고개를 숙이게 하며 물러나왔다.

로니에는 그대로 티제의 어깨를 부축하고 빠른 걸음으로 대계단을 내려온 뒤 커시드럴의 뒷정원에 펼쳐진 장미원으로 향했다. 과거 간수였다는 소문이 도는 거한 정원사 옆을 꾸벅 고개를 숙이며 통과한 뒤, 미로 같은 통로를 계속 나가자 아무도 나타나지 않을 깊숙한 곳에 작은 벤치를 발견하여 티제를 거기에 앉혔다.

2월의 장미원은 가장 빨리 피는 품종이라도 겨우 단단한 봉우리가 맺히는 시기로, 작은 잎과 가시가 있는 덩굴만 찬바람에 떨고 있었다.

티제는 젖은 단풍색 눈동자로 그것들을 멍하니 바라보고 있다가, 이윽고 작게 중얼거렸다.

"…………렌리 님과 함께 있으면 언젠가 추억으로 만들 수 있을 거라고 그렇게 믿었어……. 아니, 그렇게 되길 기도했는데……."

"티제…………."

살짝 등에 손을 올리자 힘없이 몸이 기울어졌고 머리가 로니에의 어깨에 닿았다.

"그렇지만……, 어느샌가 렌리 님의 미소, 말, 행동 중에 선배와 닮은 부분을 찾고 있는 거야. ……내가 선배를 잊지 못한다는 사실을 렌리 님도 알고 있어. 그래도 괜찮다고 말씀도 하셨고. 그런 상황에서 내게 결혼을 신청해주신 거야. 정말 기뻐……. 기쁘긴 하지만……."

다시 눈물이 긴 속눈썹에 고였다 떨어졌다. 이번에는 한 방울이 아니라 계속계속 흘러 두 사람의 수수한 수련복을 물들였다.

"기쁘긴 하지만, 난 사실은 잊고 싶지 않은 거야. 계속 선배와의 추억 속에서 있고 싶다고 마음 깊은 곳에서 생각하는 거지. 그걸 알기 때문에……, 그래서, 나는……."

떨리는 목소리로 로니에에게 말하고는 티제는 힘껏 얼굴을 로니에의 가슴에 묻고 소리쳤다.

"난, 만나고 싶어……. 유지오 선배를, 만나고 싶다고……!"

온몸을 부들부들 떨며 우는 친구의 등을 로니에는 힘껏 껴안았다.

로니에의 눈에도 뜨거운 무언가가 번졌다.

두 사람이 수검학원에서 보좌연사로 있었던 것은 불과 1개월 정도에 지나지 않았다. 그러나 두 사람에게 있어 그 만남은 운명이었다. 평생에 오직 한 번 찾아오는 기적이었다.

자신은 그 기적이 명하는 대로 앞으로 영원히, 아무도 사랑하지 않을 것을 한참 전에 맹세한 바 있었다. 그런 만큼 티제는 다음 행복을 찾길 바랐지만——, 그것은 너무나도 이기적인 소망이었다는 사실을 로니에는 지금에서야 깨달았다.

왜냐하면, 로니에와 달리 티제는 이제 영원히 그 사람을 만날 수 없다. 손을 잡을 수도, 이야기를 할 수도, 멀리서 몰래 지켜보는 것조차 티제에게는 허락되지 않았다.

비통하게 오열하는 친구에게 해줄 위로의 말을 로니에는 찾을 수 없었다. 대신 언제까지고 등을 쓰다듬고, 머리를 어루만졌다.

티제의 눈물이 겨우 멎은 것은 장미원에 석양이 드리워질 즈음이었다.

모든 감정을 발산한 듯이, 빨강머리 친구는 머리를 로니에의 어깨에 기댄 채 저무는 솔루스를 멍하니 응시했다.

"…………미안해. 고마워."

이윽고 갈라진 목소리로 티제가 그렇게 속삭였고, 로니에는 작게 고개를 흔들었다.

"아니야. ……나야말로 미안해, 티제. 난……, 네 마음을 전혀 알아차리지 못했어. 렌리 님과 행복했으면 좋겠다는 이기적인 생각만 하고…….”

“괜찮아. 나도 조금이지만 그렇게 되고 싶다는 마음이 있었으니까.”

크게 숨을 들이쉬며 티제는 조금은 힘이 돌아온 목소리로 말했다.

“나, 렌리 님께는 조금 더 기다려달라고 부탁해볼게. 시간이 지나더라도 아무것도 변하지 않을지도 모르지만……. 그렇지만 왠지 예감이 들거든.”

“예감……?”

“응. 그, 키리토 선배가 만든 ≪기룡≫을 본 순간부터……. 앞으로 다시 무언가가 일어날 거라는, 무언가가 변할 것이라는 예감.”

티제의 말에 로니에도 문득 그때의 일을 떠올렸다.

푸른 하늘을 배경으로 끝없이 상승하는 은색의 빛. 그것을 보면서 느낀 아플 정도의 고양감. 분명 그 광경에는 거대한 변혁을 예감하게 하는 무언가가 있었다.

“…………그러게. 나도, 느꼈어.”

로니에의 말에 티제도 천천히 고개를 끄덕였다.

두 사람의 소녀 기사는 그대로 돌로 만든 의자에 잠시 동안 앉아 있었다. 몇 분 뒤 다섯 시를 알리는 종소리가 들려오자 티제는 몸을 일으키더니 힐끗 로니에를 보고는, 생각지도 않은 말을 입에 담았다.

“그런데, 로니에는 어쩔 거야?”

“응……? 어, 어쩌다니?”

단풍색 눈동자를 한 차례 깜빡거리더니 로니에는 희미한 미소를 지으며——.

"키리토 선배에게, 조금은 마음을 전했어?"

"서……, 설마, 어떻게 그래?!"

자신도 모르게 소리친 뒤 어깨를 움츠리고 힘껏 머리를 저었다.

"그런 짓을 할 리가……, 가능할 리가 없잖아. 괜찮아, 난. 지금 이대로라도."

"나를 배려하는 거라면, 그럴 필요는 없는데?"

진지한 얼굴로 말하는 티제에게 다시 한 번 단호하게 부정의 의사를 전했다.

"그게 아니야. 정말 괜찮다니까. 그리고……, 선배에게는 아스나 님이 있잖아. 게다가 언젠가 이쪽 세계로 돌아올 앨리스 님과 인계수비군의 세루루트 장군이나……, 어쩌면 파나티오 님도……."

"로니에도 참……."

티제는 어이없다는 표정으로 한숨을 쉬었다.

"키리토 선배는 그분들과는 절대 결혼하지 않을 거야. 게다가 지금 선배는 황제보다도 높은 신분이니까, 제국기본법에 따라 부인을……, 세 사람? 네 사람이었나……?"

"무, 무슨 소리야? 선배가 그런 일을 할 리 없잖아?!"

다시 한 번 소리를 지르고 만 로니에는 뜨거워진 얼굴을 얼버무리기 위해 힘껏 일어섰다.

"정말로 난 괜찮아! 티제는 본인 일이나 생각해!"

단호하게 선언하고 뒤로 돌았다.

친구는 다시 들으라는 듯 크게 한숨을 쉰 뒤 일어서서 옆으로 왔다.

"뭐, 키리토 선배 본인도 당분간은 그런 말을 꺼내지는 않겠지. …………슬슬 돌아가자, 로니에. 시모사키랑 츠키가케가 배를 곯고 있을 거야."

"응, 나도 그 이야기를 하려고 했는데……."

거기서 로니에는 좌우의 울타리를 바라보면서 티제에게 말했다.

"……티제, 혹시 돌아가는 길 알아?"

"……울고 있던 내가 알 리 없잖아."

두 사람은 얼굴을 마주 보며, 거대한 장미 미로의 깊은 곳에서 다시 한 번 나란히 한숨을 쉬었다.

그날 밤.

커시드럴 22층에 있는 자기 방 침대에 누운 뒤에도 로니에는 좀처럼 잠들지 못했다.

——티제가 이상한 소릴 해서 그래.

하고 두꺼운 돌벽으로 가로막힌 옆방을 향해 분노의 텔레파시를 보냈다. 그러나 금세 그녀 역시 잠을 이루지 못할 거라는 것을 떠올리고 반성했다.

하긴 티제는 오늘 태어나 처음으로 남자에게 결혼을 신청받은 것이다.

——장소는 커시드럴의 어느 곳이었을까? 어떤 말이었을까?

하는 상상은 금세 다른 방향으로 헤매기 시작했다.

——만약, 혹시라도……. 만의 하나 키리토 선배가 내게 구혼한다면 그 사람은 어떤 장소를 고를까? 커시드럴 95층의 ≪효성의 망루≫이려나……? 아니면 추억이 있는 수검학원 뒷정원……? 아냐, 어쩌면 비행술식을 사용해 구름 위에서일지도…….

크게 숨을 들이쉰 뒤 휙 하고 모포를 머리까지 올린 로니에는 생각을 멈추었다.

그런 상상조차도 결코 해서는 안 되는 것이라고 자신에게 되뇌었다. 바라도 되는 것은 오직 하나. 지금의 평화로운 날들이 계속되는 것뿐. 그 이외의 것은 바라서는 안 되었다. 무엇 하나라도.

몸을 돌려 베개에 머리를 묻자, 그때서야 수면의 정령이 조심스럽게 다가와 로니에의 눈꺼풀을 살며시 닫았다.

4

다음 날, 2월 18일.

그러나 로니에는 자신의 단 하나의 소망조차 흔들릴 수 있는 사건이 일어났음을 점심 오찬 자리에서 알게 되었다.

새빨개진 얼굴로 뛰어든 하위 기사가 키리토를 향해 무릎을 꿇고 소리친 그 말은——.

중앙도시 센트리아에서 산 고블린족의 관광객이 센트리아 시민 한 사람을 살해했다는 것이었다.

그토록 위대한 인계 대표검사도, 또 대표검사보다도 더 대담한 성격일 듯한 부대표도 동시에 눈을 크게 뜨고 놀란 숨을 삼켰다.

키리토는 잠시 눈을 감았지만, 바로 나이프와 포크를 놓고 일어섰다.

"아스나, 그리고 파나티오 씨, 인계수비군과 위사대의 지휘권 장악을 부탁해. 통상 임무만 수행하고 이번 건에 관해서는 일체 특별한 대응은 하지 말아줘. ——그 고블린족은 지금 어디 있지?"

후반은 전령으로 온 하위 기사에 대한 물음이었다. 아직 소년의 티가 얼굴에 남은 기사는 무릎을 꿇은 채 대답했다.

"네, 이미 남 센트리아 위사청에 수감되어 있습니다."

"알았어, 전해줘서 고마워!"

말을 마치자마자 흑의 자락을 펄럭이며 키리토는 큰 걸음으로 걷기 시작했다. 그제야 로니에도 비로소 정신을 차리고 급히 일어나 대원탁의 반대쪽에서 외쳤다.

"저……, 저도 함께하겠습니다. 대표님!"

그러자 키리토는 잠깐 생각하는 듯했지만 바로 고개를 끄덕였다.

"부탁할게. 그럼 지름길로 가도 될까?"

"어……, 네? 무슨……?"

달려가면서 로니에는 의아한 표정을 지었다. 지름길이고 뭐고 센트럴 커시드럴은 원형의 중앙도시 중심부에 위치하고 있는 만큼, 커시드럴의 대계단을 내려가 남문으로 나가면 바로 구 서더크로이스 제국의 수도였던 남 센트리아 시였다. 위사청 건물 같은 주요 시설은 커시드럴에서 시작되어 시가지를 관통하는 대로변에 있을 것이므로 어차피 목적지까지는 일직선이었다.

그런 로니에의 의문에 키리토는 행동으로 답했다. 망설임 없는 걸음걸이로 남쪽 문이 아니라 동쪽의 발코니로 향한 것이다.

뒤를 따른 로니에는 커시드럴 약 20층 높이에서의 조망을 보고 서, 설마 하고 생각했다.

그때는 이미 키리토의 왼팔이 "실례!" 하는 말과 함께 로니에의 몸을 감싸고 있었다. 심장이 뛸 시간도 없이——.

슈웅! 하는 이질적인 소리가 울리면서 시계가 녹색의 빛으로 휩싸였다.

직후, 몸이 둥실 떠오르는 것을 느끼고 로니에는 비명을 지를 뻔했지만 그보다도 빠르게 두 사람은 맹렬한 속도로 하늘을 날기 시작했다.

커시드럴이 금세 멀어졌다. 광대한 중앙도시의 시가지가 금방 다가왔다. 빠른 정도가 아니었다. 비룡이 낼 수 있는 최대 비행 속도보다 몇 배는 빨랐지만, 풍압은 거의 없었다. 바람 엘레멘트를 가공한 보호막으로 몸을 감싸 공기의 저항을 없애고, 또 후방으로 바람 엘레멘트를 연속적으로 해방시켜 거대한 추진력을 얻는 것 같았다.

이것이 언더월드를 통틀어 현재 키리토만이 사용할 수 있는 ≪풍소비행술≫――이라는 것을 깨달았을 때, 이미 두 사람은 질풍처럼 지상으로 내려가고 있었다.

다시 신비한 소리가 나면서 시계의 색깔이 원래대로 돌아왔다. 현기증이 났지만 고개를 저으며 눈을 크게 뜨자 바로 앞에는 거대한――이라고 해도 물론 커시드럴에는 미치지 못하지만――석제 건물이 있었다. 붉은 사암을 자른 까칠한 질감의 벽은 분명 남 센트리아 특유의 것이었다.

돌계단 위에 있는 정면 출입구를 두터운 갑옷을 입은 두 명의 위병이 지키고 있었다. 로니에와 키리토의 갑작스러운 출현을 보았는지, 경계감을 드러내며 대형 도끼창을 겨누는 그들을 향해 키리토는 일직선으로 달려갔다.

"누구냐?!"

하고 외치며 창을 교차시키는 위병들에게 로니에는 키리토의 뒤에서 최대한 위엄 있는 목소리로 소리쳤다.

"인계통일회의에서 왔습니다!"

위병들의 시선이 짧은 망토의 잠금쇠에 달린 정합기사단 문장으로 집중되었다. 아직 수습인 까닭에 원래라면 하부에 각인되어야 할 번호는 없었지만, 다행히 그것만으로도 충분한 효과를 발휘한 모양이었다. 위병들은 곧바로 직립자세를 취했고 도끼창의 아랫부분을 강하게 지면에 부딪치며 예를 갖췄다.

두 사람의 사이를 키리토는 단숨에 빠져나갔다. 로니에도 그 뒤를 따랐다.

이제 와서 느낀 것이지만, 로니에는 인계통일회의 대표검사가 검과 문장은 물론이고 망토조차 걸치고 있지 않다는 사실을 깨달았다. 검은 마로 만든 간소한 셔츠와 같은 색의 두꺼운 면바지뿐이었다. 이래서는 키리토를 몰라본 위병들을 야단칠 수도 없었다.

그러나 키리토는 의아한 시선을 보내는 위사청 직원들 사이를 뚫고 일직선으로 지하로 가는 계단으로 향했다. 마치 문제의 고블린이 잡혀 있는 곳을 이미 알고 있는 듯했다.

아니, 실제로 그랬을 것이다. 돌계단을 절반 정도 내려갔을 때, 로니에의 귀에 특징적인 새된 목소리가 들렸다.

"……아니야! 난 아무 짓도 안 했어! 아무것도 못 봤다니까!"

"거짓말하지 마라, 이 아인 놈아!!"

굵은 노성과 쿵 하는 둔한 소리가 이어졌다.

위사청 지하 2층은 검게 빛나는 철격자로 이루어진 감옥이었다. 그렇다고 해도 지나치는 감방의 대부분은 바닥에 먼지가 뽀얗게 쌓여 있었고 오랜 기간 사용된 흔적이 없었다. 그도 그럴 것이 인계에는 원칙적으로 범죄자는 출현하지 않았으며, 극히 드물게 금기목록이나 제국기본법의 방대한 조항을 다 외우지 못한 까닭에 ≪결과적으로 사소한 죄를 저지르고 만≫ 사람이 나타나는 것에 불과했다. ──지금까지는.

통로의 막다른 곳은 취조를 위한 장소인지 철격자가 없는 방으로 되어 있었다. 어두침침한 방의 중앙에는 투박한 책상이 놓여 있었고, 그 위에 납작하게 엎드려 있는 것은 분명 젊은 산 고블린족이었다.

작은 그의 몸을 뒤에서 건장한 위사가 누르고 있었다. 그리고 정면에는 대장 제복을 입은 남자가 서서 빼든 장도를 높이 들고 있었다.

"한쪽 팔을 잘린 뒤에도 더러운 거짓말을 하는지 시험해 보자고!"

번쩍 하고 검이 양초 불빛을 반사했다.

──그만둬!

하고 로니에가 소리치려고 했으나 그보다 빨리──.

채앵! 하는 날카로운 소리가 울렸다. 마치 보이지 않는 칼날에 가격당한 것처럼 대장의 검에서 불꽃이 튀었고, 손에서 빠져나간 검은 안쪽 벽까지 날아갔다.

키리토가 정합기사의 비오의(秘奧義)인 ≪심의의 칼날≫을 구사한 것이었다. 전력으로 질주하며 대장의 검을 튕겨낸 검은 옷의 청년은 그대로 걸음을 멈추지 않고 취조실로 뛰어들며 소리쳤다.

"거기까지다! 이번 건에 관한 모든 것은 지금부터 인계통일회의에서 맡는다!"

"뭐라고……?!"

날아간 검을 멍하니 바라보던 대장은 몸을 돌려 키리토를 보자마자 얼굴을 붉혔다. 잘 정리된 수염을 부들부들 떨며 무언가를 큰 소리로 외치려는 순간, 그의 눈이 로니에의 견장을 포착했다.

표정이 다시 급변했고 동시에 얼굴에서도 붉은빛이 사라졌다. 대장과 그 부하는 재빨리 바닥에 한쪽 무릎을 꿇으며 키리토가 아닌 로니에를 향해 고개를 숙였다.

센트리아 사람들이 이러한 반응을 로니에에게 보이는 빈도는 최근 상당히 증가하고 있었다. 그렇지만 조금도 익숙해질 기미는 보이지 않았다. 그도 그럴 것이 로니에는 1년 3개월 전까지만 해도 평범한 학생이었던 것이다. 이계전쟁으로 인해 인계수비군에 지원했고, 그 뒤로는 정신없이 검을 휘둘렀을 뿐인데 어느샌가 수습 기사가 되다 보니 각오나 품격 같은 것은 전혀 모르는 상태였다.

이 사람도 제대로 된 복장을 갖추면 이런 유쾌하지 않은 경험은 겪지 않을 텐데, 하는 생각을 하면서 로니에는 물끄러미 키리토의 행동을 주시했다.

외모로는 중앙도시에 사는 일반 백성 중 하나처럼 보이는 청년은 우선 몸을 웅크리고 부들부들 떨고 있는 산 고블린족의 젊은이를 향해 안심시키려는 듯 고개를 끄덕인 다음 온화한 목소리로 물었다.

"당신, 이름은?"

고블린은 노란색이 섞인 눈을 격렬하게 깜빡이다가 잠시 뒤 작은 목소리로 대답했다.

"…………오로이."

"오로이로군. 그 장식용 깃털은 톱의 언덕에 사는 우보리 씨족의 것이지?"

이마에 두른 가죽띠에 달린 청색과 황색이 섞인 깃털을 흔들며 고블린이 고개를 끄덕였다.

"그렇군, 내 이름은 키리토야. 인계통일회의의 대표를 맡고 있지."

순간 머리를 숙이고 있던 위사 두 사람은 꿈틀 하고 움직였고 오로이라고 하는 이름의 젊은이는 눈이 휘둥그레지며 외쳤다.

"키리토……. 알아, 나도 알고 있어! 우보리와 쐐기나방 유충 잡기를 해서 이긴 하얀 이움!"

——대체 이 사람은 무슨 일을 하는 거야? 하고 로니에는 내심 어이가 없었지만 물론 얼굴에는 내비치지 않았다. 키리토는 아무렇지도 않게 고개를 끄덕이며 말했다.

"그때 받은 백인장의 메달은 아직도 잘 가지고 있어. 잘 들어, 오로이. 지금부터 먼저 이쪽 위사들에게, 그 다음에는 너에게 차례로 이야기를 들을 거야. 그 내용만으로 처벌하거나 하지는 않을 테니까 침착하게 있었던 일만 이야기해줘."

키리토의 재촉에 일어난 위사대장은 두려움 속에서도 약간의 분노가 섞인 얼굴로 다음과 같이 이야기했다.

——오늘 오전 11시 30분쯤, 남 센트리아 4번가의 위사 대기소에 『카르 거리의 한 숙박소에서 아인이 흉기를 들고 날뛰고 있다』는 시민의 신고가 들어왔다. 서둘러 달려가보니 그 숙박소의 2층 복도에서 고블린족이 피가 묻은 단검을 들고 서 있었고, 바로 안쪽 방에는 인간 남자가 피를 흘리며 쓰러져 있었다. 남자는 숙박소 청소부로 심장을 관통당해 있었고, 이미 천명이 완전히 소멸되어 있었다. 정황상 고블린족이 단검으로 남자를 살해한 것으로 판단하고 즉시 위사청으로 연행해 취조를 시작했다——.

이에 대해 산 고블린족의 오로이는 다음과 같이 설명했다.

——오로이는 같은 씨족의 젊은이 다섯 사람과 함께 사흘 전부터 센트리아를 구경하기 위해 여행을 하고 있었다. 동료들은 아침 식사 뒤 밖으로 나갔지만 오로이는 속이 안 좋아 숙박소 방에 누워 있었다. 점심시간 전 누군가 문을 두드려 밖으로 나가보니 사람은 없었지만 복도에 단검이 떨어져 있었다. 그것을 주워 묻은 피를 보고 있는데 계단에서 병사들이 올라와 뭐가 뭔지 알지도 못하는 사이에 붙잡혔다.

"……나는 아무 짓도 안 했다……. 무슨 일이 일어났는지도 못 봤다……."

오로이가 그렇게 말을 마치자마자 대장이 참지 못하겠다는 듯 소리쳤다.

"이놈, 거짓말하지 마라! 그 단검은 인계의 것이 아니야! 그런 조악한 물건을 쓰는 건 아인뿐이라고!"

"아, 아니다! 그 검은 닮았지만 아니다! 고블린의 검은 자루 머리에 씨족의 문장이 들어 있다! 그 검은 들어 있지 않다. 가짜다!"

갈라진 목소리로 오로이가 그렇게 항변하자, 대장은 더욱 화가 난 표정으로 다시 소리를 지르려고 했다. 그것을 키리토가 오른손으로 제지하며 말했다.

"조사해보면 알 수 있는 일이야. 대장, 그 단검은 지금 어디에 있지?"

"……네, 1층의 무구고(武具庫)에 보관해두었습니다."

"미안하지만 보여주지 않겠나?"

그러자 대장은 부하에게 눈짓을 했다. 젊은 위사는 튕겨나가듯 달려갔고 5분 가까이 기다리자 수염 없는 얼굴이 창백해져서 돌아왔다.

"…………없습니다."

"뭐라고? 무슨 소리를 하는 거야?!"

고압적으로 소리치는 대장을 향해 목을 한계까지 움츠린 위사가 다시 반복했다.

"그러니까, 없어졌습니다. 무구고에 문제의 단검이 보이지 않습니다."

두 시간 뒤.

센트럴 커시드럴로――이번에는 마차를 타고――돌아온 키리토는 인계통일회의에 참석했던 사람들을 모아 상황에 대한 설명을 했다. 위사청에 동행했던 로니에도 특별히 원탁에의 착석을 허락받았다.

50층, 주회의장의 넓은 공간에 가득찬 정적을 가장 먼저 깨뜨린 것은 부대표 아스나였다.

"……그 산 고블린족, 오로이 씨는 지금 어디 있어?"

"위사청에서 이쪽으로 데려와 일단 4층의 창이 있는 방에 있게 했어. 문을 지키고 있으니까, 사실상의 연금 상태인 거지만……."

눈썹을 찡그리는 키리토에게 아스나도 마뜩찮은 얼굴로 대답했다.

"사건이 해결될 때까지는 어쩔 수 없겠네……."

바로 그때 원탁의 반대쪽에서 기사 듀솔버트의 목소리가 낮게 울렸다.

"아무래도 두 분 모두 그 고블린이 실제로는 살인을 하지 않았다고 확신하는 모양이군요?"

"——응. 그렇게 생각해."

고개를 끄덕이며 키리토는 탁상 위에서 두 손을 마주잡고 조용히 말을 이었다.

"다크 테리토리에서 인계로 오는 관광 여행은 통일회의가 양쪽 세계의 교류사업으로 하는 일이야. ≪동쪽 대문≫을 넘을 때 반드시 금지사항의 확인을 하도록 의무화되어 있지. 간단한 규칙집이지만 거기에는 암흑계군 총사령관의 이름으로 절도와 상해, 살인을 금지하는 조항이 명시되어 있어. 즉, 암흑계의 ≪힘의 규약≫에 묶여 있을 오로이가 그 규약을 깨고 숙박소의 청소부를 죽였다면……."

"오른쪽 눈이 파열되어 있어야만 하겠군."
하고 말을 이은 것은 기사장 파나티오였다.
원탁에 앉은 사람들은 잠시 아무 말 없이 그 말을 곱씹었다.
언더월드에서 생활하는 모든 사람에게는 인간이든 아인이든 반드시 ≪코드 871≫이라는 술식이 걸려 있었다. 이는 모든 법이나 규칙을 어기려고 하면 오른쪽 눈에 격렬한 통증이 발생하게 되고, 실제로 위반되는 행동을 하면 안구가 흔적도 없이 날아가는 무서운 것이었다.
애당초 보통 인간은 법을 어기겠다는 생각조차 하지 않는다. 로니에 자신도 과거 몇 번이나 ≪금기목록≫과 ≪제국기본법≫의 불합리성에 직면했지만, 그것을 어긴 적은 한 번도 없었다. 그런 생각을 가지고, 행동하여, 실제로 오른쪽 눈이 파괴되는 단계까지 이른 사람은, 확인 가능한 범위에서지만 300년이라고 하는 언더월드 역사에서도 오직 세 사람――스스로 오른쪽 눈을 뽑아낸 사람까지 더 하면 네 사람――뿐이었다.
그리고 산 고블린족의 젊은이 오로이의 양쪽 눈은 아무 이상도 없었다. 그것은 로니에 역시 직접 확인했다.
"……그렇지만."
조심스럽게 입을 연 사람은 정합기사 렌리였다.
티제에게 구혼하고 현재 대답을 기다리고 있을 젊은 기사는 그 때문인지 침울한 얼굴이었다.
"살인 행위는 그 오로이 외에도 만민 공통적으로 최대의 금기입니다. 대부분의 법에 대해 초월권을 부여받은 저희 정합기사도 무고한 백성의 천명을 전소시키는 일을 할 수 없습니다. 즉……, 오로이 외의 누군가가 청소부를 살해했다고 하면 그자는…….”

“——오른쪽 눈의 봉인을 깨트렸다는 뜻이겠지.”

키리토는 그렇게 중얼거리고 입가에 씁쓸한 미소를 띠었다.

“아이러니하군. 과거 존재했던 ≪자동화원로기관≫이라면 지금쯤 그 범인을 색출했을 텐데 말이지.”

그러자 바로 아스나가 고개를 저었다.

“안 돼. 그런 비인도적인 기구에 의지하면.”

자동화원로기관이란 인계회의의 전신이었던 공리교회에서 운영했던 것으로, 고위 술사 십수 명의 천명과 자의식을 동결하여 법을 위반하는 자를 계속 원격 조사시키는, 쉽게 말해 인간에 의한 감시 장치였다. 전쟁 후 ≪원로≫들을 얽어매고 있던 술식은 해제되었지만 그들의 자아는 돌아오지 않았고, 결국 모두 며칠 만에 수면 상태에서 숨을 거두었다.

그 사실을 떠올린 것인지 키리토는 무겁게 한숨을 내쉬며 대답했다.

“그래, 알고 있어. 게다가……, 아무래도 위화감이 사라지지 않아.”

“무슨 말이지요?”

묻는 파나티오에게 검은 눈동자가 향했다.

“뭐라고 해야 할까……. 과거 오른쪽 눈의 봉인을 깨뜨린 세 사람은 모두 누군가를 죽이기 위해 그런 게 아니었어. 불합리한 것에 대해 단호하게 저항하려는 강렬한 의지가 그렇게 시킨 거지. 그렇다면 범인에게 있어 피해자는 어떤 일이 있어도 죽여야만 할 절대적인 악의 상징이었다……라는 말이 되는데."

키리토는 힐끗 탁상의 자료를 보며 말을 이었다.

"그렇지만 살해당한 야젠이라고 하는 이름의 청소부는 조사한 범위 내에서는 누군가의 원한을 살 만한 인물이 아니야. 오랜 시간 대귀족의 영지에서 밀을 재배하다가 작년 해방된 뒤부터 숙박소에서 일을 한 모양이지만, 다크 테리토리에서 온 손님들에 대해서는 전혀 거리낌 없이 친절하게 대했다고 해. 붙잡힌 오로이도 야젠에게는 친밀감까지 느끼고 있었다고 하고."

"그러니까 그 야젠 씨가 누군가에 대해 불합리한 권력을 행사하려고 했던 상황은 절대 아닐 거라는……, 말이지?"

아스나의 질문에 키리토는 단호하게 고개를 끄덕였다.

"그렇게 생각해야겠지. 게다가……, 사라진 흉기 건도 있으니까……."

위사청사 지하 감옥에서 야젠 살해에 사용된 것으로 추정되는 단검이 무구고에서 사라졌다는 보고를 받고, 키리토는 즉시 청사 내의 모든 위사에게 인계통일회의의 이름으로 직접 캐물었다. 그러나 누구 한 사람 반출했다고 나서는 사람은 없었다. 위사청을 통괄하는 인계군을 지휘하는 통일회의의 명령에 저항하는 위사는 있을 리 없다. 즉 문제의 단검은 숙박소에서 무구고로 운반된 뒤에 외부의 누군가에게 도난당했거나——, 혹은 자동적으로 소멸했다는 뜻이었다.

"이 건에 대해 의견이 있는 사람?"

키리토가 원탁을 둘러보며 그렇게 묻자 바로 듀솔버트가 발언했다.

"듣기로는 조악한 주조 무기라고 하니, 한 번의 사용으로 천명이 거의 다 소모되었고 보관 중에 전손되었다……라는 가능성은 없을까요?"

"으음……. 아무리 그래도 금속 무기라면 그런 경우라 해도 금세 소멸하기보다는 쇳조각이라도 남기지 않았을까……?"

"흠……, 그렇군요."

팔짱을 끼고 중얼거리는 거한을 보자 갑자기 로니에의 뇌리에 한 가지 생각이 스치고 지나갔다.

살짝 원탁 좌우를 둘러보고 아무도 발언하려고 하지 않는 것을 확인한 뒤 쭈뼛거리며 손을 들었다.

"아, 로니에. 말해 봐."

"아……, 네. 그러니까……. 사범님, 이 아니라 듀솔버트 님은 화살통에 준비했던 화살이 다 떨어지면 술식으로 보충하시지요?"

그렇게 묻자 궁사는 천천히 고개를 끄덕였다.

"그렇지. 우선도는 진짜 강철을 사용한 화살보다 현격하게 떨어지지만."

"그것과 마찬가지로……. 흉기로 사용된 단검도 어쩌면 강철 엘레멘트에서 생성된 ≪임시 무기≫인 것은……, 아닐까 하고……."

로니에의 지적은 주회의장을 잠시 침묵시켰다.

그 침묵을 깬 것은 키리토의 목소리가 아니라 동작이었다. 오른손을 천천히 탁상 위로 뻗고 눈을 가늘게 떴다.

손바닥 밑으로 팟 하고 은색의 빛이 세 개 나타났다. 술식은커녕 기동어조차 생략하고 강철 엘레멘트를 생성시킨 것이다. 그 빛은 바로 하나로 녹아들더니 번쩍이며 형태를 바꾸었다. 날카롭게 뻗은 끝 부분이 완만한 곡선을 그렸고, 반대쪽은 길고 가늘게 수축되었다.

잠시 후, 챙그랑 하는 소리를 내며 원탁에 떨어진 것은 과거로니에도 몇 번이나 본, 고블린족이 즐겨 사용하는 한쪽 날 단검이었다. 두꺼운 도신도 조악하게 깎아낸 자루도 묵직한 존재감으로 가득했지만——, 그래도 진짜와 비교하면 약간의 차이가 보였다.

가장 먼저 표면의 질감이 너무 매끄러웠다. 게다가 진짜라면 염색된 가죽이 감겨 있어야 할 자루가 도신과 마찬가지로 금속으로만 이루어져 있었다. 아는 사람이 보면 이것은 강철 엘레멘트의 대체품이라는 사실은 쉽게 알 수 있을 것이다.

키리토는 자신이 만든 단검을 집어 들고 말했다.

"고블린족의 단검을 잘 아는 나도 이 정도가 한계로군. 그렇지만 문제의 흉기는 오로이가 진짜인지 아닌지 헷갈릴 만큼 정교하다고 했어……. 그렇다는 건 상당한 고위 술사가 많은 시간을 들여 생성시킨 것이라는 말이 되겠지."

말을 마칠 때 쨍 하고 가벼운 금속음이 겹쳤다. 키리토가 극히 가벼운 심의로 단검을 친 것이었다. 그러나 그것만으로도 ≪임시 무기≫는 천명을 다했는지 유리처럼 산산이 깨어지더니 빛의 가루를 날리며 소멸되었다. 그리고 파편 하나 남지 않았다.

"……그렇다고 하면 쉽지 않은 문제가 되겠네."

기사장 파나티오가 물결치는 검은 머리를 흔들며 읊조렸다.

"현재 센트리아의 고위 신성술사는 모두 인계군이거나……, 아니면 통일회의의 지휘 아래 있어. 그중 반역자가 나온 것이거나……, 아니면……."

——다크 테리토리의 암흑술사가 벌인 일이거나.

생략된 그 한마디를 그 자리에 있던 모두가 마음속으로 되뇌었다.

만약 암흑술사가 센트리아에 침입하여 모종의 책모를 목적으로 무고한 일반민을 죽였다면, 그것은 고블린족인 오로이가 돌발적인 충동으로 야젠을 죽인 것보다 몇 배는 더 우려되는 사태였다. 인계를 향한 관광과 암흑계를 향한 통상이라는 교류사업을 통해 겨우 화해의 물꼬를 튼 두 세계 사이에 다시 전쟁이 일어날지도 모르는 것이다.

"아니……. 어쩌면 그게 목적인가……?"

키리토는 갈라진 목소리로 그렇게 중얼거렸지만, 바로 고개를 저으며 단호한 목소리로 말했다.

"아직 모든 것은 추측에 불과해. 조사를 하는 것과 동시에 이 일이 시민에게 끼칠 영향을 최소한으로 막을 필요가 있어. 소문이 퍼지는 것은 막을 수 없다 해도 그 때문에 제2, 제3의 사건이 유발되는 일은 반드시 막아야 해……. 아스나, 인계군 쪽은?"

그 말에 부대표는 바로 끄덕 하고 머리를 움직였다.

"리나……. 아니, 세루루트 장군에게 통상적인 임무 외의 치안유지 활동은 자제하도록 부탁했어. 장군은 쾌히 승낙했는데……. 하지만 역시 구 대귀족 파벌 사이에서는 다크 테리토리에서 온 여행자들을 모두 구속해야 한다는 식의 강경론도 있는 모양이야. 그쪽에는 통일회의 이름으로 명령서를 발부해놓았으니 얼마 동안은 잠잠하겠지만……."

잠시 말을 멈추고 개암색 눈동자에 강한 빛을 띠며 아스나는 말을 이었다.

"……만약 또 한 번 같은 사건이 일어나면 명령서는 통일회의에 대한 압도적인 불만과 불신을 일으키겠지. 그리고 만약 내가 이번 건을 뒤에서 조종하는 배후라면 반드시 다음 사건을 준비했을 거야."

"그래, 나라도 그렇게 할 거야."

키리토는 한숨과 함께 대답하고 정리하듯 두 손을 가볍게 마주쳤다.

"――그럼 통일회의의 대응은 이 네 가지로 할게. 첫 번째, 사건의 범인은 밝혀지지 않았다고 공식적으로 발표한다. 두 번째, 야젠 씨의 유족에 대해 충분한 설명과 보상을 한다. 세 번째, 사건의 조사에 동원할 수 있는 최대의 힘을 기울인다. 네 번째……, 암흑계의 지도자와 가급적 신속하게 협의한다. 뭔가 다른 의견은?"

바로 파나티오가 손을 들고 망설이는 목소리로 지적했다.

"신속하게……라고 해도 다음 암흑계 쪽과의 회의까지는 아직 한 달 가까이 남았습니다. 예정을 앞당길 건가요?"

"아니."

키리토는 단호하게 고개를 젓고 아무렇지 않은 일이라는 듯 말했다.

"내가 옵시디아로 가서, 이스칸을 만나고 올게."

회의가 끝났을 때는 이미 솔루스가 서쪽 능선으로 가라앉고 있었다.

로니에는 서둘러 커시드럴 서쪽에 있는 비룡 구사로 달려가 츠키가케를 맡겼던 티제에게 힘차게 손을 흔들었다.

"미안해, 늦어버렸네."

그 목소리를 듣고 풀밭에서 슬쩍 고개를 든 연노랑색 새끼 용이 꾸루룩 하고 울며 달려왔다. 푹신푹신한 몸을 껴안고 턱 밑을 만져준 다음 로니에는 다시 한 번 티제에게 말했다.

"고마워, 티제. 이 답례는……, 조만간, 정신적으로……."

"말하는 게 점점 키리토 선배를 닮아가네."

머리를 저으며 일어선 빨강머리 친구는 다시 진지한 표정을 지으며 물었다.

"그래서……, 회의는 어떻게 됐어?"

구사 벽을 따라 놓인 벤치에 나란히 앉아 로니에는 임시회의의 결과를 이야기했다.

복잡한 표정으로 듣던 티제가 잠시 뒤 작은 목소리로 중얼거렸다.

"왠지……, 불길한 느낌이 드네……."

"응……. 인계인이 사람을 죽일 리가 없다고, 적어도 기사들은 그렇게 생각하고 있는 것 같지만……."

"법이나 규칙의 맹점을 찌르거나 제멋대로 왜곡하는 녀석들도 있으니까……."

실제 ≪4제국 대란≫만 해도 당시의 황제들이 새롭게 조직된 인계통일회의를 구 공리교회에 대한 반란군으로 정의하는 칙령을 내림으로써 발생한 일이었다. 한번 왜곡된 법의 구속력은 강력했기에, 봉기한 4제국 근위군을 진압하기 위해서는 놀란가르스, 웨스달라스, 이스타발리에스, 서더크로이스의 네 황제를 제압하여 칙령을 파기하는 수밖에 없었을 정도였다. 로니에와 티제는 북 센트리아의 제성에 돌입하여 황제 쿠르가 놀란가르스 6세와 직접 검을 섞었던 탓에 그 강렬하고도 비대해진 자아를 피부로 직접 경험한 바 있었다.

무의식중에 두 사람은 한기를 느낀 듯 동시에 위팔을 문질렀고, 티제가 화제를 바꾸려는 듯 말했다.

"뭐, 그런 일이라면 츠키가케는 조금 더 내가 돌봐줘도 괜찮아."

"응? 왜?"

어리둥절한 얼굴로 쳐다보니 친구는 미소를 지으며 말도 안 되는 소리를 했다.

"어차피 갈 거잖아? 키리토 선배와 함께 옵시디아에."

5

인계의 중앙도시 센트리아와 암흑계 수도 옵시디아는 무려 3,000킬로르 이상 떨어져 있었다.

하루에 1,000킬로르를 날아가는 비룡이라도 사흘. 마차라면 한 달, 도보로는 그 두 배가 걸린다. 과거 이계전쟁 당시 암흑계군의 대장인 황제 벡터는 암흑술사의 비약과 비술을 이용해 5만의 대군을 옵시디아에서 동쪽 대문까지 불과 닷새 만에 이동시켰지만, 사후 검증에서 그 비약은 먹은 사람과 아인, 짐승의 천명 최대치를 근소하기는 하지만 항구적으로 감소시키는 무서운 물건이라는 것이 판명되었다. 인족은 기마와 마차를 이용한 까닭에 약을 먹지 않았지만 도보로 이동했던 아인족은 지금도 천명이 줄어든 상태였기에, 커시드럴의 신성술사들은 해독법을 발견하기 위해 노력하고 있었다.

이번 긴급 사태로 갑작스레 옵시디아 방문을 결정한 인계 대표검사 키리토는 당연히 비룡을 사용할 것이라고 로니에는 생각했다. 커시드럴에서 남 센트리아의 위사청까지 이동할 때 사용한 풍소비행술은 대량의 공간신성력을 소비하므로, 지력(地力)과 양력(陽力)이 부족한 다크 테리토리에서는 오랜 시간 안정적으로 사용할 수 없기 때문이다.

그러나 그는 자신의 비룡이 없으므로 듀솔버트나 렌리의 용에 동승할 필요가 있었다. 두 사람만 타도 비룡의 체력 소모가 극심해지는 탓에 자신도 데려가달라고는 도무지 말할 수가 없어 로니에는 티제가 부추기기 전부터 포기하고 있었다.

하지만 최소한 여행의 준비 정도는 돕기 위해 비룡 구사에서 대표검사의 거처가 있는 커시드럴 30층으로 찾아간 로니에를 맞이한 아스나는 걱정과 포기가 섞인 듯한 얼굴로 “키리토 군은 공창에 있어” 하고 알려주었다.

부대표검사의 불안을 공유하며 다시 먼 거리를 달려가 커시드럴의 안쪽——과거 감옥이 있던 장소——까지 이동한 뒤, 폭이 넓은 경사로를 내려가 열린 채 있는 거대한 문의 안쪽을 들여다보았다.

내부는 폭이 30메르는 될 것 같은 넓은 공간으로 되어 있었고 좌우의 벽 쪽에는 대여섯 명의 젊은 대장장이와 세공사들이 땡깡땡깡 하고 힘차게 망치질 소리를 내고 있었다. 그리고 중앙에는 무수히 많은 빛 엘레멘트 등불의 불빛을 받으며 거대한 인공물이 자리 잡고 있었다.

그것은 얼마 전 대폭발을 일으킨 1호기와 흡사하게 생긴 금속제 비룡, 즉 ≪기룡≫이었고 그 옆에서는 키리토와 공창장 사드레가 열심히 의견을 교환……한다기보다 언성을 높이고 있었다.

“대체 몇 번을 말해야 되는 거냐, 꼬맹아? 이 녀석은 아직 조정 중이라 전력 비행은 무리라는 건 네놈도 알고 있잖아!”

“괜찮다니까. 이번에는 수직으로 상승하는 게 아니라 옆으로 날기만 할 거니까. 바람을 탈 수 있는 대형 날개로 바꾸기만 하면 가능해. 가능하다고!”

“뭐가 가능하다는 거냐! 듣자 하니, 행선지가 암흑계 수도라면서? 아직 제대로 된 시험 비행도 하지 않았는데, 대뜸 왕복 6,000킬로르를 날겠다는 녀석이 어디 있냐는 말이다!"

"문제없어. 이 녀석의 열 엘레멘트 봉인부는 1호기보다 두 배는 튼튼하고, 기체도 아저씨가 심혈을 기울여서 만든 거잖아. 설사 1만 킬로르를 날아도 끄떡없을 거야. 내 말 맞지?"

"그, 그야 뭐 간단히 부서질 만큼 어설프게 만들지는 않았지만………. 아니아니, 안 돼, 안 돼! 매번 네놈의 말에 속아서, 큰늪등에한테 엉덩이를 쏘이는 것보다 귀찮은 일만 생기잖아!"

두 사람의 이야기를 들으며 로니에는 얼굴에서 핏기가 가시는 것을 느꼈다. 키리토는 비룡도 마차도 아닌 이 기룡 2호기로 옵시디아까지 갈 생각인 것이다. 뇌리에 떠오른 며칠 전의 대참사를 홱홱 머리를 흔들어 지운 뒤 서둘러 두 사람에게 달려갔다.

"아, 안 돼요, 키리토 선배! 사드레 공창장님의 말씀이 맞아요. 만약 무슨 일이 생기기라도 하면 어떡하려고요?"

"안녕, 로니에. 너무 다가가면 옷에 기름이 묻을 거야."

로니에의 왼쪽 팔을 당겨 기룡으로부터 50센 정도 떼어놓으며 키리토는 가볍게 웃으며 말하다가, 금세 표정이 굳어졌다.

"뭐, 무슨 일이 생기면 어떻게든 자력으로 날아가야지. 기사들은 모두 바쁘니 옵시디아까지 데려다달라고 하지는 못하겠고, 말은 한 달이나 걸리잖아……. 우리가 생각하는 것보다 상황이 더 긴박하다는 느낌이 들어. 하루라도 빨리 암흑계에 상황을 전하고 경고하지 않으면 늦을지도 몰라……."

"…………그렇지만 위험한 건 그것뿐만이 아니에요, 선배."

한 걸음 다가가며 로니에는 필사적으로 키리토를 설득하려고 했다.

"청소부 야젠 씨를 죽이고 산 고블린인 오로이 씨에게 죄를 덮어씌우려고 한 자는 금기목록에 구애받지 않아요. 그렇다면 센트리아를 떠나 선배를 노리기도 [illegible]. 아니, 어쩌면 이번 사건 그 자체가 선배를 옵시디아에 보내기 위한 함정인지도 모른다고요!"

"흐음……, 그렇군. 그럴 가능성도 없지는 않겠군……."

진지한 표정으로 중얼거리더니 키리토는 무엇인가 생각에 잠긴 듯 입을 닫았다.

침묵을 깬 것은 사드레의 커다란 한숨이었다.

"……뭐, 나도 간신히 암흑계 대장장이들과 기술이나 지식을 교환할 수 있는 꿈같은 세상이 되었는데, 옛날로 돌아가고 싶지는 않군."

"헤에……. 아저씨 정도의 달인도 여전히 배울 게 있어?"

"흥, 당연하시. 수비군이 전장에서 가져온 암흑기사의 검과 갑옷은 정말 완성도가 높더군. 사용하는 재질부터 내가 모르는 종류니 말이야……. 광석과 제법을 알 때까지는 죽을 수 없지."

무수히 많은 흉터가 남은 커다란 손으로 은색으로 빛나는 기룡의 외부를 탁탁 치면서 사드레가 말했다.

"……꼬맹이, 열 엘레멘트의 압력계는 8할까지다. 그리고 되도록 빨리 압력의 단위를 결정해."

"오, 역시 아저씨야! 압력은……, 그렇지. 1평방센의 면적당 1킬로무의 무게로……."

"자, 잠깐만 기다려 주세요!"

두 사람의 대화에 로니에가 급히 끼어들었다.

"기룡의 안정성은 차치하더라도 선배를 노리고 있을 위험성이 사라진 건 아니라고요! 혼자서 암흑계로 간다는 것은 보좌역으로서 아무래도……."

그렇게 말하며 기룡의 머리 부분을 쳐다보던 로니에는 문득 어떤 사실을 깨닫고 입을 닫았다.

금속제 의자——잘은 모르지만 ≪조종석≫이라고 부르는 듯했음——를 둘러싼 유리 부분이 1호기보다 무척이나 길었다. 눈에 힘을 주고 자세히 보자 조종석 안쪽에 또 하나의 의자가 달려 있는 것 같았다.

"…………저기, 선배."

"……뭐, 뭔데?"

"이 2호기는 혹시 두 사람이 탈 수 있는 건가요?"

"마……, 맞아. 1호기는 얼음 엘레멘트의 공급이 따라오지 못해 폭발하고 말았지만, 그건 어느 정도 예상하던 상황이었거든……. 이 녀석은 두 사람이 얼음 엘레멘트를 생성시킬 수 있도록 되어 있지만, 아까 말한 것처럼 수평으로 날 때는 혼자서도 냉각력이 충분하니까……."

무언가를 예감한 듯 점점 말이 빨라지는 키리토를 로니에가 헛기침을 하며 막았다.

"알겠습니다, 선배. 암살의 위험에 대해서는 호위를 붙이는 것으로 대처하죠.”

“호, 호위?”

“그렇다고 해도 조금 전 선배가 말한 대로 상위 기사님들은 모두 바쁘시니까 그 임무는 수습 기사인 제가 책임을 지고 맡겠습니다.”

“뭐, 뭐어?‘

“그리고 저라면, 열 엘레멘트 봉인부 감시를 도울 수도 있으니까요!”

“뭐라고오~~?!”

경악하는 키리토가 무언가 말하기 전에 로니에는 오른쪽 주먹을 가슴에, 왼쪽 손을 검의 자루에 대는 정식 기사례를 갖추며 제멋대로 명령에 따를 것을 선언했다.

눈을 깜빡이는 키리토의 옆에서 사드레가 가하하 하고 유쾌하게 웃었다.

“이번엔 키리토 꼬마가 졌군. 그렇다고는 해도 로니에 양, 무척 늠름해졌는걸.”

억지로 키리토로부터 수행 허가를 받아낸 로니에였지만 그 때부터가 큰일이었다.

암흑계의 수도 옵시디아를 방문하는 것은 당연히 처음이었고, 키리토의 수행원이 자신 한 사람뿐이라는 상황도 경험이 없었다. 대체 어떤 준비를 하면 좋을지 알 수 없어 공창에서 22층 자신의 방으로 돌아온 뒤 옷 등의 소품을 대량으로 늘어놓고 고민하고 있는데——.

갑자기 문에서 노크소리가 들려왔다. 티제일 거라 생각하고 로니에는 "네—에!" 하고 큰 소리로 대답을 하며 입구로 달려갔다.

"잘 왔어, 그러지 않아도 짐 꾸리는 걸 도와달라고 부탁하려……."

그러게 말하며 연 문의 맞은편에는 빨강머리 단짝이 아니라 진주색 기사복에 밤색 머리카락을 가진 미모의 여성 검사가 서 있었다.

"앗……, 아스나 님!"

당황하며 정식으로 예를 갖추려는 로니에를 아스나는 날씬한 오른손으로 제지하고 온화한 미소를 지었다.

"바쁠 텐데 미안해, 로니에 씨. 잠깐 가주었으면 하는 곳이 있어서……."

"아……, 네. 어디라도 괜찮습니다."

고개를 끄덕이고 로니에는 복도로 나가 아스나의 뒤를 따라 걷기 시작했다.

만약 이곳이 북 센트리아 수검학원이고 불러낸 사람이 상급생이라면 교사 뒤에서 복수의 학생들에게 둘러싸여 "너 요즘 너무 잘난 척하는 거 아냐?" 하는 전개를 예상할 수도 있겠지만, 당연히 커시드럴에서는 그런 일이 일어나지 않는다.

그러나 로니에가 아스나에 대해 일방적으로, 아주 조금이지만 껄끄러움을 느끼고 있는 것도 사실이었다. 그것은 그녀가 인계통일회의의 부대표검사이기 때문도, 언더월드의 바깥에서 온 이계인이기 때문도 아니었다. 지극히 개인적이고 누구에게도 말할 수 없는 이유 때문에——.

아스나가 언더월드에 내려온 것은 1년 3개월 전으로, 이계 전쟁이 한창일 때였다.

로니에와 티제가 속해 있던 인계군 미끼부대는 황제 벡터가 이끄는 암흑계군에 맹추격을 당해 미끼의 역할을 다하기도 전에 전멸할지도 모를 상황에 놓여 있었다. 로니에 자신도 인계군의 본진 후방에 잠입한 암흑기사와 맞서 싸웠다. 그러나 적의 공격에 눈 깜짝할 사이에 검을 놓치고 죽음을 각오한 순간——, 그때 나타난 것이 아스나였다.

칠흑 같은 밤하늘에 뜬 청초하고 아름다운 아스나의 모습은 아라벨 가문에서 전해지는 그림이나 수검학원 벽에 그려져 있던 창세신 스테이시아 바로 그 자체였다. 아스나는 무지개색으로 빛나는 레이피어를 들고 지면에 거대한 구멍을 만들어 로니에를 죽이려고 하던 암흑기사를 대지 밑바닥으로 추방했다. 그 신위를 직접 눈으로 본 로니에는 아스나가 창세신 스테이시아임을 믿어 의심치 않았다.

나중에 아스나가 키리토와 같은——부연하자면 로니에가 싸운 암흑기사와 황제 벡터도——≪리얼월드인≫이라는 사실을 알게 되었지만, 그래도 로니에가 품은 감사와 숭배의 마음은 전쟁이 끝난 지 1년 이상이 되어도 전혀 수그러들지 않았다.

그럼에도 불구하고, 이렇게 단둘이 대면하면 로니에의 가슴은 아주 조금이지만 시큰거렸다.

그것은 아스나가 지금은 누구나 인정하는 ≪키리토의 특별한 사람≫이기 때문이었다. 아스나가 언더월드에 내려온 것은 당시 마음을 다쳤던 키리토를 돕고 싶다는 그 일념 때문이었다.

창가 햇빛이 들어오는 곳에서 잡담을 할 때, 식사 자리에서 소금 병을 건넬 때, 대표검사의 무모함을 꾸중할 때조차, 키리토와 아스나가 깊은 애정으로 이어져 있다는 사실을 로니에는 강하게 느꼈다.

두 사람 사이에 끼어드는 일 따위를 생각한 적은 없다. 언젠가……, 그리 멀지 않은 미래에 두 사람의 결혼 의식이 거행될 것이고, 그때는 진심으로 축복해주고 싶다고 생각하고 있었다.

하지만…………, 하지만. 아무리 시간이 지나도 가슴 깊은 곳에서 시큰거리는 아픔이 사라질 일은 결코 없을 것 같다는 생각도 들곤 했다………….

통로를 지나고 계단을 내려가는 동안 계속 생각에 잠겼던 로니에는, 앞에서 멈춰선 아스나의 등에 하마터면 부딪칠 뻔했다.

겨우 충돌을 피하고 주변을 둘러보니 그곳은 커시드럴 3층의 대무구고 앞이었다.

솔루스 신과 테라리아 신이 부조된 거대한 정문은 과거 원로장과 기사장 그리고 최고사제 외에는 여는 것을 허락받지 않았다. 지금은 문 옆 거치대에 놓여 있는 명부에 이름을 적으면 누구라도 견학할 수 있지만, 당연히 안에 있는 물건을 반출할 수는 없었다.

최근 중앙도시에서 양피지 대용품으로 제조하게 된 설백마 섬유로 만든 ≪마지(麻紙)≫ 장부에, 마찬가지로 새로이 개발된 잉크 충전식 구리펜으로 이름을 쓴 아스나는 망설임 없이 문을 열고 안으로 들어갔다. 이미 저녁 시간이므로 견학하는 사람의 모습은 없었고, 적막에 싸인 어둠만이 두 사람을 맞이했다.

아스나는 입구 바로 옆에 있는 유리관에 두 손을 대고 신성술 문구를 외웠다.

"시스템 콜, 제네레이트 루미너스 엘레멘트!"

관 안에 열 개의 빛 엘레멘트가 생성되자, 이번에는 손가락 하나만으로 바람 엘레멘트를 만들었다. 그러자 그 압력으로 벽에 설치된 관 속으로 열 개의 빛 엘레멘트가 이동했고, 대무구고 전체를 밝게 비추었다.

마지나 구리펜과 마찬가지로 이 ≪빛 엘레멘트 관≫이며 공창의 빛 엘레멘트 등불 또한 키리토와 아스나가 만든 것이었다. 횃불이나 기름을 쓰는 등과 달리 화재의 위험이 없고 불빛도 하얗고 안정적이었으나, 아무리 유리관에 봉인해도 빛 엘레멘트는 조금씩 유리와 반응하여 소멸하기 때문에 신성술을 사용하는 자가 정기적으로 보충해줄 필요가 있었다. 술사가 많은 커시드럴이라면 기름을 쓰는 등을 완전히 대치할 수도 있지만, 센트리아 시가지에 보급하는 것은 아직 불가능한 모양이었다.

열 개의 빛 엘레멘트가 반짝이자마자 대무구고 전체가 눈부시게 밝아져서, 이곳에 들어오는 것이 처음이 아닌 로니에도 가볍게 숨을 들이마셨다.

수검학원의 대수련장 정도 넓이의 공간에는 갖가지 색깔의 갑옷이 질서 있게 정렬되어 있었고 높은 벽에는 크고 작은 다양한 검과 창, 도끼가 무수히 전시되어 있었다. 그중에는 상위 정합기사들에게 수여된 신기급 무구도 있는 모양이지만, 아직 수습인 로니에에게는 구별이 되지 않았다.

"……여전히 굉장한 광경이네요."

로니에가 감탄하자 아스나도 고개를 끄덕였다.

"정말 그래. 그렇지만 이 외에도 상당한 수를 리나 씨……가 아니라 세루루트 장군의 인계군에게 맡겨서 사용 중이라고 해. 키리토 군은 전부 팔아서 인계의 변경부나 암흑계의 지원에 쓰고 싶은 모양이지만, 역시 그것만큼은 듀솔버트 씨 등이 반대를 한다고 해서."

"으음, 어려운 문제네요……."

그런 대답밖에 하지 못하고 가만히 어깨를 떨어뜨렸다.

암흑계에 대한 지원의 중요성은 산 고블린족의 굶은 아이들을 자신의 눈으로 본 로니에도 잘 알고 있었다. 그렇지만 귓가에는『이대로라면 머지않아 다시 한 번 전쟁이 일어날 것』이라는 키리토의 말 또한 아직 남아 있었다.

만약 그 말이 사실이 된다면……. 북 센트리아에 사는 가족과 학원의 학생들, 커시드럴의 기사와 술사들, 그리고 당연히 티제만큼은 반드시 지키고 싶었다. 그러기 위해서는 귀중한 전력인 이 무구들을 남겨야 한다는 생각도 드는 것이다.

고개를 숙인 로니에의 어깨를 부드럽게 감싸며 아스나는 분위기를 전환하려는 듯 장난기 어린 표정으로 말했다.
"그건 그렇고, 수습 정합기사인 로니에 아라벨 님의 무구장비권한은 얼마죠?"
"네? 왜 그런 걸 아스나 님이……."
"괜찮으니까 알려줘."
인계에서 두 번째로 높은 검사가 얼굴을 빤히 쳐다보면 따르지 않을 수 없었다. 그러고 보니 최근에는 확인을 하지 않았다. 만약 내려갔으면 어쩌지……, 하는 생각과 함께 왼손으로 공중에 인을 그리고 자신의 오른손을 가볍게 두드렸다.
희미한 빛과 함께 나타난 ≪스테이시아의 창≫은 그 사람의 궁극적인 본질을 나타내는 것으로――키리토는 ≪개인정보≫라는 표현을 사용했다――그 때문에 긴급할 때가 아니면 되도록 타인의 창은 들여다보지 않는 것이 예의로 되어 있었다. 그것을 지키기 위해 한 걸음 물러난 아스나에게 로니에는 신성어로【Object Control Authority】라고 표시된 곳의 숫자를 말했다.
"저기, 39……예요."
"와아, 대단하네. 이미 번호를 부여받은 기사와 거의 차이가 없어."
방긋 웃으며 아스나는 "그러면……" 하고 중얼거리며 안쪽 벽 쪽으로 이동했다. 무수히 진열된 색깔도 장식도 다양한 한손검 창을 계속해서 표시시키더니, 네 자루 정도 골라 한 손에 두 자루씩 들고 가까운 작업대에 놓았다.
"이 정도가 우선도 38, 39야. 뭐든 마음에 드는 걸 골라봐,

로니에 씨."
생각지도 않은 아스나의 말에 로니에는 잠시 아무 말도 할 수 없었다.
우선도 39라고 하면 신기의 영역에는 도달하지 않지만 충분히 명검, 마검의 범주였다. 실제로 작업대에 놓인 네 자루는 모두 유려한 세공이 되어 있었고, 잘 벼려진 도신은 모두 다른 느낌이었지만 거울처럼 반짝이고 있었다. 파나티오 단장 직속의 ≪사선검≫ 기사들도 아직 제식 검을 사용하고 있는데, 수습 기사가 이런 명품을 받을 수는 없었다.
"바……, 받을 수 없습니다, 아스나 님!"
로니에가 두 손과 머리를 동시에 흔들자 아스나는 쿡 하고 웃으며 말했다.
"지금 모습, 살짝 키리토 군과 닮았는걸."
"네……? 그, 그런가요……?"
"후후, 사양하지 않아도 괜찮아, 로니에 씨. 파나티오 단장의 허가도 받았고, 무엇보다 당신은 그 전쟁을 끝까지 싸워낸 용자이니까."
"…………그런……."
다시 한 번 이번에는 고개를 숙인 채 머리를 흔들었다.
"……저는 아스나 님과 렌리 님, 수많은 위사들, 리얼월드에서 구원을 와주신 검사들에게 보호를 받았을 뿐이에요……. 그 검은 기사가 키리토 선배에게 잔혹한 행동을 했을 때조차 저는 아무것도 할 수 없었어요."
"그렇지 않아, 절대."

한 걸음 다가오더니 아스나는 두 팔로 부드럽게 로니에의 등을 감쌌다. 황송한 나머지 움찔하며 몸을 경직시켰지만, 달콤하고 상쾌한 말리꽃 향기와 희미한 체온이 바로 긴장을 풀게 만들었다.

"움직일 수 없는 키리토 군을 끝까지 지켜낸 건 다름 아닌 로니에 씨와 티제 씨, 그리고 앨리스야. 내게는 당신들이야말로 진정한 영웅……. 아무리 감사를 해도 부족하다고 생각할 정도야……."

그 말에 자신도 모르게 눈시울이 뜨거워지면서, 로니에가 말했다.

"앨리스 님은……. 어떻게 지내실까요……?"

잠시 시간을 두고 아스나는 단호하게 대답했다.

"리얼월드에서 건강하게 있을 거야. 그녀야말로 두 개의 세계를 이어주는 희망이니까. ……틀림없이, 틀림없이 언젠가 다시 만날 수 있겠지……."

로니에를 안은 두 팔에 잠시 힘이 들어갔지만, 몸을 떼고 아스나는 다시 미소를 지었다.

"그럼, 검을 고르도록 해. 이건 로니에 씨만이 아니라 키리토 군을 지키기 위한 무기이기도 하니까."

이렇게까지 이야기하는 이상 사양할 수는 없었다.

다시 한 번 아스나가 고른 검을 응시했다. 네 자루 모두 한손용 직검이었지만 자루도 도신도 살짝 가는 종류여서, 우선도뿐 아니라 로니에의 체격에도 맞춘 선택임을 알 수 있었다.

키리토의 치밀한 조사에 의해 최근 판명된 일이지만, 우선도 30을 넘는 상위 무기류와 장식품은 스테이시아의 창에 표시되는 천명치뿐만 아니라, 이른바 ≪숨겨진 성능치≫라는 것이 있는 모양이었다. 몸에 가지고 있으면 각종 속성 공격이나 독, 피로, 저주 등에 대한 내성이 올라가거나 반대로 특정 엘레멘트 생성을 도와주기도 하는 것이다. 특수한 사례 중에는 천명의 회복 속도가 상승하는 경우도 있었고, 개들이 잘 따른다는 기묘한 효과까지 발견되었다고 한다.

거기에, 지금은 죽은 최고사제 어드미니스트레이터가 정합기사들에게 하사한 신기는 각각 특기로 하는 속성의 신성술을 강화하는 숨겨진 성능을 가지고 있었음이 판명되었다고 한다. 즉 어드미니스트레이터에게는 무기뿐만 아니라 기사들의 능력까지도 스테이시아의 창보다 훨씬 자세히 보였던 것이다. 현재 ≪숨겨진 성능을 파악하기 위한 신성술≫을 실현하기 위해 커시드럴의 고위 술사들이 노력하는 모양이었지만 여전히 많은 시간이 걸릴 것 같다……고 키리토가 말했다.

지금 로니에의 눈앞에 놓인 네 자루의 검도 각각 다른 숨겨진 성능을 가지고 있겠지만 겉모습만으로는 전혀 알 수 없었다. 한 자루씩 순서대로 들고 모든 속성의 신성술을 사용해보거나 커시드럴 외부를 달린 뒤 천명의 회복 속도를 조사해보면 조금은 알 수 있겠지만, 내일 아침 일찍 출발하는 상황에서 그런 일을 할 여유는 없다.

대체 무엇을 기준으로 고르면 좋을지 알 수 없어 멍하니 서 있을 때, 기억 깊은 곳에서 희미한 소리가 들려오는 듯한 느낌이 들었다.

……나도, 예전에는 이 검이 너무 무거워 휘두르기는커녕 들어 올리는 것만으로도 힘들었어.

살짝 푸른 기가 서린 하얀 도신의 아름다운 장검을 손질하며 그렇게 말한 것은 티제가 보좌했던 유지오 상급수검사였다. 그의 옆에서는 키리토 상급수검사가 자신의 검은 검을 닦으며 싱글싱글 웃고 있었고 가까운 테이블에서는 방금 탄 차와 막 구워낸 벌꿀파이가 멋진 향기를 내고 있었다. 벌써 2년 가까이 된, 그리운 풍경.

당시 티제와 로니에는 북 센트리아 제립 수검학원에 입학한 지 얼마 되지 않은 초등연사였다. 우연히 입학시험의 성적이 좋았던 까닭에 120명의 신입생 중 불과 열두 사람밖에 뽑지 않는 보좌연사가 되었지만, 주어진 우선도 15의 떡갈나무로 만든 목검이 생각보다 마음대로 되지 않아 지도생들에게 무거운 검을 다루는 방법을 질문한 것이다.

보기에는 가늘고 섬세하지만 강철로 만든 양손용 대검보다 훨씬 무겁다는 ≪청장미검≫을 가볍게 들어 올리며 유지오는 말을 이었다.

『이론적으로는 검사의 장비권한이 무기의 우선도를 넘으면 검이 무겁게 느껴지는 일은 없어져. 그렇지만 나는 검과 검사의 관계가 그렇게 숫자만으로 표시되는 것은 아니라고 생각해. 만약 자신의 권한보다 훨씬 우선도가 낮은 무기라도 하찮게 취급하거나 평소 제대로 쥐어보지도 않으면, 막상 필요할 때 소유주의 의사에 따르지 않겠지. 예전에 내가 이 검을 휘두를 수 없었던 것은 권한이 부족해서가 아니라 검에 대한 애정이 부족했기 때문……. 그렇게 생각해.』

『검에 대한……, 애정.』

처음 듣는 말에 로니에와 티제는 당혹스러웠다.

두 사람 모두 최하급 귀족인 육등작사 집안이었지만 부모님들은 자신의 아이가 상급귀족의 재결권을 무서워하지 않아도 되는 사등작사에 서훈되는 것을 꿈꾸며 검기의 수련에는 비용을 아끼지 않았다. 격렬한 훈련으로 목검이 부러지면 화를 내기는커녕 기뻐하며 바로 다시 사주었다. 두 사람에게 있어 검은 꿈을……, 자신이 아니라 부모의 꿈을 이루기 위한 도구였으며, 동시에 두 사람에게 주어진 미래를 강요하는 족쇄이기도 했다. 그런 까닭에 검에 애정을 쏟으라는 말을 들어도, 바로 이해는 할 수 없었다.

그런 두 사람에게 유지오는 상냥한 미소를 지으며 말했다.

『검뿐만 아니야. 옷도, 구두도, 식기도……. 신성술로 생성된 엘레멘트 하나라도 마음이 이어지면 반드시 대답을 해줘. 아마 사람도 그렇겠지.』

그러자 지금까지 잠자코 듣고 있던 키리토가 ≪밤하늘검≫을——당시에는 단순히 ≪검은 녀석≫이라고 불렀지만——닦던 손을 멈추고 장난기 어린 표정을 지으며 말했다.

『맞아, 나와 유지오는 마음이 이어져 있으니까 유지오 몫의 파이를 내가 먹어도 웃으며 용서해줄 거야.』

『유감이지만 내 파이를 먹은 순간 너와의 관계는 끝날 거야, 키리토.』

그 대화를 듣고 로니에와 티제는 자신도 모르게 소리를 내어 웃고 말았다. 웃으면서도 유지오의 말을 왠지 이해할 수 있을 것 같았다.

그날부터 두 사람은 기숙사 사감의 허가를 얻어 떡갈나무 목검을 수련장에서 매일 집으로 가져와 훈련으로 생긴 손상을 수선하고 마음을 담아 닦았다. 그리고 두 사람이 목검을 자유롭게 휘두를 수 있을 때까지 그리 긴 시간은 걸리지 않았다.

학원에서의 엄격하지만 즐거웠던 나날이 영원히 계속되길 소망했다. 그러나 불과 한 달 반 뒤 유지오와 키리토는 티제와 로니에를 돕기 위해 다른 상급수검사를 청장미검과 밤하늘검으로 베고 공리교회에 연행되고 말았다. 두 사람은 그 뒤 지하 감옥에서 탈출하여 공리교회 그 자체에 싸움을 걸었고, 세계 최강의 정합기사들을 차례로 물리친 다음 결국 인계의 지배자인 최고사제 어드미니스트레이터까지 쓰러뜨렸다. 그러나 그 싸움으로 유지오는 목숨을 잃고 돌아올 수 없는 사람이 되었다.

유지오 선배를 만나고 싶다고 울먹이는 티제의 목소리를 떠올리자 다시 번지려는 눈물을 억지로 참으며 로니에는 마음을 비우고 오른손을 뻗었다.

검사가 검을 고르는 것이 아니다. 검이 주인을 선택하는 것이다. 어떤 검이라도 애정을 주고 마음을 이으면 반드시 응답해줄 것이었다.

로니에의 손은 빨려들 듯 왼쪽에서 세 번째――, 키리토의 머리카락과 비슷한 검은 가죽 자루와 부드러운 광택을 내뿜는 백은의 날밑과 칼자루 끝을 가진 장검을 쥐었다. 새로 만든 자루를 감싼 가죽은 조금 딱딱한 느낌이었지만, 애정을 담아 손질해주면 조만간 손바닥에 익숙해질 것이라 생각했다.

숨을 들이마신 뒤, 다시 내쉬면서 살며시 검을 들어올렸다.

무겁다. 묵직한 느낌의 밀도 높은 존재감이 손가락에서 손목, 팔꿈치, 어깨를 지나 몸의 중심까지 전해졌다.

그러나 불쾌한 무게는 아니었다. 초등연사 시절 사용했던 떡갈나무 목검이나 두 번의 전쟁을 함께 싸운 인계군 제식검처럼, 애정을 담아 다루면 언젠가 자유자재로 다룰 수 있을 것이라는 예감이 들었다.

오른손으로 칼자루를 쥐고 왼손에 도신을 올린 채 검의 존재를 느끼고 있노라니 온화한 목소리가 들려왔다.

"……그 검이면 되겠어?"

아스나의 말에 힘차게 고개를 끄덕였다.

부대표검사는 다른 세 자루를 모두 검집에 넣고 벽의 지지대에 다시 놓은 뒤 작업대를 돌아와 로니에의 왼쪽에 섰다.

"검의 이름은 로니에 씨가 붙여주면 되겠네. 정해지면 관리부에 가서 기사단 장비대장에 등록하도록 하고."

"아……, 네."

이름을 등록하지 않으면 안 될 정도의 검을 가지게 된 것은 처음인 탓에 조금 당황했지만, 그것도 소유자의 의무라고 생각하고 고개를 끄덕였다. 예전에는 최고사제 어드미니스트레이터가 마음대로 신기를 만들기도 하고 부수기도 하고 누군가에게 주기도 하고 빼앗기도 한 모양이지만, 현재는 커시드럴 내 무기 및 장구류는 모두 장부로 확실하게 관리되고 있었다.

미소를 지으며 고개를 끄덕인 아스나는 로니에의 왼쪽 허리에 시선을 보냈다.

"그 검은 어떡할 거야? 인계군에게 반납할 생각이라면 내일 사람을 시켜 사령부에 보내줄게."

"네? 아……. 그, 그렇네요……."

예상 못 했던 말에 자신도 모르게 우물거리고 말았다.

항상 왼쪽 허리에 차고 있는 제식검의 소유권은 로니에에게 있지만——스테이시아의 창을 열면 소유자임을 나타내는 신성문자 ≪P≫가 표시되어 있음——인계수비군 군규에 따르면 어디까지나 대여된 것이었다. 무기를 갱신하여 불필요하게 되었을 때는 군에 반납해야만 한다.

자루의 가죽도 검집도 가죽 색깔인 갈색 그대로였고, 딱히 세공도 되어 있지 않은 실용적인 물건이었지만 남방의 특산품인 크로이스강을 사용한 우선도 25의 잘 드는 검이었다. 제작비도 결코 싸지 않았고 로니에가 열심히 손질을 한 까닭에 천명도 많이 남아 있었다.

원래라면 수습 정합기사에 임명된 1년 전에 기사단 제식검과 교환해야 했지만, 당시는 모두가 바빴던 탓에 계속 밀렸고 로니에도 티제도 검에 애착이 있었던 까닭에 그대로 계속 사용하고 있었다.

하지만 이렇게 부대표검사로부터 새로운 검을 하사받은 이상 이별할 수밖에 없다. ——그렇지만.

"……………………."

오른손에 새 검을 쥔 채 왼손으로 제식검의 자루를 살짝 잡

고 있노라니 아스나가 고개를 끄덕이며 말했다.
"그 마음은 알아. 나도 처음 사용했던 애검을 놓기가 싫어서 키리토 군을 곤란하게 했으니까."
"네……?"
깜짝 놀라며 부대표의 얼굴을 빤히 응시했다.
"아스나 님도……? 그건 리얼월드에서의 일인가요……?"
"으음~, 조금 다르려나? 아주 옛날 나와 키리토 군은 리얼월드도 언더월드도 아닌 세계에서 같이 싸웠거든. 정확하게는……, 아무것도 몰랐던 내게 키리토 군이 싸우는 방법을 가르쳐준 거였지만."
"신과 같이 강한 아스나 님도 그런 시절이 있었군요……."
"그야 당연하잖아. 난 신이 아니라 로니에 씨와 마찬가지로 인간……. 한 사람의 여자아이니까."
작게 웃는 아스나의 얼굴은 여전히 인간이 아닌 듯 아름다웠다. 잠시 눈이 부신 듯 눈을 가늘게 뜨고 있던 로니에가 다시 물었다.
"저기……, 아스나 님은 최초의 검을 어떻게 하셨어요?"
그러자 아스나는 마치 그 검의 감촉을 그리워하듯 오른손 손바닥을 들여다보더니 고개를 들며 대답했다.
"키리토 군이 권하는 대로 검을 녹여 잉곳……. 그러니까 금속의 덩어리로 되돌린 다음 새로운 검의 소재로 썼어. 그렇게 하면 검의 영혼이 이어진다고……, 했거든. 그는 검에 관해서는 무척이나 감상적인 면이 있잖아."
"후후후……. 키리토 선배답네요."

두 사람은 잠시 킥킥거리며 웃고 있었지만 잠시 뒤 아스나가 "그렇지만" 하고 말을 이었다.

"지금 이야기는 로니에 씨에게는 참고가 안 될 거야……. 인계군의 검을 녹일 수는 없는 일이고 새로운 검도 벌써 있으니까……."

"……아니에요, 지금의 이야기를 듣고 결심할 수 있었어요. 이 검은 인계군에 반납할게요."

새로운 검을 작업대 위에 놓고 검대에서 검집째 제식검을 풀어 두 손으로 아스나에게 내밀었다.

"정말 괜찮겠어……? 리나 씨에게 부탁하면 그대로 가지고 있을 수도 있을 텐데……."

"아니요, 정말 괜찮아요. 이 검이 지금의 제게는 너무 가벼운 것은 이미 알고 있었고……. 틀림없이 다른 누군가가 이걸 필요로 할 테니까요."

"그래. 그럼 이건 내일 인계군 사령부에 반납할게."

아스나는 제식검을 예의바른 동작으로 받아들더니 허리 오른쪽에 찼다. 아무리 인계군의 제식검이 가볍다고 해도 왼쪽 허리의 신기 ≪레이디언트 라이트≫와 합하면 상당한 중량이 될 터였으나, 그 사실을 전혀 느낄 수 없는 걸음걸이로 작업대 반대편으로 돌아가더니 그쪽에 놓아둔 검은 가죽에 은세공이 되어 있는 검집을 건넸다.

머리를 숙이고 받아든 로니에는 검을 거기에 넣은 뒤 검대에 찼다. 새로운 무게를 몸 전체로 느끼고 있을 때 아스나가 갑자기 상체를 펴더니 똑바로 로니에를 응시하며 말했다.

"……로니에 씨. 키리토 군을 잘 부탁해."

"아……. 네, 알겠습니다!"

잠시 우물거렸지만 씩씩하게 대답하고 로니에는 기사의 예를 갖췄다.

"수습 정합기사 로니에 아라벨, 신명을 바쳐 대표검사님을 지키겠습니다!"

로니에에게 정중하게 인사한 뒤, 아스나는 빙긋 미소를 지었다.

"목숨까지 바치지는 말아줘. 두 사람 모두 무사히 돌아오는 게 가장 좋지만, 만약 키리토 군이 도망치라고 하면 꼭 도망치도록 해."

그 말에 포함되어 있는 감정의 동요 비슷한 것을 느끼고 로니에는 두 손을 내린 뒤 주저하면서도 물었다.

"……저기, 사실은 아스나 님도 함께 가고 싶으신 것은……."

"아주 조금은."

농담처럼 말했지만, 역시 그것이 거짓 없는 본심일 것이다. 그러나 부대표검사는 살짝 고개를 흔들며 로니에가 무엇인가를 말하기 전에 말을 이었다.

"그렇지만 지금은 나와 키리토 군 둘 다 센트리아를 떠날 수는 없거든. 매일 의결하지 않으면 안 될 안건이 산처럼 쌓여 있고 구 상급귀족의 인계통일회의에 대한 불만도 당분간은 없어지지 않을 테니까……."

"……죄송합니다. 정말……."

반사적으로 머리를 숙이자 아스나는 두 눈을 깜빡거리더니 미소 띤 얼굴로 고개를 흔들었다.
"로니에 씨가 사과할 일은 아니야. 전혀."
"그렇지만……, 저도 귀족 출신이고 키리토 선배의 보좌가 되기 전까지는 인계의 귀족제도에 의심을 품은 적이 한 번도 없었거든요……."
"그렇지만 로니에 씨와 티제 씨의 아버님은 계속 위사대와 행정부에서 중요한 일을 하고 계셨지? 사령지의 영민들에게 중노동을 강요하고 자신들은 매일 놀며 지낸 대귀족과는 달라. 완전히."
"…………."
로니에는 아무 말 없이, 이번에는 감사의 마음을 담아 다시 한 번 고개를 숙였다.
센트럴 커시드럴에서 약간 떨어진 언덕 위에 서 있는 구 제성에는 지금도 제국행정부와 제국위사청 본부가 설치되어 있었고, 아버지는 전쟁 전과 마찬가지로 위사대 소대장으로서 근무하고 있었다.
그러나 과거 위사대 위에 존재했던 근위기사단은 완전히 해체되었고 위사청의 기능도 대부분 솔티리나 세루루트 장군이 이끄는 인계수비군으로 이관되었다. 장래에는 4제국에 남은 위사대도 모두 수비군으로 통합되고 군의 규모 그 자체도 축소될 계획인 듯했다. 이미 암흑계의 위협은 사라졌으니 당연한 일이었지만 그때 부친이 현재의 직책을 유지할 수 있을지는 로니에로서도 알 수 없었다.
만약 부대 내에서 배치가 달라지거나 사무직으로 전속을 명령받는다고 하더라도 성실한 아버지라면 틀림없이 책무를 다할 것이다. 사령지 해방령으로 막대한 불로소득을 잃고 행정부나 인계군에서 일하게 된, 불만으로 가득 차 제대로 일하려고 하지 않는 대귀족과는 다르다……고 로니에도 생각했다.

그러나 그런 아버지도, 그리고 어쩌면 로니에 자신의 마음속에도 아직 남아 있을지 모른다. 자신은 귀족이며 일반 시민과는 다르다는 의식이. 선조 대대로 전해진 그 계급의식이 사라지지 않는 한 로니에도 아라벨 가문의 사람들도 본질적으로는 상급귀족들과 다를 게 없었다.

"아스나 님, 차라리……."

자신도 모르게 나오려는 말을 로니에는 겨우 삼켰다.

차라리, 위사 등급뿐 아니라 귀족제도 그 자체를 폐지하는 것이…….

그렇게 생각했지만 그것은 정합기사라고 하는 인계 최고의 지위를 지향하고 있는 자신이 할 말은 아니었다. 그리고 기사가 되고 싶다는 마음은 결코 버릴 수 없었다. 영광의 기사 번호와 백은 갑옷, 그리고 비룡과 함께 평생 키리토를 보좌하고 싶다……. 그것이 로니에의 단 하나의 꿈이기 때문이다.

다음 말을 재촉하듯 고개를 갸웃거리는 아스나에게 살짝 고개를 흔든 뒤 로니에는 대답했다.

"아닙니다……. 저기, 혹시 가능하다면 티제에게도 이것과 비슷한 정도의 검을 줄 수 있을까요……? 그녀도 계속 인계군의 검을 사용하고 있으니까요……."

"응. 그럴 생각으로 티제 씨의 것도 허가를 얻어놨어."

"다행이네요, 정말 감사합니다."

티제도 이 일이 하나의 전환점이 되었으면……, 하는 생각을 했지만 이 역시 자신이 할 수 있는 말이 아니라고 생각하는 로니에였다.

빛 엘레멘트 조명이 약해지기 시작한 대무구고에서 두 사람이 나오자 마침 오후 7시의 종이 울렸다.

장부에 퇴장 시각을 적은 아스나는 2층 서무부에 들르겠다고 말하고 대계단을 내려갔다. 다시 혼자가 된 로니에는 무구고 정면의 커다란 창문 너머로 아주 조금 보라색이 남은 밤하늘을 바라보며 휴우 하고 한숨을 쉬었다.

불과 반년밖에 재적하지 않았던 수검학원에서는 저녁식사를 밤 7시까지 마쳐야 한다는 규칙이 있었고, 정당한 이유 없이 늦어지면 그날은 저녁밥 자체를 먹지 못했다. 그러나 당연히 센트럴 커시드럴에는 그런 규칙이 없었기에 10층 대식당이 열려 있는 밤 9시까지는 항상 따뜻한 요리를 먹을 수 있었고, 그 이후에도 식당 옆 대주방에는 미리 만들어둔 간단한 식사가 준비되어 있었다.

오늘은 여기저기 돌아다녔고 많은 일이 있었던 탓에 배가 고픈 것이 정상이었지만, 왠지 식욕이 없었기에 로니에는 일단 방으로 돌아가기로 했다.

커시드럴 22층에 있는 자신의 방까지는 평소 자동 승강반을 타고 갔지만, 오늘은 새로운 검의 무게에 조금이라도 익숙해지기 위해 대계단을 올랐다.

약 2년 전, 지하 감옥을 탈주한 키리토와 유지오는 정합기사단과 싸우며 이 계단을 50층까지 올라갔다고 했다. 격투의 흔적은 전혀 남아 있지 않지만 당시 두 사람을 따르겠다는 마음으로 계속 다리를 움직였고, 조금 숨을 헐떡이며 22층에 도착했다.

통로를 조금 걸어가면 오른쪽에 있는 개인실은 아직 수습인 까닭에 티제와 함께 쓰는 2인용이었지만 실내에 단짝의 모습은 없었다. 아마 식사를 하러 갔을 거라고 생각하며 공용 거실을 지나 자신의 침실로 들어갔다.

우연인지 몰라도 거실 하나에 침실 두 개라는 구조는 과거 키리토와 유지오가 살고 있던 상급수검사 기숙사의 방과 완전히 동일했지만, 각 공간은 이쪽이 훨씬 넓었다. 수검학원에 입학할 때까지 어린 시절을 보냈던 본가의 방은 이곳의 반밖에 되지 않았기에 로니에 개인적으로는 너무 넓게 느껴진 적도 있었지만, 시간을 들여 취향에 맞는 가구를 모으고 몇 번이나 배치를 바꾼 결과, 지금은 마음 편한 장소가 되었다.

방에 들어가 오른쪽으로 몸을 돌리면 그 안쪽 벽에는 동 센트리아에 접한 커다란 창문이 있었고 바로 왼편에는 침대와 옷장, 오른편에는 작은 테이블이 있다. 그리고 창문 반대쪽 벽에는 무구고에 있었던 것과 비슷한 지지대가 달려 있었다. 그곳으로 다가가 허리의 검을 빼내 살짝 걸자, 검은 가죽으로 된 검집은 어두운 갈색 가구가 많은 실내에 차분하게 잘 어울렸다.

"열심히 생각해서 잘 어울리는 이름을 지어줄게."

검에게 속삭인 뒤 회색 경장 갑옷도 벗고 검 걸이의 오른쪽에 있는 갑옷 걸이에 척 하고 씌웠다. 단숨에 가벼워진 몸을 그대로 침대에 던지고 싶었지만 꾹 참았다. 내일부터의 긴 여행에 대비해 단단히 짐을 꾸리지 않으면 안 된다.

키리토로부터 짐은 기사단에서 배급하는 중형 가방 하나만 가져오라고 들었으므로 꼼꼼하게 엄선할 필요가 있었다. 올해 열일곱 살인 여자아이로서는 가능한 많은 여분 옷을 가지고 가고 싶었지만, 단순한 여행이 아니라 키리토의 호위를 위해 동행하는 것이므로 의료품과 술식 매체를 우선해야 했다. 우선 가지고 있는 매체를 알아보고 부족한 것은 관리부에서 보충해야만 했지만 그 전에――.

"…………목욕하러 가야지……."

그렇게 중얼거리며 갈아입을 속옷만 준비하고 로니에는 방을 나왔다.

커시드럴 20층에서 30층까지는 거주구이므로 각 층에 욕실이 마련되어 있었고, 로니에도 티제도 평소에는 그곳에서 목욕을 했다. 그렇지만 역시 가끔은……, 특히 오랫동안 커시드럴을 비우기 전날은 아무래도 그곳에 가고 싶어진다.

통로를 한참 걸어 22층 끝에 있는 승강동으로 향했다. 눈금이 새겨진 손잡이를 가장 위인 90층으로 맞추고 금속 단추를 누르자 승강반 하부의 봉인부에 충전되어 있던 바람 엘레멘트가 필요한 만큼 해방되어 로니에를 단숨에 상승시켰다.

수십 초 뒤, 승강반이 천천히 속도를 떨어뜨렸고 잠시 뒤 단단히 고정되자 로니에는 금속 문을 열었다.

밖으로 나오자 짧은 통로가 이어졌고 정면에서 좌우로 갈라졌다. 그리고 갈림길 바로 앞에는 천장에서 내려온 순백의 천이 걸려 있었는데, 신기한 것은 그 천에 강약이 있는 신비한 서체로 검게『湯』이라는 글자가 적혀 있었다.

이 천은 키리토 대표검사의 희망으로 설치되었고 글자도 본인이 직접 쓴 모양이었지만, 무엇을 목적으로 하는 것인지는 아무도 몰랐다. 알고 있을 것으로 추측되는 단 한 사람인 아스나 부대표도 어이없다는 미소만 지을 뿐 침묵을 지키고 있다고 들었다.

이 통로를 걸을 때마다 떠오르는 의문에 고개를 갸웃거리며 아래쪽이 길고 직사각형으로 재단된『湯』이 적힌 천을 헤치고 들어가 갈림길에 도착했다. 그러자 다시 한 번 좌우로 같은 모양의 천이 나타났다.

오른쪽에 걸려 있는 남색 천에는 하얀 글자로『男』, 왼쪽 연지색 천에는『女』자가 적혀 있었다.

이 표시의 의미는 그래도 이해가 되었기에——왜 이런 천에 적는지는 역시나 수수께끼였지만——『女』자가 적힌 쪽으로 들어갔다. 통로는 오른쪽으로 꺾여 있었고 그 앞쪽은 조금 넓은 공간으로 되어 있었다.

커다란 옷장이 칸막이벽처럼 설치된 그 방에는 세 사람의 여성 술사가 동남 지방풍의 얇은 속옷 한 장만 걸친 모습으로 벽 쪽의 등나무의자에 앉아 젖은 머리카락을 말리고 있었다. 로니에를 보고 일어서려고 하는 모습에 그녀는 급히 두 손을 들어 말렸다.

여성 술사들은 엉거주춤하게 일어섰다가 다시 천천히 앉았지만, 그래도 예의 바르게 고개를 숙이며 각각 인사를 했다.

"안녕하세요, 기사님." "어서 오세요, 기사님."

"안녕하세요."

로니에도 정중하게 허리를 숙여 인사를 한 후 서둘러 방의 반대쪽으로 향했다. 옷장 뒤로 가서 휴우 하고 한숨을 쉬었다. 수습 기사가 된 것은 어제오늘의 일이 아니지만 연상인 동성이 존대하는 것에는 도무지 익숙해지지 않았다. 설사 정기사로 서임되더라도 파나티오 단장처럼 당당한 행동거지는 평생 못 따라할 것이라는 확신이 들었다.

서둘러 옷을 벗어 갈아입을 옷과 함께 옷장 안의 바구니에 넣은 뒤, 로니에는 하얀 수건을 몸에 대고 안쪽 유리문을 열었다.

순간, 새하얀 수증기가 덮쳐와 급하게 한 걸음 더 들어가 문을 닫았다.

수증기가 사라지고 그 안쪽에서 나타난 것은 몇 번을 보아도 멍해질 수밖에 없는 광경이었다.

커시드럴 90층의 거의 절반을 사용한 광대한 공간. 바닥도 기둥도 순백색 대리석으로 만들어져 있었고 남쪽과 동쪽의 벽은 거대한 한 장의 유리로 되어 있어 중앙도시 센트리아의 야경을 한눈에 볼 수 있었다. 그것만으로도 구 제성의 옥좌를 능가하는 호화로움이지만, 정말 놀라운 것은 계단처럼 만들어진 바닥 면 전체를 채운 막대한 양의 뜨거운 물이었다.

남북으로 길게 만들어진 공간의 전체 길이는 약 40메르였으며 폭은 25메르에 달했다. 주변 통로의 폭이 2메르, 또 거기에서 바닥까지의 깊이가 1메르이므로 단순히 계산해도 뜨거운 물의 총량은 874평방메르, 액체 단위인 ≪리르≫로 고치면 87만 4천 리르라고 하는 엄청난 숫자였다. 게다가 대리석 벽을 사이에 둔 서쪽——, 즉『男』자가 적힌 천의 저 편도 완전히 대칭인 구조이므로 전체 물의 양은 두 배가 된다.

이 장소가 키리토가 말하는 '센트럴 커시드럴에서 가장 호화로운 시설'인 대욕탕이었다.

이계전쟁 이전에 이곳을 사용한 것은 불과 30명의 정합기사뿐으로 중앙의 벽도 존재하지 않는, 지금의 두 배나 넓은 욕조를 혼자 사용하는 일도 자주 있었던 모양이었다. 그러나 조직 개편과 함께 커시드럴의 술사와 직원 모두에게 개방되었고 동시에 남성용과 여성용으로 나뉘게 되었다고 한다.

지금도 약 스무 명이 입욕 중이었지만 애당초 욕조가 작은 호수 정도의 넓이이므로 혼잡하다는 인상은 전혀 받을 수 없었다. 그래도 로니에는 사람이 적은 남동쪽 구석으로 걸어가 투명한 물에 천천히 발끝을 넣었다. 처음에는 뜨겁게 느껴지지만 금세 익숙해지므로 계단처럼 된 대리석 바닥을 내려가 마지막 단에 앉았다.

목까지 물에 잠겨 있으면 거주구에 있는 상식적인 크기의 욕조에서는 맛볼 수 없는 개방감이 머릿속을 자극하는지 자신도 모르게 신음소리가 나오고 만다.

"하아…………."

"정말, 커다란 욕조는 정말 좋네~."

“맞아…………."

고개를 끄덕인 뒤에야 깜짝 놀라며 눈이 휘둥그레졌다. 어느샌가 바로 왼쪽에 누군가 앉아 있었다.

수면을 덮은 수증기가 사라지고 그 인물의 얼굴이 드러난 순간, 로니에는 다시 한 번 깜짝 놀랄 수밖에 없었다.

젖은 머리카락 끝이 목덜미에 달라붙을 정도로 짧은 연갈색 머리카락과 연청색의 둥글고 커다란 눈동자. 로니에보다 한 칸 위에 앉은 몸은 어린아이처럼 가늘다――고 하기보다 외모상으로는 10세 정도의 소녀의 것이었지만 그 안에 들어 있는 것은 결코 외모처럼 순수하지 않았다.

“아, 안녕하세요. 피젤 님."

탈의실에 있던 술사들처럼 딱딱하게 인사를 하자 소녀는 손가락 끝으로 수면을 튕기며 대답했다.

“님 자는 필요 없다니까. 로니에 쪽이 연상이잖아."

“그……, 그렇지만 피젤 님은 정기사시니까……."

“칫~! 지금 이 대화, 벌써 백 번 정도는 한 것 같아."

몸을 뻗어 수면에 띄우고 두 발로 첨벙첨벙 물을 튀기는 소녀의 이름은 피젤 신서시스 트웬티나인.

이계전쟁 때는 ≪번호가 있는 수습≫이라는 특별조치 상태였지만, 나중에 당당히 승격한 진짜 정합기사였다. 체격에 맞춰 만든 은제 갑옷과 ≪히마와리≫라고 하는 비룡을 가지고, 최근에는 주로 정찰 임무로 인계 전체를 날아다니고 있었다.

“피젤 님, 요즘 얼마 동안 못 뵌 것 같은데 또 임무 때문에 나가셨던 건가요?"

로니에가 물어보자 피젤은 입까지 물속에 넣으며 고개를 끄덕였다.

"응, 서제국 근위기사단 잔당의 움직임이 수상해서 살피러 갔었어. 리넬은 여전히 그쪽에 있는 상태고 나만 보고와 보급 때문에 온 거지만."

"정말 고생이 많으시네요. ……서제국의 알더레스 웨스달라스 5세는 4황제 중에서도 혼자 유해가 발견되지 않았죠……. 그 일과 관계가 있는 건가요?"

"음~, 서쪽 제성은 파나티오 언니의 기억해방술에 의해 모조리 붕괴되고 타버렸으니까. 이미 할아버지였던 서황제가 그런 폭발에서 살아남았을 거라고는 생각하지 않지만, 살아 있는 것으로 하고 싶은 녀석들이 있을지도 모르지."

수면에 거품을 뽀글뽀글 만들며 하는 말은, 전혀 열 살짜리 아이의 것으로는 생각되지 않았지만 피젤이 외모 그대로의 연령인지는 분명하지 않았다. 커시드럴에서 태어난 그녀와 단짝인 정합기사 리넬 신서시스 트웬티에잇은 ≪신서사이즈 비의≫를 받지 않았지만, 최고사제 어드미니스트레이터는 두 사람을 수습 정합기사로 임명했을 때, 원래는 천명이 최대치에 달하기를 기다렸다가 행하는 천명동결술을 무슨 이유에선지 행했다고 들었다. 즉 두 사람은 지금의 외모 그대로 나이를 먹지 않는다――라고 할까 성장하지 않는 것이다.

그 사실을 생각하면 로니에는 왠지 피젤과 리넬을 꼬옥 껴안아주고 싶은 마음이 들었지만, 실행한 경험은 없다. 위계상 자신보다 높은 정기사라고 하는 이유 외에도 수습임에도 불구하고 번호가 있었던 것은 예전 번호의 주인이었던 기사를 죽였기 때문이라는 말이라든가, 키리토와 유지오를 독검으로 마비시키고 목을 베려고 했다든가, 이계전쟁 때 인계수비군 후위로 침입한 고블린 부대의 대부분을 둘이서 섬멸시켰다든가 하는 무서운 소문들이 돌았기 때문이었다. 이렇게 직접 이야기를 하면 전혀 무섭지 않았지만 항상 경의를 가지고 접해야 할 상대인 것은 틀림없었다.

"그보다 로니에."

갑자기 이름을 불린 로니에는 탕 안에서 자세를 바로 했다.

"아, 네."

"들었다고~."

수면에 둥실둥실 뜬 채 피젤이 씨익 웃었다.

"키리토와 함께 옵시디아에 간다며?"

"네? 저기, 그건……."

키리토와 로니에의 암흑계행은 일단 비밀로 되어 있었지만 커시드럴 최고의 첩보원에게는 숨겨봤자 무의미하다고 생각하고 고개를 끄덕였다.

"……네, 맞아요."

"선물은 암흑술사 길드의 비약 세트면 좋을 것 같아~."

"…………노, 노력해보겠습니다……."

"아하하, 농담이야. 농담!"

나이에 어울리는 밝은 웃음을 지은 뒤 피젤은 한 칸 위의 단에 앉더니 시선을 유리창 밖으로 향했다.

자신도 모르게 같은 방향을 따라서 보니 어둠 속으로 동 센트리아 시가의 불빛이 별처럼 반짝이고 있었다. 전통적으로 목조 건물이 많은 동 센트리아에서는 기름 칸델라가 아니라 종이를 붙이거나 얇은 판자가 붙은 등롱을 사용했으므로 야경도 어딘가 부드러운 색조로 느껴졌다.

그 빛으로부터 훨씬 앞, 750킬로르 저편에 ≪동쪽 대문≫이 서 있고 암흑계의 수도 옵시디아는 그곳으로부터 다시 2,000킬로르 이상 떨어져 있었다. 고대 신성어로 ≪흑요석의 도시≫를 의미하는 이름이라고 수검학원에서 배웠지만 그 유래까지는 교사도 모르는 모양이었다.

자신의 눈으로 보면 알 수 있을까? 진짜 그런 땅 끝까지 내가 가는 것일까? 그런 이제 와서 때가 늦은 감상에 젖어 있을 때――.

"그쪽에 가면……."

피젤이 조용히 중얼거린 탓에 로니에는 시선을 어린 선배 기사에게로 되돌렸다.

"네……?"

"음―……. 이미 전쟁도 끝났고 내가 지나치게 생각하는 건지도 모르지만……."

가까이에 사람도 없었고 벽의 수도꼭지에서 기세 좋게 흘러 떨어지는 물소리 때문에 두 사람의 대화는 아무에게도 들릴 리 없었지만, 피젤은 로니에에게 얼굴을 가까이 대고 진지한 얼굴로 속삭였다.

"옵시디아에서는 눈을 크게 뜨고 주위를 잘 살펴야 돼."

"그, 그렇군요……."

"≪5족평화조약≫이 체결되었지만 암흑계는 여전히 ≪힘의 규약≫에 지배되고 있어. 지금 저쪽에서 최강인 사람은 융화파인 이스칸 총사령관이고 셰이타 님도 있으니 표면적으로는 잘 제어되는 것처럼 보이지만……. 금기목록과 인계기본법으로 몇 겹이나 묶여 있는 이쪽에서도 조문의 구멍을 찾아내어 제멋대로 해석하는 교활한 녀석들이 아직 많아. 금기나 법보다 훨씬 애매한 ≪규약≫에 따르는 암흑계라면 더 나쁜 녀석이 숨어 있어도 이상할 게 없겠지."

피젤의 말에 로니에는 물의 온도가 조금 떨어지는 것 같은 느낌이 들었다. 자신도 모르게 부르르 몸을 떨자 피젤이 오른손을 뻗어 로니에의 머리를 슥슥 쓰다듬었다.

"미안미안, 무섭게 할 생각은 없었어."

"아니요, 괜찮습니다. 피젤 님의 말씀은 마음에 깊게 새기겠습니다."

"음, 로니에가 돌아올 쯤에는 우리 임무도 끝났을 테니까 티제도 같이 위로회라도 하자고."

"네, 반드시!"

로니에가 끄덕이자 피젤은 씩 웃으며 일어섰다.

"그럼 먼저 갈게~."

팔랑팔랑 오른손을 흔들고 타박타박 대리석을 위를 밟으며 걸어가는 소녀기사에게 로니에는 다시 한 번 머리를 숙였다.

피젤의 기사번호는 29. 30번은 ≪금목서의 기사≫ 앨리스였지만 그녀는 이계전쟁이 끝날 무렵 리얼월드로 여행을 떠났고 31번 ≪상린편≫ 엘드리에는 앨리스를 지키다 목숨을 잃었다. 두 사람의 번호는 결번이 되므로 만약 로니에와 티제가 정기사로 임명되면 한 사람은 32번, 다른 한 사람은 33번이 될 것이다.

그날이 기다려지는 것은 분명했다. 그러나 그와 동시에 답답함을 느끼는 것은 틀림없이 아직 각오가 부족하기 때문이리라. 지금의 로니에는 검기도 술력도 마음가짐도 렌리 같은 상위기사는 물론 외모가 어린아이 같은 피젤이나 리넬에게도 한참 미치지 못했다.

한 걸음씩.

속도는 늦더라도 한 걸음씩 차근차근. 매일매일 방심 없이 단련하고 진지하게 계속 배운다면 언젠가는 틀림없이 가고자 하는 곳에 닿을 것이다.

"…………로니에 신서시스 서티스리…………."

자신도 모르게 그렇게 중얼거린 뒤 당황해서 주위를 살폈다. 들은 사람은 아무도 없었지만 로니에는 부끄러운 나머지 머리까지 뜨거운 물에 담그고 숨이 막혀 더 이상은 참을 수 없게 될 때까지 보글보글 거품만 내었다.

6

2월 19일 새벽이 밝아왔다.

커시드럴 부지 서쪽 끝에 있는 거대한 비룡 구사에서 로니에는 애룡 츠키가케의 목을 열심히 쓰다듬고 있었다.

아직 어린 츠키가케는 꾸루루루……, 하고 목을 울리며 흐뭇한 듯 눈을 가늘게 뜨고 있었지만 이런 표정을 짓는 이유는 기분이 좋아서가 절반이고 나머지 절반은 그저 졸리기 때문일 것이다. 새끼용뿐만 아니라 은으로 된 울타리에 기댄 티제도 끄덕끄덕 빨강머리를 아래위로 흔들고 있었다. 어젯밤 빨리 잠자리에 들었으나 잠들지 못한 로니에가 티제를 데리고 이런저런 이야기를 했기 때문이었다.

벌써 2년 가까이나 매일 함께 있었음에도 이야깃거리가 끊이지 않는 것은 신기했지만, 친구라는 존재는 원래 그런 것이리라. 키리토와 유지오도 북방의 루리드 마을을 떠난 뒤 중앙도시까지 와서 수검학원에 입학하고 상급수검사가 될 때까지 몇 년이나 걸렸겠지만, 항상 두 사람은 즐겁게 이야기를 하고 검기에 대해 토론을 벌이기도 했으며 때로는 침묵조차 편하게 공유하곤 했었다.

지금 티제는 커다란 인생의 기로에 서 있었다. 그녀가 기사렌리의 구혼을 받아들이든 거절하든 영원히 최고의 친구로 있어주었으면 하는 생각이 들었다.

"……그럼 츠키가케, 다녀올게. 티제 말 잘 들어야 돼."

로니에가 일어서자 새끼용은 고개를 들고 "꾸루룩" 하고 대답했다.

간신히 잠에서 깬 티제와 함께 커시드럴 안쪽에 위치한 공창까지 이동하자 이미 기룡 2호기가 지상의 돌바닥 위에 설치되어 있는 것이 보였다.

1호기처럼 수직으로 서 있는 것이 아니라 창고에 있을 때와 마찬가지로 세 개의 다리로 지면에 누워 있었다. 자세히 보니 다리 끝 부분은 진짜 비룡처럼 발톱으로 된 것이 아니라 바퀴가 달려 있는 듯했다.

머리 부분 가까이에는 키리토와 아스나, 파나티오, 그리고 사드레 공창장의 모습이 보였고 또 한 사람 더, 공창의 작업복을 입은 로니에 또래의 여성이 측면에 서서 기체에 손을 대고 신성술을 영창하고 있었다. 그것이 바람 엘레멘트를 생성하는 술식이라는 것을 깨달은 로니에는 옆에서 가방을 들고 있는 단짝에게 얼굴을 돌렸다.

"저기, 티제. 혹시 저 아이가……."

"아, 응. 맞아, 자동화되기 전 승강반의 조작 담당이었던 아이야."

"헤에……, 엄청 귀여운 아이네."

"나도 그렇게 생각하지만 저 아이, 듀솔버트 씨와 비슷한 정도로 오래 살았다는 소문이 있어."

"그……, 그렇구나……."

조금 떨어진 곳에서 걸음을 멈추고 그런 이야기를 하고 있을 때, 키리토가 두 사람을 발견하고 손을 흔들었다.

"어이~! 로니에, 티제, 이쪽이야 이쪽."

"아……, 네. 안녕히 주무셨습니까?" "안녕히 주무셨어요!"

인사를 하며 다가갔다.

아직 하늘은 어두웠지만 실외에서 보는 기룡 2호기는 상상 이상으로 거대했다. 조종석이 두 개 있는 것뿐만 아니라 좌우 날개도 진짜 비룡만큼 길고 엉덩이의 분사구도 컸다. 전체 길이는 1호기보다 4할 정도가 더 늘어나 7메르쯤 될 듯했다.

이것을 타는 건가, 하고 생각하니 역시나 긴장이 되었지만 자신이 먼저 가겠다고 한 이상 꼬리를 내릴 수는 없었다. 머릿속에서 되살아나는 1호기 최후의 장면을 억지로 털어내고 키리토와 아스나 앞에서 다시 한 번 머리를 숙였다.

"죄송합니다, 늦었습니다."

"괜찮아, 아직 5시가 되기 십 분 전인걸."

4시 반을 알리는 종이 친 지 꽤 지났음에도 키리토는 현재 시각을 정확하게 말하더니, 로니에가 왼쪽 허리에 찬 새로운 검을 힐끗 쳐다보며 미소를 지었다.

"로니에, 호위역 잘 부탁해."

"아……, 네!"

목숨을 바쳐서라도……라고 말할 뻔했지만 어젯밤 아스나의 말이 떠올랐다. 결국 입에서 나온 것은,

"여, 열심히 하겠습니다!"

라는 어린아이 같은 말이었지만, 키리토도 아스나도 다시 미소를 지으며 고개를 끄덕였다.

파나티오와 사드레에게도 인사를 한 뒤 티제로부터 짐을 건네받았다. 중형 가방 가득 물자와 갈아입을 옷을 넣은 탓에 상당히 무거운 그 짐을 과연 어디에 실으면 좋을지……를 생각하고 있노라니.

"키리토 씨, 바람 엘레멘트의 충전을 완료했습니다."

뒤에서 그런 목소리가 들려와 로니에와 티제는 동시에 돌아보았다. 목소리의 주인은 과거 승강반을 담당했던 소녀로, 공창의 작업복보다 교회 수도복이나 귀족의 드레스 쪽이 어울릴 듯한 고결해 보이는 미모에 두 사람은 자기도 모르게 빠져들 듯 쳐다보았다.

"고마워, 에어리. 덕분에 살았어."

에어리라고 불린 소녀는 키리토의 치하에 표정 하나 바꾸지 않고 고개를 숙이더니 사드레 쪽으로 물러섰다.

직후 커시드럴의 종이 오전 5시를 알리는 부드러운 종소리를 울렸고 키리토가 힘차게 손뼉을 쳤다.

"그럼 슬슬 출발해볼까? 로니에, 짐을 줘."

내민 손에 가방을 건네자 키리토는 기룡의 측면에 있는 작은 문을 열고 화물칸으로 추정되는 공간에 실었다. 그 모습을 지켜본 뒤 로니에는 티제를 꼭 끌어안았다. 입을 열 필요도 없이 로니에의 "그럼 다녀올게"라고 하는 사념(思念)과 티제의 "무사히 다녀와" 하는 사념이 순식간에 두 사람 사이를 교차했다.

포옹을 마친 로니에는 친구의 얼굴을 응시하며 다시 한 번 고개를 끄덕이고 키리토가 기다리는 기룡의 앞부분으로 이동했다. 머리 쪽에 놓인 사다리를 타고 올라가라는 말에 쭈뼛거리면서도 시키는 대로 따르자, 두 개의 의자가 앞뒤로 나란히 놓여 있는 타원형 공간이 눈에 들어왔다.

앞쪽 의자는 등받이가 젖혀져 있었으므로 로니에는 허리에 찬 검을 손에 들고 뒤쪽 의자에 몸을 밀어 넣었다. 의자는 금속 프레임에 가죽을 입힌 단순한 것이었지만, 유연성이 뛰어난 귀중한 큰뿔소의 가죽을 아낌없이 사용한 덕분에 앉는 느낌은 의외로 나쁘지 않았다.

바로 키리토도 사다리를 타고 올라와 등받이의 각도를 원래대로 되돌린 뒤, 앞쪽 의자에 앉았다. 사드레가 사다리를 치우자 키리토는 앞쪽 핸들을 돌렸고, 그와 동시에 유리로 만든 천장이 내려오면서 철컥 하는 소리를 내며 닫혔다.

순간 심장이 두근거리기 시작해서 로니에는 꿀꺽 하고 침을 삼켰다.

츠키가케는 아직 어려 날 수 없었지만, 렌리의 카제누이나 피젤의 히마와리, 리넬의 히나게시에 같이 타본 적은 몇 번인가 있었다. 처음 한두 번은 역시 무서웠지만, 금세 바람을 가르고 비상하는 쾌감이 공포를 뛰어넘었다. 그런 만큼 하늘을 나는 일이 두렵게 생각되지는 않았지만 대부분을 금속으로 만든 인공의 용을, 그것도 등에 타는 것이 아니라 내부에 들어가 나는 것이라 생각하자 기대보다도 위화감이 앞섰다. 애당초 날갯짓을 할 날개가 없는 만큼 날아오르는 것은 그렇다고 해도 어떻게 지면에 돌아올지가 걱정이었다.

다시 1호기가 폭발하는 광경이 떠올라 부르르 몸을 떨고 있

는데, 문득 떠오르는 것이 있었다.

"저……, 저기, 키리토 선배."

"응? 왜?"

앞좌석에서 태평하게 대꾸하는 대표검사에게 로니에는 상체를 가까이 하며 물었다.

"이 용도 지난번과 마찬가지로 열 엘레멘트를 해방시켜 나는 거죠?"

"맞아."

"이렇게 아침 일찍, 저번처럼 엄청난 소리를 내며 하늘을 날면 중앙도시 사람들이 깜짝 놀라지 않을까요……?"

"그러겠지……."

하고 고개를 끄덕인 뒤 키리토는 조금 알기 힘든 말을 계속했다.

"그렇지만 애초에 여긴 활주로의 길이가 부족하니까 수평으로 이륙을 하는 건 불가능해. 그런 만큼 2호기의 이륙과 착륙은 유감스럽지만 치사한 방법을 쓰는 수밖에 없겠지."

"치, 치사한 방법……이라뇨……?"

그 질문에는 그저 씨익 웃을 뿐 대답하지 않고 키리토는 의자 앞쪽에 붙여놓은 두 개의 금속봉을 꽉 쥐었다. 그 손에서 창백한 빛이 나는 것을 보고 로니에는 숨을 삼켰다.

엘레멘트의 빛이 아니었다. 세계의 섭리와 직결되는 키리토의 의지력, 그 자체가 빛이 되어 보이는 것이다. 즉, 심의의 빛이었다.

강철의 기룡이 마치 살아 있는 것처럼 몸을 부르르 떨었다.

직후, 쑤욱 몸이 들리는 감각이 찾아왔다.
로니에는 당황해서 유리 뚜껑 너머로 밖을 보았다. 회색의 석조 바닥과, 크게 손을 흔드는 티제와 아스나 일행의 모습이 천천히 멀어졌다. 키리토가 심의의 힘으로 거대한 기룡을 통째로 상승시키고 있는 것이었다.
확실히 이건 치사해, 하는 생각을 하며 로니에도 지상을 향해 손을 흔들었다. 상승 속도가 증가함에 따라 배웅하는 사람들의 모습이 점점 작아졌다. 이윽고 하얀 아침 안개가 그들을 가리는 것과 동시에 공창 북쪽에 펼쳐진 장미원과 커시드럴의 하얀 벽이 시야에 들어왔다.
손을 내리고 얼굴을 앞으로 돌리니 일출 전의 짙은 남색 하늘이 끝없이 펼쳐져 있었다. 살짝 꼭두서니 빛으로 물든 지평선의 아름다움에 로니에는 아무 말도 하지 못했다.
커시드럴 90층, 대욕탕과 같은 높이에 달하자 기룡은 상승을 멈추고 수평으로 전진하기 시작했다. 비룡의 힘찬 날갯짓과는 전혀 다른 수면을 미끄러지는 듯한 가속. 낮게 으르렁대는 바람을 가르는 소리 외에는 아무것도 들리지 않았다. 이런 상태라면 새벽하늘을 열심히 쳐다보고 있지 않는 한 센트리아의 시민들이 알아차릴 수 없을 것이다.
하나의 걱정거리가 사라지자 이번에는 다른 걱정거리가 머리를 스쳤다.
"……키리토 선배, 이렇게 큰 물체를 심의의 힘만으로 움직여도 괜찮은 건가요?"
앞자리에 그렇게 물은 뒤에야, 키리토의 집중력을 흐트러뜨린 것은 아닌가 하고 걱정을 했지만 금세 평소와 다름없는 목소리의 답변이 돌아왔다.

"뭐, 잠깐 동안이라면 괜찮아. 그렇지만 인계를 벗어날 때까지 계속 이렇게 나는 건 힘들겠지……."

"그, 그런가요……."

다시 한 번 인계 대표검사의 엄청난 의지력에 경탄할 수밖에 없었다.

로니에도 수습 기사로서 심의를 수행하고 있지만 가느다란 기둥 위에 한쪽 다리로만 서 있는 ≪철주고립≫이나, 공중에 생성된 엘레멘트를 의지력으로 유지하는 ≪소인교감≫ 같은 실천형 수행뿐 아니라 그저 바닥에 앉아 정신을 집중하기만 하는 ≪단좌무상≫조차 좀처럼 다음 단계로 나가지 못했다.

사실 파나티오나 듀솔버트 같은 상위기사들 역시 단검 정도의 크기를 움직이는 ≪심의의 팔≫, 보이지 않는 참격을 날리는 ≪심의의 칼날≫을 사용하는 정도이므로, 인간이 두 사람이나 탄 거대한 기룡을 마음대로 움직이는 키리토의 심의가 얼마나 규격외의 것인지 놀랄 수밖에 없었다.

"……이렇게 강한 선배의 심의력으로도 ≪최후의 벽≫은 넘을 수 없는 것이군요……."

로니에가 중얼거리자 키리토는 쓴웃음과 함께 고개를 끄덕였다.

"어쩌면 수행이 부족하기 때문일지도 모르지만……. 그래도 나만이 ≪벽≫을 넘을 수 있어서는 의미가 없어. 앞으로 대형 기룡의 정기편을 운용하거나, 혹은 커시드럴의 승강반 같은 구조를 사용해서 다크 테리토리의……. 아니, 언더월드 모든 주민이 자유롭게 왕래할 수 있게끔 해야지."

높이가 몇 메르인지 알 수 없는 ≪최후의 벽≫에 승강반을 설치하겠다는 키리토의 발상에 평소처럼 깜짝 놀라며 로니에는 창밖을 바라보았다.

어느새 기룡은 동 센트리아의 시가지를 벗어났는지 눈 아래쪽으로는 얼마 전에 내린 눈이 남은 밭과 초원이 펼쳐져 있었다. 지금은 아직 추워 보이는 풍경이지만 3월이 되면 보리 파종이 시작되고 대지는 새로운 푸르름으로 뒤덮이리라.

그 광경을 잠시 상상한 뒤에, 로니에는 다시 질문을 입에 담았다.

"저기, 선배……. 억지로 ≪최후의 벽≫을 넘지 않아도 다크 테리토리의 사람들을 인계로 이주시킬 수도 있지 않나요? 인계에는 미개척지가 많이 남아 있는 만큼 아직 밭이며 마을을 만들 여유도 있다고 생각하는데……."

이번에는 키리토도 잠시 대답을 하지 않았다.

잠시 뒤, 조용히 중얼거리는 듯한 소리가 들렸다.

"인계의 사람들이 모두 로니에처럼 생각한다면야……."

"네……? 무, 무슨 뜻인가요……?"

"아니……. 으음, 그렇지. 현재 인계의 총인구는 8만 2천 명 정도일 거라고 난 추측하고 있어. 최근 보고에서는 암흑계도 아무래도 비슷한 정도인 모양이야. 인계의 면적이 약 177만 평방킬로르이고, 그 절반 이상이 개척이 안 된 숲과 초원이니 분명 로니에가 말한 것처럼 인구가 배 이상이 된다고 해도 땅의 넓이 면에서는 전혀 문제가 없다……고 나도 생각해."

그 말에 로니에는 본제와는 벗어난 부분에 놀랐다.

"아……, 암흑계의 총인구가 8만이라니 정말인가요?! 그런데도 이계전쟁 당시 황제 벡터는 그중 5만 명이나 군대로 편성한 거고요?"

"그런 뜻이 되겠지……. 암흑계에서는 싸울 수 있는 자는 모두 병사가 된다고 파나티오 씨가 말했지만, 그렇다고 해도 가혹한 이야기지. 하지만 그것도 아마 다크 테리토리의 빈약한 대지가 만들어낸 인습일 거야. 싸워서 빼앗지 않으면 살아남을 수 없는 그런 세계니까."

거기서 한 차례 말을 끊고 키리토는 몸을 의자 등받이에 기대었다. 의식의 집중이 일순 끊어진 것인지 기룡이 살짝 흔들렸지만 금방 안정을 되찾았다.

"……암흑계와 마찬가지로 인계 사람들도 300년 동안 쌓아온 공통된 의식이 있어. 암흑계 주민은 무서운 괴물로 한끝산맥을 넘어 아이들과 가축을 납치하러 온다는 거지. 교류사업이 시작되고 두 개의 세계를 왕래하는 관광객과 상인이 조금씩 늘고 있지만 사람들의 의식은 그렇게 쉽게 변하지 않아. 새로운 법이나 금기로 제어하려고 해도 본능적인 공포와 욕망까지 사라지는 건 아니니까……."

깊은 우려감이 섞인 그 목소리에 로니에는 어떻게 대답해야 할지 알 수 없었다.

강철로 만든 용을 띄울 수 있을 정도의 심의력을 가지고 있고, 최고사제 어드미니스트레이터와 암흑계 황제 벡터에게도 승리를 거둔 키리토였지만, 그래도 그는 결코 신은 아니었다. 태어난 세계가 다를 뿐, 로니에와 마찬가지로 고민하고 망설이고 고통 받는 한 사람의 인간인 것이다.

아무리 상처를 받아도 다시 일어서 언더월드를 소멸의 위기에서 구해낸 키리토였지만, 그 영예를 공식적으로 발표하지 않았고 지금도 세계를 위해 분투하고 있었다. 인계와 암흑계의 융화라는, 과거 아무도 이루지 못한 위대한 목표에 손을 뻗으려고 하는 그에게 힘이 되고 싶었지만, 로니에는 그 길의 험난함을 상상하는 일만 해도 벅찼기에 조언 같은 것은 전혀 할 수 없었다.

정신없이 따라오고 말았지만 자신이 동행하는 일에 의미가 없는 것은 아닌가……라고 침울해지려는 순간, 마치 그것을 알아차린 듯이 키리토가 말했다.

"그렇지만 로니에가 같이 와줘서 정말 다행이야. 저쪽 아이들은 나를 처음 보면 무서워하거든."

"네……? 정말인가요?"

"잘은 모르지만 이상한 소문이 잔뜩 퍼진 모양인지……. 뭐 그런 엄청난 전쟁을 치렀으니 어쩔 수 없겠지만……."

휴우 하고 가볍게 한숨을 쉬더니 키리토는 분위기를 바꾸려는 듯 단호한 목소리로 말했다.

"그럼 센트리아에서도 벗어났으니 슬슬 심의 비행에서 엘레멘트 비행으로 바꿔볼까?"

"아, 네!"

힘차게 고개를 끄덕인 뒤 앞좌석에 물었다.

"저기, 전 어떻게 하면……?"

"그렇지, 1호기 시험비행 때처럼 엘레멘트와 교감 상태를 유지하면서 무언가 문제가 일어날 것 같으면 알려줘."

"알겠습니다!"

로니에의 목소리를 들은 키리토는 오른손 엄지손가락을 세워 신호를 한 뒤 두 개의 금속봉을 두 손으로 다시 잡았다. 이어서 신성술의 술식을 영창했다.

"시스템 콜, 제네레이트 서멀 엘레멘트!"

키리토의 두 손이 붉게 빛나면서 반쯤 비어 있던 금속봉 내부에 열 엘레멘트가 차례차례 생성되었다. 그것들은 심의에 의해 관을 따라 이동, 기룡 중앙부의 봉인부에 도착했다.

제아무리 대표검사라고 해도 거대한 기룡과 미세한 엘레멘트를 동시에 심의로 제어하는 일은 쉽지 않은지 다시 기룡이 휘청거리며 흔들렸다. 로니에는 무의식적으로 몸을 내밀어 키리토의 양쪽 어깨에 손을 대었다.

술식을 영창하지는 않았지만 주위에 소용돌이치는 공간신성력의 흐름이 조금 안정되는 듯한 느낌이 들었다. 기룡의 흔들림도 잦아들면서 열 개의 열 엘레멘트도 봉인부에 안전하게 수납되었다.

"고마워, 로니에."

로니에의 오른손을 가볍게 두드리면서 키리토는 천천히 숨을 들이마시며 속삭였다.

"디스차지."

봉인부 안에서 열 엘레멘트가 전부 해방되면서 거대한 화염을 만들어내었다.

화염은 스스로의 압력에 의해 봉인부에서 기룡 후부로 밀려 나갔다. 그 도중에 이륙하기 전, 별개의 봉인부에 충전시켰던 바람 엘레멘트와 섞이고 압축되어 마치 비룡이 뿜는 화염처럼 일직선의 불줄기가 되어 최후방의 분사구로부터 분출되었다.

강렬한 가속으로 온몸이 의자에 압박되는 것을 느끼고 로니에는 숨을 멈추었다.

창밖에 떠있던 구름이 순식간에 뒤로 흘러갔다. 속도만 비교하면 키리토의 풍소비행술로 센트럴 커시드럴에서 남 센트리아의 위사청까지 날아갔을 때 쪽이 빠르겠지만, 이 기룡은 현재 심의를 사용하지 않는 것이나 마찬가지 상태였다. 그 말인즉 고위 술사가 훈련을 받으면 키리토와 마찬가지 속도로 날 수 있을지도 모른다는 뜻이었다.

≪최후의 벽≫에 대한 도전보다 어쩌면 그쪽이 중요한 것은 아닐까……라고 로니에는 일순 생각했지만, 좁은 공간을 채우는 굉음이 그런 생각도 날려버리고 말았다. 의자를 필사적으로 붙잡으며 큰 소리로 소리쳤다.

"서……, 선배! 이 기룡, 지금 어느 정도의 빠르기로 날고 있는 건가요?!"

"으음, 글쎄."

긴장감이 느껴지지 않는 목소리로 키리토가 대답했다.

"정합기사의 비룡이 내는 최고 속도가 대략 시속 120킬로르 정도고 장거리를 무리 없이 날 때는 80킬로르 정도가 한계였지? 하지만 이 녀석은 지금 시속 250킬로르는 내고 있지 않을까……?"

"네……? 비, 비룡의 두 배나 빠른 건가요?!"

"전력을 다하면 300킬로르까지는 갈 수 있을 거야. 그렇지만 사드레 아저씨가 8할까지만 하라고 했거든."

그렇게 말하며 키리토는 의자 앞쪽에 달려 있는 몇 개의 원반 중 하나를 가리켰다. 달려 있는 바늘은 확실히 눈금의 상한선보다 약간 밑에서 작게 흔들리고 있었다.

"하, 한 시간에 300킬로르……."

자신이 중얼거린 그 빠르기를 구체적으로 상상할 수 없어 로니에는 몇 번이나 고개를 흔들었다.

겨우 알 수 있었던 것은 기룡이 이대로 난다면 머나먼 대지의 저편──, 3,000킬로르 저편에 존재하는 옵시디아 성까지 불과 한나절 만에 도착할 것이라는 사실 뿐이었다. 그리고 이 높이를 이 속도로 나는 기룡에 손을 댈 수 있는 자는 존재하지 않으리라는 것도.

다시 한 번 자신이 따라온 의미가 있는 건가……를 생각하며 로니에는 간신히 익숙해진 진동에 몸을 맡겼다.

한끝산맥을 넘어 다크 테리토리의 붉은 하늘을 비행한 지 약 열다섯 시간.

두 번의 휴식이 있었기는 했지만 그래도 엉덩이와 등이 아파오기 시작할 무렵, 키리토가 앞쪽을 가리키며 말했다.

"드디어 보이는군."

키리토의 어깨 너머를 쳐다보자 이미 해가 거의 저물어 어둠에 잠긴 대지 저편에 희미한 빛이 보였다. 처음에는 희미한 점에 불과했던 그것이 다가감에 따라 무수히 많은 불빛의 집합체로 변화했다.

"저곳이……, 암흑계의 수도 옵시디아……."

갈라진 목소리로 중얼거리면서, 로니에는 대표검사에게 물었다.

"……키리토 선배는 가보신 적이 있으시죠?"

"응, 한 번뿐이긴 했지만 말이야. 그것도 비공식적인 방문이라 성의 안쪽이라든가 성 아랫마을은 거의 못 봤어."

"이번에도 그럴 것 같네요……."

라는 로니에의 말이 유감스러워 하는 것처럼 들렸는지 키리토는 고개를 돌리고 씨익 웃었다.

"아니, 이번은 비공식 방문이랄까, 이스칸에게 연락도 안 했으니까. 그렇다고 해도, 어떻게든 해볼 수는 있을 거야."

"어, 어떻게든……?"

키리토와 행동을 같이 하고 있으면 상당한 빈도로 발생하게 되는 ≪불길한 예감≫을 곱씹으며 로니에는 다시 창밖을 바라보았다.

기룡은 속도를 절반 이하로 줄이고 있었지만, 그래도 전방에 보이는 거리의 불빛은 그 형태까지 판별할 수 있게 되었다.

질서 있게 구분된 센트리아의 시가지와는 달리 무수히 많은 빛이 아무 규칙성 없이, 마치 초승달 모양으로 모여 있었다. 그 안쪽에 새카만 바위산이 마치 창처럼 우뚝 서 있었다.

산까지 많은 불이 켜져 있는 것은 그곳이 바로 황제 벡터의 거처 옵시디아이기 때문이다. 거대한 바위산을 오랜 세월 동안 성의 형태로 만든 그 위용은 공리교회의 센트럴 커시드럴에도 뒤지지 않는다——라는 말을 들었지만 지금처럼 어두운 상황에서는 윤곽 정도밖에 보이지 않았다.

"이제 10킬로르 정도 남았으려나…… 좋아, 슬슬 심의 비행으로 전환해 착륙해야겠어."

키리토의 말에 로니에는 놀라 되물었다.

"네? 이렇게 멀리서 내리는 건가요?"

"응. 아무래도 이 녀석을 타고 거리나 성에 나타나면 큰 소동이 일어날 테니까……."

그렇게 대답하며 키리토는 ≪조종간≫이라는 이름인 듯한 금속봉을 쥐고 봉인부 안에서 연소되는 열 엘레멘트를 심의로 조금씩 감소시켰다. 작은 방(이것도 정확히는 ≪조종실≫인 듯하다)을 채운 굉음이 줄어들더니 갑자기 사라졌다.

추진력을 잃고 하강하기 시작한 기룡을 키리토의 심의가 든든히 받쳤다. 휴식할 때 착륙 방법에 대해 듣긴 했지만 그래도 로니에의 긴장은 풀리지 않았고, 의자를 쥔 두 손에 힘이 들어갔다.

센트리아로 돌아가면 뒷좌석에도 붙잡을 수 있는 손잡이를 붙여달라고 부탁해야지……. 그렇게 생각하며 로니에는 커시드럴의 승강반과는 또 다른 단계적인 낙하 감각을 참아냈다. 이윽고 작은 충격과 함께 기룡이 정지했고 키리토가 앞좌석에서 크게 기지개를 켜며 말했다.

"수고했어, 로니에. 여기서부터는 인력으로 날 거야."

검 두 자루와 크고 작은 가방 두 개 그리고 로니에까지, 그렇게 많은 짐을 두 팔로 끌어안고도 키리토는 10킬로르의 거리를 풍소비행술로 눈 깜짝할 사이에 이동했다. 공간신성력이 희박한 암흑계에서 안정적으로 비행할 수 있는 최대 거리가 10킬로르인 듯했다.

비행 중에는 필연적으로 키리토와 밀착할 수밖에 없는 만큼, 처음에는 심장이 두근거렸지만 팔에 낀 다른 짐짝과 완전히 똑같은 취급이었으므로 가슴의 두근거림은 상당 부분 감소될 수밖에 없었다.

다시 착지한 곳은 옵시디아의 성 아래쪽 마을에 이어지는 넓은 길 위였다. 돌로 만든 바닥은 미끄러질 정도로 잘 닦여 있었고 낮이었다면 수많은 사람과 아인, 마차가 오고 갔겠지만 밤 열 시를 넘은 이 시간에 사람의 그림자라고는 찾을 수가 없었다.

로니에도 평소라면 이미 잠자리에 들 시간이었기에 발이 지면에 닿는 순간 긴 여행의 피로와 함께 강렬한 수마가 덮쳐왔지만 머리를 세차게 흔들며 참았다. 호위 임무는 이제부터가 시작———,

이라고 생각했지만.

"그럼 빨리 묵을 곳을 찾아볼까?"

키리토가 밤하늘검을 왼쪽 허리에 차며 그렇게 말하는 것을 듣고 로니에는 깜짝 놀라 눈을 깜빡거렸다.

"네……? 서, 성으로 가는 게 아닌가요?"
"아무래도 성문은 이미 닫혔을 테고 이스칸도 자고 있을 거야. 이런 시간에 몰래 들어갔다가 만약 위병에게 들키기라도 하면 틀림없이 암살자라고 생각할걸."
"……그렇겠죠……."
남 센트리아에서 숙박소 청소부 야젠의 목숨을 빼앗고 그 죄를 산 고블린족의 젊은이 오로이에게 전가하려고 한 수수께끼의 살인자에 대처하기 위해서 급히 언더월드를 건너왔는데 이쪽이 암살자라고 오해를 받아서야 농담거리도 되지 않는다.
"알겠습니다. 그렇지만 인계인인 저희들을 수상히 여기지 않고 재워줄 곳이……."
있을까요 하고 말을 계속하기 전에 키리토가 자신의 가죽주머니에 손을 넣더니 무엇인가 작은 것을 꺼냈다. 희미한 거리의 불빛을 의지해 눈에 힘을 주니 아무래도 그것은 연고를 넣는 뚜껑이 달린 작은 병 같았다.
"그럼 로니에, 잠깐 실례……."
그 말과 함께 키리토는 작은 병의 뚜껑을 열고 안의 내용물을 손가락 끝으로 펐다. 뭐지? 하고 얼굴을 가까이 가져간 바로 그 순간.
"으앗!"
키리토의 손이 재빨리 접근해 얼굴에 무언가 끈적거리는 것을 묻히는 바람에 로니에는 비명을 지르고 말았다. 놀란 나머지 얼어붙은 로니에의 얼굴에 키리토는 두 손으로 꼼꼼하게 무언가를 발랐다. 뺨에서 이마, 귀, 턱밑까지 빠짐없이 바른 뒤 키리토는 한 걸음 물러서 로니에를 빤히 쳐다보더니 고개를 끄덕였다.

"응, 잘 됐군."

"…………뭐, 뭔가요, 이건……?"

오른손 손가락으로 자신의 뺨을 문질러 보았지만 끈적거리는 감촉은 사라졌고 손가락 끝에도 아무것도 묻어나지 않았다. 키리토는 씨익 웃을 뿐 대답하지 않았고 다시 한 번 작은 병에서 연고 같은 것을 손으로 뜨더니 이번에는 자신의 얼굴에 발랐다. 놀란가르스 태생인 로니에와 티제에 비교해 조금 색이 진한, 그렇지만 인계인으로서는 평균적인 색깔의 하얀 피부가 금세 검붉은 색으로 변했다.

불과 몇 초 만에 키리토의 얼굴은 커필 차를 연상시키는 색으로 변했다. 이래서는 마치 서더크로이스인, 아니, 암흑계인처럼……. 거기까지 생각한 뒤 비로소 깨달았다.

"아……. 그, 그러니까 이건 암흑계인으로 변장한 거군요."

"맞아. 나도 로니에도 머리카락 색깔은 진하고 지금은 겨울이니까 얼굴색만 바꾸면 모를 거라 생각했거든."

그 말을 듣고 늦었지만 자신의 얼굴도 착색된 사실을 깨달은 로니에는 다시 두 손으로 뺨을 만졌다. 그 모습을 본 키리토가 웃는 얼굴로 "괜찮아, 괜찮아. 의외로 잘 어울려" 하고 말하는 바람에 손바닥 아래쪽 뺨이 뜨거워졌다.

"서, 선배. 이거 지울 수 있는 거죠?"

부끄러운 것을 감추기 위해 조금 뾰로통한 목소리로 묻자 키리토는 당황한 얼굴로 끄덕였다.
“무, 물론이지. 약사인 크토코니아 씨가 여덟 시간이 지나면 저절로 사라진다고 했어.”
“저절로……. 재료는 뭔데요?”
“그건 모르는 게 좋을 듯한 느낌이었어.”
우물거리며 대답하더니 키리토는 다시 손을 뻗어 로니에의 흐트러진 머리를 쓰다듬으며 시선을 동쪽으로 돌렸다.
센트리아라면 시가지 끝부분에 커다란 문과 위병소가 있었지만 옵시디아 성은 그렇지 않은 듯 길 양쪽으로 조금씩 늘어나는 건축물이 그대로 시가지로 이어지는 모양이었다. 위병의 모습도 보이지 않았다.
“……아마 괜찮을 거라 생각하지만, 만약 누군가 신분을 물으면……. 그렇지, 팔데라에서 일거리를 찾아온 부……. 아니, 남매라고 하자고.”
키리토의 말에 로니에는 그제야 뺨에서 두 손을 떼고는 처음 듣는 단어에 대해 물었다.
“저기, 팔데라……라뇨?”
“여기서 30킬로르 정도 남서쪽에 위치한 암흑계인의 마을이야.”
사실은 남매 앞에 말했던 ‘부……’의 정체가 알고 싶었지만 꾹 참고 로니에는 고개를 끄덕였다.
“알겠습니다. 그럼 갈까요, 선배.”
외투의 두건을 머리에 쓰고 돌바닥에 놓아둔 가방 위에 두었던, 아직 이름을 정하지 않는 장검을 들어 허리에 찼다. 이어서 가방으로 손을 뻗었지만 그보다 빨리 키리토가 그 가방을 낚아채었다.

“아……. 선배, 제 짐은 제가 들게요…….”

“안 돼, 안 돼. 지금은 남매라는 설정이라고. 오빠라면 동생의 짐을 들어주는 게 자연스럽잖아.”

다시 한 번 미소를 짓고 키리토는 오른손으로 로니에의 가방을 들고 왼쪽 어깨에는 자신의 가죽 주머니를 메더니 뚜벅뚜벅 걷기 시작했다. 어쩔 수 없이 따라가며 사람들이 있을 때는 키리토를 뭐라고 부르면 좋을지 로니에는 고민하기 시작했다.

야심한 길을 잠시 걷자 주위가 점점 밝아졌고 동시에 인족이나 아인족과도 스치게 되는 일이 늘어나게 되면서 로니에는 안도와 긴장을 동시에 느꼈다.

처음 접하는 옵시디아 성 아랫마을은 대부분의 건물이 검은색 석재로 만들어져 있었고 나무와 개천이 적어 센트리아와 비교하면 답답한 인상이 있었다. 그러나 집마다 벽이나 기둥 등에 붙어 있는 칸델라가 심야임에도 불구하고 붉은색이나 노란색, 보라색 빛을 내뿜고 있어 왠지 축제 같은 분위기가 났다.

“저 칸델라에서는 뭐가 타고 있는 걸까요?”

로니에의 질문에 키리토는 바로 대답했다.

“가까운 산에서 캘 수 있는 광석이야. 주먹 정도의 크기면 열흘은 계속 타는 모양이더라고.”

"헤에, 그거 편리하겠네요."

"인계에 가져가면 비싸게 팔 수 있겠지만 취급이 어려워. 물에 담가 놓지 않으면 저절로 불이 붙으니 장거리 운반이 어렵지……."

그런 대화를 하며 걷고 있노라니 앞쪽에서 시끌벅적한 소리가 들려왔다. 그곳은 작은 광장으로, 광장 주변에 몇 개의 노점이 있었고 중앙에 놓인 테이블에서는 많은 남자들이 술과 음식을 둘러싸고 있었다.

검붉은 피부의 인족이 절반 정도였고 오크와 고블린도 약간이나마 있었지만 테이블은 따로였다. 5족평화조약이 체결된 암흑계에서도 아직 종족 간의 반목은 남아 있는 건가……라는 생각을 하고 있을 때 로니에의 머릿속을 들여다본 것처럼 키리토가 말했다.

"저렇게 같은 장소에서 술을 마시는 것만 해도 큰 변화라 할 수 있어. 저쪽의 권투사로 보이는 일행과 오크족 일단(一団)은 옆 테이블과 서로 이야기도 하고 있지?"

"아, 정말이네요……. 건배도 하는 것 같아요……."

2월인데도 늠름한 상반신의 대부분을 드러내고 있는 권투사가 무엇인가 소리치며 나무로 만든 술잔을 들자 옆에 앉은 오크가 힘차게 자신의 술잔을 부딪쳤다. 광장의 입구에서 그 모습을 바라보며 로니에는 혼잣말처럼 중얼거렸다.

"이계전쟁 당시 전멸 직전이었던 권투사단을 오크군이 도와주러 왔잖아요……. 그들을 지휘했던 ≪녹색 검사≫를 오크족은 신처럼 숭배한다고 해요."

로니에는 만나지 못했지만 전쟁의 종결과 함께 모습을 감춘 ≪녹색 검사 리파≫가 리얼월드에서 온 키리토의 동생이라는 사실은 알고 있었다.

키리토는 검붉게 칠한 얼굴을 아주 잠깐 슬픈 듯 일그러뜨렸지만, 금세 평소의 표정으로 돌아와 고개를 끄덕였다.

"그래……. 암흑계가 저렇게 빨리 화목해진 건 분명 리파 덕분이야. 그렇기 때문에 우리는 지금 이 평화를 반드시 지켜야만 해."

"……네."

로니에도 평소에는 의식적으로 잊어버리려 노력하는 근본적인 불안감이 잔물결처럼 번지는 것을 느끼며 대답했다. 그때 키리토가 탁 하고 등을 쳤다.

"그럼, 조금 늦었지만 우리도 저녁을 먹을까? 이제 휴대용 식사는 질렸어."

"네……? 여, 여기서 먹는 건가요?"

"노점에서 이렇게 맛있는 냄새가 나잖아……. 지금 참을 수 있을 성격이라면 파나티오 씨나 듀솔버트 씨에게 그렇게 매일같이 야단을 맞지는 않겠지."

말이 되는 것 같기도 하고 되지 않는 것 같기도 한 이유를 대며 키리토는 가방을 다시 들더니 광장으로 걸음을 옮겼다.

어쩔 수 없이 뒤를 따르자 확실히 고소한 냄새가 코를 찌르며 공복을 실감케 했다. 광장 둘레에는 여섯 개의 노점이 있었지만 어디서 무엇을 파는지 슬쩍 둘러보는 것만으로는 잘 알 수 없었다.

이런 경우, 로니에는 이쪽을 갈까 저쪽을 갈까 고민하는 경향이 있었고 보다 못한 티제가 결정……, 하는 것이 관례였지만 지금 옆에 빨강머리 단짝은 없었다. 그렇다면 대표검사님의 결단력은 어떨까 하고 곁눈질로 살펴보니 "저 꼬치구이 고기 맛있을 것 같아……. 그렇지만 이런 시간이고 저쪽의 면이 들어간 수프로 할까……, 아니아니, 저쪽의 만두도 상당히……" 하고 중얼거리고 있었다.

그러고 보니 키리토 선배도 망설이고 있으면 유지오 선배가 골라주곤 했었지……. 미소를 짓다가 문득 한 가지 사실을 깨닫고 로니에는 키리토의 외투를 잡아당겼다.

"저기, 선배. 뭘 사먹는 건 좋지만 이쪽의 돈은 가지고 있는 거예요?"

"…………."

로니에를 보는 키리토의 얼굴이 경악에서 절망을 향해 단계적으로 바뀌었다.

인계에서 유통되는 화폐는 1,000시아 금화와 100시아 은화, 10시아 동화, 1시화 철화의 네 종류였다. 정확하게는 1만 시아짜리 백금화도 존재했지만 행정부와 대상점의 거래에만 사용되었으므로 일반민이나 하급 귀족들에게는 연이 없는 물건이었다.

로니에에게 있어 돈이라고 하면 철이 들 무렵부터 계속 시아 경화(硬貨)를 의미했지만 공리교회의 문장과 스테이시아 신의 옆얼굴이 각인된 그것을 다크 테리토리에서 사용할 수 있을 리 없었다. 당연히 이쪽에는 이쪽의 돈이 존재할 것이다.

그 사실을 이제야 깨달은 키리토가 힘없이 어깨를 떨어뜨리며 말했다.

"……커시드럴에서는 돈 같은 걸 사용하지 않았던 탓에 완전히 잊어버리고 있었어……."

"그……, 그렇다면 지금 시아도 가지고 있지 않다……는 건가요……?"

교사에게 혼나는 어린아이 같은 표정으로 키리토가 고개를 끄덕였다.

이 반응에는 로니에도 어떻게 반응해야 좋을지 몰라 대표검사의 얼굴을 멀뚱멀뚱 쳐다볼 수밖에 없었다.

로니에가 항상 차고 있는 검대의 안쪽에는 만약의 사태를 대비해 1,000시아 금화가 한 장 감추어져 있었지만, 지금 이곳에서 사용할 수 없다는 사실에는 변함이 없었다. 그리고 로니에는 다른 문제가 있다는 것을 깨닫고 다시 키리토에게 물었다.

"저기, 혹시 저희들, 숙소에도 머물 수 없는 건……?"

"으음, 뭐 그렇겠지."

왠지 무거운 표정으로 긍정하는 대표검사를 보며 로니에는 지근거리에서 한숨을 쉬었다.

"만약 무일푼으로 숙소에서 묵었더라면, 어떻게 지불하실 생각이었어요?"

"그야 뭐 스토리지에서 자동적으로 딸랑 하고……."

의미를 알 수 없는 말을 하더니, 키리토는 여전히 포기할 수 없다는 얼굴로 노점을 쳐다보다가 마지막으로 밤하늘을 꿰뚫

듯 서 있는 거성을 바라보았다.
"어쩔 수 없지. 이스칸이 아직 일어나 있기를 기원하며 옵시디아 성에 잠입하는 수밖에……."
——암살자로 오해받으면 안 된다고 한 건 선배거든요!
그런 생각을 말하기 위해 로니에가 크게 숨을 들이마신 바로 그 순간.
광장 구석에서 머리를 맞대고 소곤거리며 이야기를 하던 두 사람 머리 위로 스윽 하고 커다란 사람의 그림자가 나타났다.
"……?!"
반사적으로 왼쪽 허리의 검으로 손이 가려는 것을 참고 로니에는 고개를 들었다. 눈앞에 서 있는 것은 키가 1메르 90센은 될 듯한 거한이었다.
드러낸 상반신을 덮은 늠름한 근육과 징을 박은 가죽혁대. 그리고 적동색 피부 위에 나 있는 무수히 많은 흉터는 권투사라는 증거였다. 덥수룩하게 난 머리카락 아래쪽에 있는 얼굴은 술을 꽤나 마셨는지 광석 칸델라의 불빛으로도 알 수 있을 만큼 붉어져 있었다.
"이봐, 형씨. 밥 먹을 돈이 없는 거야?"
그 목소리에는 적어도 적의는 느껴지지 않았고 로니에는 아주 조금 경계심을 풀었다. 한편 키리토는 한심한 표정 그대로 고개를 끄덕이더니 무척이나 배가 고픈 듯한 목소리로——연기가 아닌 있는 그대로의 것인지도 모르지만——대답했다.
"네……, 맞아요. 팔데라에서 동생과 함께 일자리를 찾아왔는데 여비가 떨어져서……."

"호오, 팔데라에서 왔다고? 내 부친이 그곳 출신이시지."

거한의 말을 듣고 이름밖에 모르는 곳의 추억 이야기라도 시작되면 큰일이라고 로니에는 걱정했지만 다행히 그런 전개는 되지 않았고, 권투사는 가죽장갑을 낀 것처럼 두껍고 거대한 오른손으로 키리토의 어깨를 탁탁 치며 호탕하게 말했다.

"좋아, 동향이라는 인연도 있으니 내가 사지."

"아, 아니, 그럴 생각은……."

역시 양심에 찔리는지 키리토는 거절하려고 했지만 권투사는 성큼성큼 광장 안쪽으로 걸어갔다. 어쩔 수 없이 따라가는 키리토를 로니에도 뒤따랐다.

권투사가 두 사람을 안내한 곳은 여섯 가게 중 가장 작고 어두침침한 노점이었다. 연식이 느껴지는 커다란 냄비를 긴 국자로 젓고 있던 점주는 긴 앞머리가 얼굴의 대부분을 가리고 있는 인족의 남자였지만 그 이상의 것은 알 수 없었다. 노점의 입구에 쳐진 색 바란 헝겊 포렴 옆에는 무척이나 작은 글씨로 【옵시디아 탕】이라고 적혀 있었고, 그것이 아무래도 요리의 이름인 모양이었다.

"이 광장에서는 이 가게가 제일 맛있지. 뭐, 친구들은 아무도 찬성하지 않지만!"

취한 권투사가 가하하 하고 웃자 키리토가 얼어붙은 듯한 얼굴로 뒷걸음질을 쳤다.

"저, 저기, 아저씨. 저는 조금 불길한 예감이……."

"처음 온 녀석들은 대부분 그런 말을 하지. 속는 셈치고 먹어봐. 이봐, 주인장. 세 그릇 주시오."

권투사가 허리띠에 묶어두었던 작은 주머니에서 동화를 세 장 꺼내 오래된 판자 위에 짤그랑 하고 떨어뜨렸다. 만약 동화의 가치가 인계와 같다면 수수께끼의 옵시디아 탕은 한 그릇에 10시아라는 뜻일 텐데, 이는 노점의 음식 치고는 무척이나 값이 싼 편이었다.

점주는 대답도 하지 않고 긴 판자 위에 목제 그릇 세 개를 늘어놓더니 긴 국자로 냄비의 내용물을 주르륵주르륵 부은 뒤 마찬가지로 목제 숟가락을 옆에 놓았다. 그리고 아무 말 없이 동화를 회수하고는 다시 젓는 작업으로 돌아갔다.

익숙한 것인지 아니면 취해서인지는 모르지만 권투사는 불친절하기 그지없는 점주의 행동에 화를 내는 모습도 없이 두 손으로 하나씩 그릇을 쥐고 키리토와 로니에 앞으로 내밀었다. 이렇게 된 이상 이미 거절이라는 선택지는 존재하지 않았으므로 동시에 "감사합니다" 하고 인사를 하며 받아들었다.

그릇 안에는 끈적거리는 갈색 수프……라고밖에 표현할 수 없는 무엇인가가 들어 있었다. 여러 가지 건더기가 들어 있는 모양이지만 국물은 꽤나 불투명했기에 뭐가 들어 있는지는 눈으로 알 수 없었다.

자신의 그릇을 든 권투사가 시키는 대로 빈 테이블에 키리토와 나란히 앉은 로니에는 마음속으로 각오를 하고 숟가락을 쥐었다.

사흘간 계속 졸인 스튜 같은 농도의 액체를 조심스럽게 떠서 후우후우 입김을 분 뒤 입에 넣었다. 순간 맵다! 싶은 느낌이 들었지만 바로 시큼함이 느껴졌고 복잡한 깊은 맛과 쓴

맛이 나타난 다음 아주 살짝 단맛이 이어졌다가 사라졌다.

"…………키리토 선배, 이건 대체 무슨 맛인 거죠……?"

로니에가 작은 소리로 묻자 마찬가지로 한 입 먹은 키리토가 복잡한 표정으로 나무숟가락을 응시하며 중얼거렸다.

"확실해……. ≪탕≫의 맛이지만, 이상하게도 못 먹을 것도 없다고 할까, 묘하게 맛있다는 느낌도 들어……."

"네……? 선배는 전에도 이걸 먹은 적이 있는 건가요?"

그때서야 비로소 제정신을 차린 듯 로니에를 보며 키리토는 절레절레 머리를 흔들었다.

"아, 아니. 그렇지는 않아. ……예전에 살았던 곳에서 비슷한 요리를 만드는 곳이 있어서 말이야. 기분 탓인지 점주도 닮은 듯하지만, 그건 뭐 차치하더라도……. 내가 알고 있는 ≪탕≫은 매운맛과 신맛과 쓴맛과 단맛이 서로 다투는 듯한, 도무지 먹을 만한 음식이 아니었어. 그렇지만 이 옵시디아 탕은 조화롭다고 할까, 숙성되었다고 할까, 뭐라 말할 수 없는 부드러움이……."

"오오, 형씨 뭘 좀 아는군!"

벌써 그릇 속 내용물을 3할 정도 비운 권투사가 키리토의 등을 힘차게 두드렸다.

"이 녀석은 무려 제도 옵시디아가 건설되었을 당시부터 이백 년 이상이나 건더기와 수프를 계속해서 끓여 왔다고 하더군. 이런 요리는 인계에도 아마 없을 거야. 가하하하."

"그, 그렇군요……."

미묘한 얼굴로 고개를 끄덕이는 키리토 옆에서 로니에는 엉

겁결에 소리를 지르고 말았다.

“네?! 이, 이백 년……?! 어, 어떻게 그렇게 요리의 천명이 오래 유지되는 거죠?! 수프나 스튜는 보통 한겨울에도 닷새만 지나면 상하는데…….”

“그게 저 주인장의 대단한 점이겠지.”

마치 자신이 점주의 친척이나 뭐라도 되는 것처럼 권투사는 두꺼운 가슴팍을 자랑스럽게 두드렸다.

“주인장은 매일 이곳에서 한 걸음도 움직이지 않고 냄비 속 탕이 식거나 타지 않도록 불 조절을 계속하고 있지. 그렇게 계속 불을 지펴주면 냄비 속 요리의 천명이 줄어들지 않는 모양이더군. 당연히 자신의 밥도 하루 세 끼 이것만 먹고……. 그런 짓을 할 수 있는 요리인은 전 암흑계, 아니 언더월드 전체에서도 저 주인장뿐일 거라고 난 생각해.”

“매, 매일이라고요……?!”

아연한 표정으로 문제의 주인장에게 시선을 던졌다. 무뚝뚝한 점주는 고개를 숙인 채 냄비를 젓고 있었고 여전히 얼굴은 보이지 않았다.

“……그렇다는 것은 저분의 천명은 동결되어 있고 이백 년 이상이나 살아 있다……는 건가요?”

로니에의 질문에 권투사는 지금에 와서 처음으로 그 가능성을 떠올린 것인지 진지한 얼굴로 그릇과 점주를 몇 번인가 번갈아 보다가 고개를 좌우로 저었다.

“설마, 소문으로 들은 인계의 최고사제도 아니고. 틀림없이 대를 이어온 거겠지.”

"그, 그렇겠죠."

고개를 끄덕이고 로니에는 그릇 한가운데에 진득하게 자리를 잡고 있는 알 수 없는 건더기를 퍼서 쭈뼛거리며 입으로 가져갔다. 아마도 닭고기로 추측되는 그 건더기는 가볍게 씹은 것만으로도 부드럽게 부서졌고 진한 감칠맛이 넘쳤다. 복잡하고 괴상한 이 맛도 익숙해지면 좋아할 것 같다——는 생각이 들지 않는 것도 아니었다.

로니에보다 한 발 먼저 익숙해졌는지 상당한 속도로 그릇을 비운 키리토가 휴우 하고 만족스러운 듯 숨을 내쉬었다.

"아~, 맛있었다……고 해도 지나친 말은 아닐지도 모르겠군……."

상체를 펴며 맞은편에 앉은 권투사에게 깊이 고개를 숙였다.

"잘 먹었습니다, 친절한 아저씨. 이 은혜는 결코 잊지 않을게요."

"뭘 이 정도를 가지고……."

이미 그릇을 다 비운 권투사는 취한 얼굴로 활짝 웃으며 고개를 끄덕였다.

"이곳에서 좋은 일자리를 찾아 언젠가 옵시디아 탕을 마음껏 먹을 수 있게 되면, 그때 나도 한 그릇 사줘……라고 말하고 싶지만……."

두꺼운 손바닥으로 얼굴을 쓱쓱 문질러 웃음을 지우고 말을 이었다.

"……지금의 옵시디아에서 남매가 같이 일할 곳을 찾는 건 좀 어려울지도 몰라, 형씨."

"네……? 그런가요? 이런 시간에도 거리가 붐비고 무척이나 활기가 넘치는 것처럼 보이는데요……?"

"겉보기에는 그렇지. 그렇지만 그건 단순히 주민이 늘어서 그런 거고……. 그것도 오래가지는 않을 거야……."

한숨을 쉬며 말하던 권투사는 근처에 있던 술을 파는 고블린으로부터 수상쩍게 생긴 작은 병을 샀다. 한 모금 마신 뒤 얼굴을 찌푸리며 내밀었다.

키리토는 순간 망설이는 모습을 보이면서도 그것을 받았지만, 꿀꺽 하고 마시자마자 격렬하게 기침을 했다. 병을 돌려받은 권투사는 씨익 웃은 뒤 설명을 계속했다.

"이 녀석은 최근 마을 근처에 정착한 평지 고블린족이 만든 술이지. 정말 형편없는 맛이지만 가격이 싸니까 나름대로는 팔려. 덕분에 이곳의 술집은 매상이 떨어졌고 상공 길드는 신경이 곤두서 있는 모양이더군. 전쟁 전이라면 길드의 사병부대가 고블린 마을을 공격해 몰살시켰겠지만 지금은 5족평화조약이 있으니까 말이야……."

"……즉, 옵시디아에 이주해온 아인족 때문에 인족의 일거리가 줄어들었다……는 건가요?"

"아인들 때문만은 아니야. 인족도 꽤나 늘었어……. 형씨 남매 같은 사람들도 있으니 말이야."

키리토의 물음에 어깨를 움츠리며 그렇게 대답하더니 권투사는 힐끗 어두운 하늘을 쳐다보았다.

"팔데라에서 왔으면 내가 말을 하지 않아도 잘 알고 있겠지만……. 여기 암흑계는 어디를 가도 토지가 너무 척박해. 그래서 사람도 아인도 옛날부터 계속 굶주림과 갈증에 고통을 받아왔지. ≪철혈시대≫를 끝낸 대전쟁도, 원인을 되짚어보면 호수 하나를 둘러싼 다툼이었다고 하니…….”

암흑계의 역사를 잘 알지 못하는 로니에와 키리토는 아무 말 없이 고개를 끄덕이는 수밖에 없었다. 싸구려 술을 한 모금 더 마시더니 권투사는 천천히 말을 이었다.

“……그런 암흑계에서 우리 선조들이 어떻게든 살아남을 수 있었던 것은 전설처럼 전해지는 그 말이 있었기 때문이야. 언젠가 인계의 문이 열리면 꿈처럼 풍요로운 토지로 이주해 살 수 있을 것이다, 라는.”

그 말을 들은 순간 로니에는 자기도 모르게 몸을 긴장시켰지만 권투사는 알아차리지 못한 모양이었다.

“……형씨도 동생도 나이를 봤을 때 종군은 안 했겠지만, 불과 1년 전쯤에 황제 벡터가 되살아나 인계를 공격하겠다고 했을 때는 정말 분위기가 굉장했어. 드디어 전설이 이루어질 때가 왔다고 말이지……. ──그렇지만 인계의 정합기사라는 녀석들은 소문 이상의 괴물이더군……. 게다가 설마 이계의 군대까지 나타날 줄은 몰랐지. 뭐가 어떻게 된 건지도 모르는 사이에 황제가 인계의 누군지도 모르는 검사에게 쓰러졌고 전쟁은 끝나 버렸지…….”

로니에가 ≪누군지도 모르는 검사≫ 본인을 슬쩍 쳐다보자 옵시디아 탕을 먹었을 때 이상의 미묘한 얼굴로 이마에서 식은땀을 흘리고 있었다. 눈앞에 앉아 있는 젊은이의 정체를 알 리 없는 권투사는 테이블에 턱을 괴더니 다시 입을 열었다.

"……그대로 전쟁이 끝났으면 이번에야말로 암흑계 5족은 멸망했을지도 몰라. 그런 만큼 인계와의 평화에 불만은 없지만 언젠가 풍요로운 토지를 손에 넣겠다……라는 희망이 사라진 것도 사실이야. 고블린, 오크, 인족의 젊은이들이 옵시디아에 흘러드는 것도 그게 이유이고……. 여기라면 그래도 나은 생활이 가능할 거라고 생각하는 거지. 그렇지만 아무리 제도가 크다고 해도 일자리가 무한정 있는 건 아니야. 인족이라면 기사단에 들어갈 수 있을지도 모르지만……, 형씨도 동생도 조금 많이 말라서 말이야……."

두 사람을 보는 권투사의 취한 눈이 졸린 듯 깜빡이는 것을 보고 이때라고 생각한 듯 키리토가 다시 고개를 숙였다.

"여러모로 정말 고마워요, 아저씨. 옵시디아 탕, 정말 맛있었어요……. 이번 일의 보답은 언젠가 반드시……."

"그래……, 힘내라고. 두 사람 다……."

그 말을 마지막으로 본격적으로 잠이 든 권투사가 깨지 않도록 두 사람은 조용히 일어섰다.

광장을 둘러보니 어느새 고블린과 오크 일단은 자리를 떠났고, 권투사 집단도 취한 몇 사람만 남아 있었다. 대부분의 노점도 문을 닫고 있었지만 옵시디아 탕의 점주만은 여전히 냄비 안을 젓고 있었다. 여기에서 먹고 잔다는 말은 아무래도 사실인 모양이었다.

"……그럼 우리도 숙소를 찾아볼까?"

키리토가 크게 기지개를 켜며 하는 말을 듣고 로니에가 허둥대며 물었다.

"그렇지만 숙박비는 어떻게 하려고요? 조금 전처럼 대신 내줄 사람은 없을 거예요."

"뭐, 어떻게든 되겠지."

씨익 웃으며 광장의 동쪽 출구를 향해 걷기 시작하는 키리토를 로니에는 어쩔 수 없이 뒤따랐다.

도시 중심부로 다가갈수록 광석 칸델라의 수는 늘었고 활기도 더해졌다.

그러나 권투사의 이야기를 들은 다음이라 그런지 다양한 색깔의 불빛은 척박한 토지에 대한 작은 저항으로, 활기는 사람들에게 축적되고 있는 불만의 증거처럼 느껴졌다.

가지고 있던 나이프를 길가 노점상에 판다는 예상 밖의 평범한 방법으로 자금난을 해결한 키리토는, 내친 김에 점주로부터 싼 숙소의 위치를 알아내고 다시 걸음을 걷기 시작했다. 평소보다 조금 말수가 적은 대표검사에게 로니에는 목소리를 죽이면서도 최대한 밝게 말을 걸었다.

"이쪽에서는 돈을 ≪벡크≫라고 하는군요. 1벡크의 가치는 인계의 1시아와 비슷한 정도일까요?"

"응……? 아, 뭐 그런 느낌인 것 같아. 그렇다면, 옵시디아탕 한 그릇에 10벡크라는 건 역시 굉장히 싼 편이군……."

"설마 또 먹고 싶은 거예요, 선배?"

"역시 전직 보좌검사님의 눈은 속일 수가 없네."

이제야 힘이 나는 듯한 얼굴로 로니에의 머리를 한 번 쓰다듬은 뒤 키리토는 그 손으로 전방 오른쪽의 건물을 가리켰다.

“아무래도 저기가 아까 노점 아저씨가 추천한 숙소 같아.”

검은색 석벽에는 인계의 숙소와 마찬가지로 신성문자 I, N, N을 본뜬 주철 간판이 걸려 있었다. 그것을 본 로니에의 가슴에는 다시 커다란 의문이 파도처럼 덮쳐왔고 입 밖으로 나오려는 것을 꾸욱 참았다.

“……? 왜 그래, 로니에?”

의아하다는 듯 고개를 갸웃거리는 키리토를 향해 재빨리 고개를 저었다.

“아니, 아무것도 아니에요.”

“그래? ……뭐, 오늘은 꽤나 힘들었으니 빨리 쉬자고.”

그렇게 말한 키리토는 크고 작은 두 개의 짐을 다시 들고 간판 아래쪽 문으로 걸어가기 시작했다.

한밤중에 가까운 시간임에도 불구하고 다행히 숙소는 아직 영업을 하고 있었다. 주인은 마흔 정도로 보이는 인족 여성으로 키리토와 로니에를 정말이지 수상쩍은 표정으로 수십 초나 쳐다보았지만, 팔데라에서 일거리를 찾아온 남매라는 말을 의심하는 것 같지는 않았다.

그러나 그 꾸며낸 말이 새로운 문제를 낳을 줄은 키리토도 예상하지 못한 모양이었다. 여주인은 “남매니까 방 하나면 되지?” 하고 말하더니 바로 두 사람을 2층의 방 하나에——그렇지만 1박에 100벡크라는 숙박비는 확실하게 2인분을 받은 후에——몰아넣듯 안내한 것이다.

“아침 10시 종이 울릴 때까지는 나가줘야 돼! 목욕은 불을 이미 뺐으니까 하고 싶으면 이 앞에 있는 목욕탕으로 가고.

우리 손님이라고 하면 깎아줄 거야!"

인색한 것인지 친절한 것인지 판단하기 어려운 대사를 남기고 여주인은 아래층으로 사라졌다.

로니에가 잠시 멍하니 서 있노라니 살짝 껄끄러운 목소리로 키리토가 말했다.

"왠지……, 미안한걸, 로니에. 내가 싼 곳에 집착하는 바람에 이런 일이 되어 버렸네……."

"아, 아니에요. 선배의 잘못은……."

"난 밖에서 적당히 잘 테니까 이 방은 로니에가 쓰도록 해."

"저, 적당히, 라니……?"

"어딘가 처마 밑이라든지 공원이라든지 나 혼자라면 어떻게든 할 수 있어. 오늘은 편히 쉬도록 해. 내일 아침에 다시 올 테니까."

그렇게 말을 하고 창문으로 나가려는 키리토의 외투를 로니에는 당황하며 잡아당겼다.

"아, 안 돼요. 선배! 이렇게 추운데 권투사 흉내를 내다간 감기에 걸릴 거라고요!"

방 안을 둘러보니 간소한 침대 외에 2인용 소파가 하나 놓여 있었다. 로니에라도 발이 조금 나올 듯한 크기였지만 못 잘 것 같지는 않았다.

"제가 저 소파에서 잘 테니까 선배는 침대를 쓰세요."

"어? 아, 아니, 그래도……. 금기목록이었나 제국기본법에 결혼 전 남녀는 한 방에서 자는 것을 금지한다는 항목이 있지 않았나?"

“없어요, 그런 건. 금지된 것은 이, 입술에 입맞춤을 한다거나……, 또…….”

“응? 뭐라고?”

로니에는 궁금한 얼굴로 귀를 기울이는 키리토의 양쪽 어깨를 단단히 잡고 힘껏 침대 쪽으로 밀어버렸다.

“어, 어떤 항목이 있든 선배는 이제 대표검사고 저도 수습이긴 하지만 정합기사니까 상관없습니다!”

“우, 우왓!”

로니에의 힘에 밀려난 키리토가 침대에 엉덩방아를 찧었다. 로니에는 바로 외투의 끈을 풀어 벗기고 양쪽 발에서 부츠를 벗긴 다음 억지로 눕혔다.

솜이 들어간 모포를 얼굴 바로 밑까지 덮은 뒤 가슴 근처를 가볍게 두드리자 대표검사는 쓴웃음과 함께 입을 열었다.

“……왠지 엄마 같은걸, 로니에.”

“아……. 죄, 죄송해요. 어릴 때 어머니가 항상 이렇게 해주셨거든요.”

“그렇군……. 언젠가, 로니에의 부모님과도 한번 만나보고 싶네…….”

천장을 바라보며 키리토가 하는 말에 로니에는 지난 달 본가에 갔을 때를 떠올렸다. 저절로 친족들이 들고 온 혼담 이야기도 생각이 났지만 그 부분은 억지로 머리에서 지웠다.

“……네. 틀림없이 저희 부모님도 기뻐할 거예요.”

가장 기뻐할 사람은 동생이겠지만, 하고 생각하며 그렇게 대답하자 키리토는 가볍게 미소를 지으며 눈을 감았다. 불과

몇 초 만에 작은 숨소리가 들려왔다. 계속 아무렇지 않은 얼굴을 하고 있었지만 역시 인계에서부터 무려 3,000킬로르나 기룡을 조종해온 만큼 피로가 쌓였을 것이다.

키리토가 얌전히 침대에서 자는 모습에 안도하며 로니에는 자신도 외투를 벗고 광석 칸델라를 조금 고생한 끝에——안에 물을 넣으면 되는 것이었다——껐다.

벽에 붙은 소파에 앉아 벗은 신발을 나란히 바닥에 놓고 누웠다. 예상대로 발끝이 튀어나왔지만 양질의 서역산 양모로 두껍게 만든 외투를 모포 대신으로 덮으니 추위는 느껴지지 않았다.

로니에 역시 바로 잠이 오는 것을 느꼈지만 억지로 참으며 창문에서 들어오는 불빛에 비친 키리토의 얼굴을 응시했다.

진짜 선배가 집으로 오면 어떻게 될까……, 하고 잠시 상상을 하다가 문득 깨달았다.

키리토의 가족이 여동생인 ≪녹색 검사 리파≫만 있지는 않을 것이다. 그녀가 귀환한 리얼월드에는 부모님과 어쩌면 다른 형제, 그리고 친구들이 있을 터이다. 그렇지만 지금까지 키리토가 자신의 가족에 대해 이야기한 적은 없었다.

돌아가고 싶다……는 생각을 한 적이 있을까?

없을 리가 없었다. 같은 센트리아에 본가가 있는 로니에조차 때때로 부모님과 동생을 만나고 싶으니 말이다.

그렇지만 그것을 키리토에게 물어볼 용기를 로니에는 가지고 있지 않았다. 언젠가 돌아가고 싶다……는 말을 들으면 뭐라고 대답해야 할지 알 수 없었다. 애당초 리얼월드에 돌아갈 방법이 있는지 없는지조차 모르는 것이다.

대체 어떤 곳일까?

이계전쟁에서 싸운 언더월드인은 거의 모두 이름밖에 모르는 리얼월드에 대해 친근함이 아니라 공포 혹은 혐오를 느끼고 있을 것이다. 그것은 로니에도 예외는 아니었다. 인계수비군과 암흑계군을 궤멸시킨 그 무서운 붉은 기사들이 사는 세계라고 생각하기만 해도 공포감으로 식은땀이 흐르는 것만 같았다.

그러나 그와 동시에 리얼월드는 키리토와 아스나, 그리고 이계전쟁 때 인계군을 구원하러 왔던 검사들의 고향이기도 했다.

언더월드 역시 좋은 인간도 있고 나쁜 인간도 있다. 리얼월드 역시 마찬가지일지도 모른다. 그렇지만 지금은 아직 다시 문이 열리길 바라는 마음은 없었다.

저쪽 세계에서 여행을 하고 있을 정합기사 앨리스는 무엇을 보고 무엇을 느끼고 있을까? 언젠가 다시 한 번 그녀를 만나 이야기를 들을 수 있는 날이 올까……?

거기까지 생각했을 무렵, 숙소의 간판을 봤을 때와 같은 기묘한 감각이 다시 마음을 흔들었지만, 더 이상 눈꺼풀의 무게를 이기지 못하고 로니에는 타향의 땅에서 잠에 빠져들었다.

7

중후한 종소리에 눈을 뜨자 얇은 커튼 너머의 창은 이미 하얗게 밝아 있었다.

몇 번인가 눈을 깜빡인 뒤 눈가를 비비며 상체를 일으켰다. 모포 대신으로 사용한 외투를 몸에 감고 잠이 덜 깬 눈으로 방 안을 둘러보았다.

그러자 바로 소파 정면의 침대에 숙면 중인 검은 머리 검사의 모습이 눈에 들어왔다. 8시간이 지나 연고의 효과가 떨어졌는지 흰 색을 되찾은 얼굴이 의외로 아이 같아 로니에는 자기도 모르게 미소를 지었다.

그제야 겨우 키리토와 같은 방에서 하룻밤을 보냈다——물론 침대는 따로 썼지만——는 인식이 발생했고, 잠이 깨는 것과 동시에 얼굴이 화악 달아올랐다. 외투 바깥쪽에 있었던 탓에 차가운 두 손을 뺨에 대고 심호흡을 한 뒤에야 겨우 마음을 가라앉힌 뒤 힘차게 일어섰다.

침대 옆으로 이동해 자고 있는 키리토의 어깨를 부드럽게 흔들며,

"선배, 일어나세요. 8시예요."

하고 잠을 깨우면서 로니에는 어젯밤부터 몇 번이나 들은 시종(時鐘)의 선율이 센트럴 커시드럴의 것과 완전히 동일하다는 사실을 깨달았다.

대체 어떤 이유로 인계의 공리교회에 설치된 종과 머나먼

암흑계 수도의 종이 같은 소리를 내는 걸까……? 그런 생각을 하는 바로 그 순간, 키리토가 불분명한 말을 중얼거리며 모포 밑으로 파고들려고 했다.

"으응……, 조금만 더…………."

"앗, 더 자면 안 된다니까요!"

급히 모포를 끌어당겼지만 키리토는 두 손으로 꽉 모포를 붙잡은 채 어린아이처럼 도리질을 쳤다.

"5분만……. 아니, 3분만 더 자게 해줘, 유지오……."

그 이름을 들은 로니에는 깜짝 놀랄 수밖에 없었다. 로니에는 모포를 놓은 손을 입에 대고 한 발 뒤로 물러섰다.

키리토의 친구였던 상급수검사 유지오가 최고사제 어드미니스트레이터와의 싸움으로 목숨을 잃은 지 거의 2년에 가까운 세월이 지났다. 그러나 키리토에게 있어 유지오와 함께 생활했던 날들은 지금도 과거의 일이 아니었다. 티제와 마찬가지로.

발소리를 죽여 소파로 돌아가 다시 앉았다.

키리토와 같은 방에서 생활하는 부대표검사 아스나는 키리토의 이런 마음을……. 그가 감추고 있는 깊은 슬픔의 존재를 알고 있는 걸까? 알고 있으면서도 항상 키리토 옆에서 부드럽고 상냥하게 웃고 있었던 걸까……?

센트리아에 돌아가면 아스나와 이야기를 해봐야겠다는 생각이 들었다. 물론 로니에가 마음속에 품고 있는 생각을 고백할 수는 없겠지만, 키리토의 힘이 되고 싶다는 마음은 두 사람 모두 마찬가지일 것이다.

그런 생각을 하고 있을 때 놀랍게도 잠꼬대를 통해 한 선언대로 약 3분 뒤에 키리토가 흔들거리며 상체를 일으키더니 절반 이상 감긴 눈으로 방을 둘러보았다.

"안녕, 로니에."

로니에를 보고 후아암~ 하고 크게 하품을 하며 인사했다.

"아……, 네, 안녕히 주무셨어요? 키리토 선배."

"미안, 늦잠을 자버렸네……. 지금 몇 시지?"

"조금 전 8시 종이 울렸어요."

"그렇군. 체크아웃……이 아니라, 정산시간에는 늦지 않을 것 같네."

다시 한 번 짧게 하품을 하고 침대에서 일어섰다. 그리고는 창가까지 이동해 회색 커튼을 힘차게 열어젖혔다.

"아, 로니에. 저것 좀 봐. 성이 보여."

"정말인가요?"

소파에서 일어나 키리토 옆으로 다가가니 확실히 창의 정면에서 조금 오른쪽 방향으로, 복잡한 거리 저편에 하늘을 꿰뚫듯 서 있는 칠흑의 거성이 뚜렷이 보였다.

인계보다 훨씬 붉은 기운이 강한 다크 테리토리의 아침노을을 가르듯 우뚝 선 그 모습은 자연의 바위가 상당 부분 남아 있는 만큼 센트럴 커시드럴보다 훨씬 더 황량한 인상이었지만, 그것이 오히려 어떠한 종류의 아름다움을 만들어 낸다고도 할 수 있었다. 두 번째 방문일 터인 키리토도 감탄하는 듯한 긴 한숨을 내쉬었다.

"……최고사제 어드미니스트레이터가 상식에서 벗어난 힘

으로 쌓아올린 센트럴 커시드럴과 달리, 저 성은 인간의 손으로 바위산을 깎아내 만든 거야."

키리토의 말에 로니에도 저절로 탄식이 나왔다.

"몇 개월……. 아니, 몇 년이나 걸린 걸까요……?"

"백 년 이상 걸렸다더군. ──그럼, 슬슬 출발해볼까? 태평하게 있다간 점심시간이 되겠어."

"아이 참, 늦잠을 잔 건 선배잖아요!"

로니에의 지적을 개구쟁이 같은 웃음으로 넘기고 키리토는 짐을 정리하기 시작했다.

커필 차 색깔의 연고를 다시 바르고 숙박비를 지불한 뒤 밖으로 나오자, 광석 칸델라가 꺼진 거리를 아침 햇살이 빨갛게 물들이고 있었다.

숙소에서 옵시디아 성까지는 5킬로르 이상 떨어져 있었지만, 이국의 풍경을 즐기면서 걸으니 그다지 멀게 느껴지지는 않았다.

성에 다가갈수록 길은 넓어졌고 좌우의 건물도 훌륭해졌다. 그러나 통행인의 수는 점점 줄었고 특히 아인족은 전혀 보이지 않게 되었다.

이윽고 전방에 암흑계치고는 수량이 풍부한 강과 멋진 돌다리가 나타났다. 그것을 건너자 커다란 문이 나왔고, 거기서부터 언덕처럼 조금씩 경사가 가팔라지며 신기하다고 느껴질 만큼 날카로운 흑요석 바위산──제성 옵시디아로 이어져 있었다.

다리 앞에서 멈춰선 키리토에게 작은 목소리로 로니에가 물었다.

"……그런데 선배, 어떻게 성에 들어갈지는 생각해두신 건가요?"

그러자 대표검사는 검붉게 칠한 얼굴을 가볍게 기울였다.

"음……. 암흑계인인 척해도 그것만으로는 성안으로 들여보내주지 않을 거고……. 그렇다고 성 꼭대기까지 날아가면 위병들에게 들킬 텐데……."

"즉, 아무것도 생각해두시지 않은 거군요."

라는 로니에의 말을 키리토는 서둘러 부정했다.

"아, 아니야. 아직 최후의 수단이 남아 있어!"

그렇게 소리치더니 로니에의 손을 끌고 강을 따라 나 있는 작은 길을 걸어갔다. 필연적으로 성으로 이어진 다리는 점점 멀어졌고, 로니에는 설마 강을 헤엄쳐 건넌 다음 바위투성이 언덕을 올라 성으로 침입할 생각인가? 하는 걱정이 들었다.

강변이 조금 넓어진 곳에서 걸음을 멈춘 키리토는 두 개의 가방을 지면에 놓고 다시 옵시디아 성을 쳐다보았다.

칠흑의 바위산은 아랫부분의 지름이 300메르 정도인 것에 비해 높이는 그 두 배나 되어 산이라고 하기보다 탑처럼 보였다. 마을 부근에 접한 쪽의 대부분은 성으로 조각되어 화려한 원주와 커다란 창이 아침햇살에 반짝이고 있었지만, 뒤쪽은 거의 바위산 그대로였고 아마도 비룡의 발착지인 듯한 넓은 테라스만이 크게 튀어나와 있었다.

갑자기 키리토가 오른쪽 손을 들어 똑바로 성의 상부를 가리켰다. 그리고 다섯 손가락을 펴서 마치 무엇인가를 더듬는 것처럼 천천히 움직였다.

"저기, 선배……. 대체 무슨 일을……?"

조금씩 불안한 예감이 들어가던 로니에가 그렇게 물었다. 그러나 키리토는 그 물음에 대답하지 않고 다시 5초 정도 손을 들고 있다가 갑자기 무엇인가를 알게 된 것처럼 고개를 끄덕였다.

펼치고 있던 오른손 손가락을 마치 칼처럼 하나로 모았다. 그대로 수직으로 높이 든 뒤 왼쪽 발을 뒤로 빼고 몸을 낮추었다.

검처럼 들어 올린 오른쪽 손에서 미약한 진동음이 나며 희미한 흰빛이 그 손을 감싸는 것을 보고 로니에는 두 눈을 크게 떴다.

키리토는 어떤 술식도 외우지 않았다. 그렇다면 이는 ≪세상의 섭리≫에 직접 영향을 끼치는 정합기사의 비오의, 심의를 사용하는 기술이었다. 그렇지만 일반적으로 눈에 보이지 않는 심의가 소리와 빛을 내고 있다니, 대체 얼마나 많은 힘이 집중된 것일까.

"…………흡!!"

짧은 기합과 함께, 키리토가 오른손을 엄청난 기세로 내리쳤다.

하얀 빛이 마치 기사 렌리의 신기 ≪쌍익인≫처럼 칼날이 되어 날아갔고, 1킬로르 이상의 거리를 순식간에 날아가 옵시디아 성 최상부 근처의 테라스 난간에 명중했다. 로니에의 훈련된 시력은 칼날에 맞은 난간에서 작은 흑요석 조각이 떨어지는 것을 분명히 볼 수 있었다.

"서……, 서서서, 선배! 무슨 짓을 하는 거예요? 성에 상처가 났잖아요!!"

심의의 칼날이 1킬로르나 날아간 일은 무척 놀라운 일이긴 했지만, 그 이상으로 당황하면서 검은 이투른 끈어당겼다. 하지만 키리토는 자세를 바로잡더니 평소의 태평스러운 목소리로 대답했다.

"저 정도의 상처라면 석탄 가루를 풀에 섞어서 바르면 사라질……리는 없겠군. 그보다 자, 저길 봐."

다시 키리토가 오른손을 들었기에 가리키는 쪽을 쳐다보았다. 그러자 키리토의 ≪심의의 칼날≫에 부딪힌 테라스에 작은 사람의 그림자가 나타나는 것이 보였다. 거리가 너무 멀어 얼굴은 보이지 않았지만 날씬한 몸매는 인족의 것이었다. 난간의 상처를 보자마자 테라스에서 상체를 내밀 듯 움직여 아래쪽을 살폈다.

아무리 1킬로르 이상 떨어져 있다고 해도 키리토와 로니에가 서 있는 넓은 강변에는 몸을 숨길 수 있을 만한 것이 아무것도 없었다. 테라스에 나타난 그림자가 두 사람에게 시선을 돌렸다……고 느낀 바로 그 순간.

그림자가 오른손을 재빨리 입가에 대었다.

손피리를 분 거야, 하고 로니에가 알게 된 것은 성 뒤편에 튀어나온 대형 발착대에 회색 비룡이 모습을 드러내고 날개를 펼쳐 날아오른 다음의 일이었다.

비룡은 성의 측면을 감아 돌 듯 상승하더니 문제의 테라스 근처에서 활공했다. 그러자 그 사람의 그림자가 재빨리 비룡의 등에 올라탄 뒤, 로니에와 키리토가 서 있는 강가를 똑바로 가리켰다.

"크, 크크크크, 큰일이에요, 선배! 저희들 들켰다고요!!"

"빠른 걸, 역시 대단해."

"한가한 소리나 하고 있을 때가 아니에요! 빨리 도망치지 않으면……."

그러나 키리토는 외투를 힘껏 잡아당기는 로니에의 팔을 잡더니 반대로 자신 앞에 세웠다. 이러는 동안에도 비룡은 두 사람을 향해 맹렬한 속도로 급강하해 오고 있었다.

이렇게 된 이상 호위라는 내 임무를 수행하는 수밖에 없어! 로니에는 하사받은 지 얼마 안 된 장검의 자루를 꽉 쥐었다. 그리고 불과 3초 뒤.

상공에 도착한 회색 비룡이 격렬하게 날개를 펄럭이며 멈추는 것과 동시에 비룡의 등에서 기수가 훌쩍 뛰어내렸다. 자갈투성이 강가에 소리도 없이 내려서는 몸놀림은 정말 훌륭했다. 로니에 일행과 마찬가지로 후드가 달린 외투를 입고 있었기에 얼굴은 보이지 않았다.

검은 차고 있지 않은 듯했지만, 비룡을 조종할 수 있는 것을 보면 상위기사일 것이다. 키리토 앞에 서서 로니에는 만약의 경우에는 즉시 검을 뽑을 수 있도록 준비했다.

——그러나.

기수보다 조금 늦게, 커다란 소리와 함께 착지한 회색 비룡이 긴 목을 뻗어 먼저 로니에를, 이어서 키리토의 냄새를 킁킁 하고 맡았다. 그리고는 후루루루……, 하고 목을 울리며 뾰족한 입의 측면을 키리토의 머리에 비볐다.

"어…………?"

로니에는 아연한 표정으로 그 광경을 바라보았다. 암흑계의 비룡도 인계의 비룡과 마찬가지로 무척이나 자존심이 강하며 길들이기 어려운 종족이라고 들었다. 처음 만나는 인간에게 이렇게 마음을 열 리가 없는데……라고 생각한 바로 그때, 회색 비늘에 덮인 비룡의 몸에 무수히 많은 상흔이 있는 것이 보였다.

"아……. 호, 혹시……."

로니에가 말을 잇는 것보다 빨리 키리토가 두 손으로 용의 턱 밑을 쓰다듬으며 말을 걸었다.

"그래그래, 오랜만이야 요이요비. 잘 지냈어?"

그 이름을 로니에가 잊을 리가 없었다. 이계전쟁 당시 붉은 기사 대군을 상대로 한 걸음도 물러서지 않고 분투한 전설적인 비룡의 이름이었다. 다크 테리토리의 암흑기사가 아니라 인계 정합기사의 비룡. 주인도 마찬가지로 전설적인 존재인 ≪무음≫의 기사──.

"……호, 혹시, 셰이타 님……이신가요?"

후드를 쓰고 있는 기사에게 시선을 되돌리며 로니에가 쭈뼛거리며 묻자 기사는 두 손으로 후드를 젖히며 대답했다.

"키리토……, 로니에. 이런 곳에서 뭘 하는 거지?"

셰이타 신서시스 트웰브.

현재 정합기사단에서는 파나티오, 듀솔버트에 이은 고참급 상위기사로 그 검력은 전임 단장 베르쿨리 신서시스 원 못지 않다는 소문이 있을 정도의 실력자다.

최고사제가 친히 부여한 신기 ≪흑백합검≫으로 벨 수 없는 것은 없다고 전해지고 있으며, 이계전쟁에서는 먼저 권투사의 주력 부대와, 뒤이어 붉은 기사의 대군을 상대해 말 그대로 일기당천의 분전을 펼쳤다. 그러나 전쟁이 끝난 지금은 센트럴 커시드럴을 떠나 인계통일회의의 전권대사로서 옵시디아 성에 머물고 있었다.

즉 키리토와 로니에가 먼저 접촉해야 할 최적의 대상——이었지만, 문제는 키리토가 어떻게 그녀를 이곳으로 불러냈는가 하는 것이었다. 키리토가 심의의 칼날을 성에 날리면 셰이타가 그것을 알아차리고 날아올 것……이라는 작전은 너무나 터무니없지만 어떻게 운 좋게 이루어진 결과라고밖에 할 수 없었다.

로니에는 키리토에게 따지고 싶은 마음을 억누르며 두 사람의 대화를 마른침을 삼키며 들었다.

"놀라게 해서 미안해, 셰이타 씨. 당신을 불러낼 방법이 이것밖에 떠오르지 않아서……."

마찬가지로 후드를 벗은 키리토가 머리를 벅벅 긁으며 사과하자 셰이타는 시원한 미모에 희미한 쓴웃음을 지으며 고개를 끄덕였다.

"확실히 놀라긴 했어. 누군가 강 건너편에서 심의의 칼날을 날린 것을 깨달았을 때에는 베르쿨리 단장이 되살아난 건가 생각했으니까."

그녀의 어조는 여전히 여성답지 않게 건조했지만, 예전보다는 아주 조금 말이 많아지고 목소리도 부드러워진 듯한 느낌이 들었다.

"……하지만 어떻게 그 방에 내가 있는 걸 알았지?"

셰이타의 질문에 키리토가 어깨를 움츠렸다.

"가장 위험할 것 같은 기척이 느껴졌으니까……, 이려나?"

그러자 이번에는 셰이타가 조금 불만 섞인 얼굴로 같은 동작을 취했다.

"……검기는 숨기고 있을 생각이었는데 이렇게 멀리서 알아차리다니, 나도 아직 수행이 부족하군."

그 대화에 로니에는 그때서야 키리토가 아무렇게나 심의의 칼날을 날린 것이 아니라는 사실을 이해했다. 오른손에 빛이 나기 직전 다섯 개의 손가락을 펼쳤던 동작, 그것으로 셰이타의 기척을 찾아내었던 것이다. 로니에로서는 절대 흉내낼 수 없는 비기였다. 그러나――.

"저기, 선배. 그렇게 엄청난 기술이 있으면 어린아이가 친구 방 창문에 작은 돌을 던져 부르는 듯한 흉내는 굳이 내지 않아도……."

자기도 모르게 끼어들자, 키리토가 돌아보며 씨익 웃었다.

"뭐야, 로니에는 그런 식으로 남자친구를 불러낸 경험이 있는 거야?"

"제, 제 이야기라고는 하지 않았거든요!"

"그럼 누군가 로니에를 그렇게 불러낸 건가……?"
"다, 당연히 그럴 리가 없잖아요!"
필사적으로 부정하고 있노라니, 세이타가 희미하지만 틀림없는 미소를 지으며 로니에를 바라보았다.
"긴 여행, 로니에도 힘들었지? 성에서 잠시 쉬도록 해."
오른손으로 신호를 보내자 요이요비가 몸을 낮추었다. 안장은 달려 있지 않았지만 그 덕에 바짝 붙으면 세 사람이 탈 수 있을 것 같았다.
앞에 로니에, 뒤에 키리토, 가운데 세이타의 순으로 등에 오르자 역전의 비룡은 신기급 장검 두 자루와 인간 세 사람의 무게에도 아랑곳 않고 강변을 활주하다가 휘익 날아올랐다.
힘찬 날갯짓으로 단숨에 상승하여 옵시디아 성 상부를 향했다. 위병들도 이미 알아차렸을 테지만, 전권대사의 비룡이라는 것이 알려져서인지 소동이 일어날 듯한 기색은 없었다.
2분 정도 예의 테라스까지 비행한 요이요비는 세 사람을 내려주고는 한 차례 운 뒤 다시 발착지 쪽으로 돌아갔다. 비룡의 거체가 보이지 않게 되자 로니에는 흑요석 난간으로 다가가 키리토가 심의의 칼날을 명중시킨 곳을 살폈다. 걱정했던 대로 깊이가 1센 이상은 될 듯한 패인 자국이 선명하게 남아 있었다.
분명히 한소리 들을 거야, 이건……하며 자기도 모르게 돌린 눈이 정면의 경치를 향한 순간, 로니에는 1초 전의 걱정을 잊고 저도 모르게 탄성을 지르고 말았다.
"우와……, 굉장하다……!"

눈 아래쪽으로 제도 옵시디아가 펼쳐져 있었다. 방사형으로 깔끔하게 구분된 중앙도시 센트리아와는 전혀 다른, 어지럽고 무질서한 거리였지만 그것이 오히려 왕성한 생명력과도 같은 것을 느끼게 했다.

"저쪽 근처는 시가지의 지면 그 자체가 몇 층이나 포개져 있는 거군요……. 앗, 저건 투기장인가요? 정말 크네요, 선배!"

로니에가 정신없이 떠들어대자 뒤에서 셰이타의 목소리가 들려왔다.

"이 외에도 볼거리가 많으니 시간이 있으면 관광이라도 하면 어때……라고 말하고 싶지만……."

돌아보는 로니에에게서 시선을 돌려, 셰이타는 날카로운 눈을 키리토에게 향했다.

"몰래 놀러온 것은 아닐 테지? 센트리아에서 무슨 일이 있었던 거야?"

"그 말대로입니다."

고개를 끄덕이며 키리토는 상체를 곧게 폈다.

"전권대사 셰이타 님, 이스칸 총사령관을 급히 만나고 싶습니다."

테라스 안쪽 방은 암흑계치고는 밝고 부드러운 색조로 넘치고 있었다. 벽과 천장은 연분홍색으로 칠해져 있었고 커튼은 연한 황색, 융단은 연두색. 커다란 난로에는 장작이 아닌 광석이 빨갛게 타고 있어 겉옷을 입고 있으면 땀이 날 만큼 따뜻했다.

이곳이 세이타 씨의 방이라면 조금 의외의 취향이네……, 하고 로니에는 생각했지만 금방 방의 주인이 그녀가 아니라는 것을 깨달았다.

난로 반대편에 길이 1메르 정도의 작은 침대가 놓여 있었고, 그곳으로 다가간 세이타의 얼굴에 깜짝 놀랄 정도로 따뜻한 미소가 떠올랐다.

가만히 서 있는 로니에와 키리토를 세이타가 아무 말 없이 손짓으로 불렀다. 발소리를 죽이며 다가가 침대 안을 들여다보니, 하얀 천으로 둘러싸인 아기가 새근새근 자고 있었다.

아직 생후 3개월 정도인지 암적색 머리카락은 솜털처럼 부드러워 보였고, 코도 입도 머리 양쪽에서 살짝 쥐고 있는 두 손도 믿을 수 없을 만큼 작았다.

소문으로는 들었지만, 바로 이 아기가 정합기사 세이타와 권투사 단장 이스칸의 아이인 것이다. 분명 여자아이라고 들었는데……, 하고 생각하며 로니에는 아주 작은 목소리로 아기의 모친에게 물었다.

"……이름은 뭔가요?"

"리제타."

살짝 자랑스러운 듯 대답한 세이타는 힐끗 키리토를 보며 덧붙였다.

"첫 글자는 녹색 검사 리파의 이름을 딴 거야."

"그랬구나……. 몰랐어."

중얼거리며 키리토는 잠이 든 아기를 응시하면서 미소를 지었다.

이십여 초 정도 이어진 평화로운 정적을 깬 것은 복도 쪽 문이 열리는 소리와 마치 고양이 울음소리처럼 애교로 넘치는 목소리였다.

"리제타~, 맛있는 밀크를 먹을 시간이란다~~……."

방에 들어온 것은 두 손으로 쟁반을 받쳐 든 젊은 남자였다. 불타는 듯한 적금색 곱슬머리를 소박한 은제 고리로 고정시키고 있었고, 겨울인데도 상반신에는 마로 만든 얇은 옷 한 장뿐인 모습이었다. 아래쪽도 길이가 짧은 바지에 샌들을 신은 모습이었지만 노출된 어깨와 팔에는 늠름한 근육과 무수히 많은 흉터, 그리고 도려내진 듯 보이지 않는 오른쪽 눈이 역전의 용사임을 알려주고 있었다.

그러나 그 모습에도 불구하고 젊은이의 얼굴에는 꿀벌파이를 먹고 있을 때의 키리토보다 몇 배는 더 행복해 보이는 미소가 어려 있어 로니에는 멍하니 입을 벌리고 말았다.

직후 애꾸눈 남자도 침대 옆에 서 있는 로니에와 키리토를 알아차리고 천천히 미소를 지웠다. 굵은 눈썹이 의아하다는 듯 일그러졌고, 시선이 셰이타와 두 사람 사이를 몇 번이나 왕복했다.

남자가 무언가를 말하는 것보다 빨리 키리토가 오른손을 들며 인사했다.

"여어, 이스칸. 오랜만이야."

그러자 암흑계 총사령관이자 권투사 단장 이스칸은 튀어나올 정도로 왼쪽 눈을 크게 떴다.

"너……, 너는, 키, 키, 키리토인가?! 그 낯짝의 색은 대체 뭐야……가 아니라, 이런 곳에서 대체 뭘 하는 거야?! 다음 회의는 3월일 텐데?!"

"아니, 조금 급한 볼일이 있어서. 갑자기 찾아와 미안해."

"그, 그건 딱히 상관없지만……. 아니, 아니지. 기다려, 잠깐만 기다려."

이스칸의 미간에 깊은 주름이 새겨졌다. 미끄러지듯 움직인 세이타가 남편의 손에서 쟁반을 빼앗았다.

그 사실을 눈치채지 못한 것 같은 모습으로 권투사 단장은 낮게 신음했다.

"키리토, 너, 아, 아까 내가 한 말을 들었지……?"

"아까? ……아아, 맛있는 밀크……, 어쩌고 한 거? 으음, 이스칸도 완전히 아빠가 되었는걸. 하하하!"

"하하하가 아니야! 그걸 들은 이상, 미안하지만 무사히 돌려보내지는 않겠어. 이 일격으로 네 녀석의 기억을 날려버리겠다!"

소리치며 이스칸은 오른손을 들었다. 늠름한 주먹에 연한 붉은색 화염 같은 빛이 서렸다.

"잠깐만요, 서, 서서서, 선배……."

호위역으로서 움직여야만 하는지 순간적으로 판단하지 못한 채 당황하는 로니에를 키리토가 한쪽 손으로 물러나게 했다. 그리고 이스칸의 정면에 서더니 키리토는 왼 손바닥을 내밀었다.

"좋아, 덤벼!!"

"우라아아!!"

함성과 함께 이스칸이 바닥을 찼다. 공중에 붉은 궤적을 그리며 로니에의 눈으로는 따라잡을 수 없는 속도로 주먹이 날아들었고 키리토의 손바닥에 명중했다.

폭발을 일으킨 듯한 충격음이 울리며 커튼과 장식품들이 격렬하게 흔들렸다. 무서운 위력을 가진 일격임을 알 수 있었지만, 키리토는 상체를 뒤로 젖혔을 뿐 그 자리에 여전히 선 채 이스칸의 주먹을 한쪽 손만으로 받아내었다.

권투사 단장과 인계의 대표검사는 오른손과 왼손을 맞부딪힌 채 잠시 멈춰서 있었지만, 잠시 뒤 얼굴을 든 이스칸이 씨익 웃었다.

"실력이 녹슬지는 않았군, 키리토."

"너도 마찬가지야, 이스칸."

씨익 하고 기분 나쁘게 웃는 남자들 옆에서 쟁반을 든 셰이타가 어이없다는 표정으로 머리를 흔들었다. 지금의 굉음에 아기가 깨지는 않았을까 싶어 로니에가 침대에 다가가 들여다보니, 역시 최강 기사와 최강 권투사 사이에서 태어난 아이라고 해야 할지 그런 소동에도 불구하고 리제타는 행복한 표정으로 계속 잠들어 있었다.

굉음을 듣고 달려온 위병들을 문 밖으로 돌려보내려던 이스칸은 내친 김에 의자를 두 개 가져오게 하더니 원래 있던 의자와 함께 창가에 나란히 놓았다. 위병은 당연히 로니에와 키리토를 수상쩍게 여겼지만 총사령관의 "나중에 설명할 테니 신경 쓸 것 없어"라는 한 마디에 납득한 것은 ≪힘의 규약≫의 효과인지 이스칸 개인의 인덕 때문인지는 알 수 없었다.

위병들이 물러가고 9시의 종이 울리자 그것이 기상 신호였다는 듯이 아기가 눈을 뜨더니 응애응애 하고 울기 시작했다. 셰이타가 침대에서 안아 들고 의자 하나에 앉더니 인계에도 있는 피보나무 열매로 만든 우윳병으로 밀크를 먹이기 시작했다.

피보나무 열매는 익으면 유리병처럼 반투명해지고 속이 비게 되는데, 거기다 유두 모양으로 튀어나온 꼭지 부분에는 적당한 탄력성과 배수성이 있어 대지의 신 테라리아가 아기를 위해 창조한 식물로 사람들에게 알려져 있었다. 그러나 리얼월드의 존재를 알게 된 지금은 정말로 그런 것인지――실제로는 테라리아 신이 아닌 리얼월드 사람들이 만든 것이 아닌지――궁금할 수밖에 없었다. 꿀꺽꿀꺽 소리를 내며 밀크를 먹는 리제타를 정신없이 바라보고 있노라니 셰이타가 고개를 들고 말했다.

"해볼래?"

"그래도 되나요?"

"물론."

로니에는 셰이타가 내민 아기를 왼팔로 안은 뒤, 오른손으로 우윳병을 받아들고 아기의 입에 대었다.

리제타는 엄마를 무척이나 닮은 회색 눈동자로 잠깐 로니에를 응시했지만, 금세 다시 밀크를 먹기 시작했다. 커시드럴에서 벨체에게도 몇 번이나 이렇게 밀크를 준 적은 있었지만, 여자아이이기 때문인지 안는 느낌이 무척 달랐다.

"난 내 젖만 먹여 키우고 싶었지만, 권투사단에 비전(秘伝)

의 밀크 조합법이 있는 모양이야.”

세이타의 말을 들었는지 작은 테이블 반대쪽에서 키리토와 서로의 근황을 이야기하던 이스칸이 이쪽을 보며 말했다.

“그렇고 말고. 그걸 먹이면 감기도 안 걸리고 뼈도 단단해져 강한 아이로 키울 수 있어.”

인계에도 범용 신성어――≪커튼≫이나 ≪테이블≫처럼 일반민들도 널리 사용하는 신성어를 의미함――인 ≪밀크≫는 소의 젖이나 양의 젖을 인간의 체온 정도로 데운 뒤 몇 종류의 약효 성분을 더한 아기 전용의 젖 대용품이라는 의미가 있었다. 무엇을 더하는가는 가문이나 지역에 따라 다르게 전해지고 있었고, 그런 의미에서는 ≪비전의 조합≫이라고도 할 수 있었다. 셰이타가 말한 것처럼 모유가 가장 좋다는 이야기도 자주 들리고, 실제로 그런지도 모르지만 피보나무 열매로 만든 우윳병과 밀크가 없으면 바쁜 농가나 상가에서 아기를 키우는 일은 지금의 몇 배나 힘들어질 것이다.

어쨌건 리제타 본인은 권투사단 비전의 밀크에 아무 불만도 없는 듯 눈 깜짝할 사이에 우윳병을 비우고는 작게 트림을 했다. 다시 졸린 표정을 짓는 리제타를 로니에로부터 받아든 셰이타가 침대에 눕혔다.

금세 돌아온 셰이타는 의자에 앉자마자 어머니에서 기사의 얼굴이 되어 입을 열었다.

“그래서, 무슨 일이 있었던 거야?”

고개를 끄덕이며 키리토가 이틀 전, 남 센트리아에서 일어난 살인사건에 대해 설명하기 시작했다.

이스칸과 세이타는 아무 말 없이 듣고 있었지만 이야기가 범인으로 추정되는 산 고블린족 오로이에 이르자 두 사람은 동시에 숨을 삼켰다. 그러나 딱히 아무 말도 하지 않았고 키리토와 로니에가 ≪용≫으로 인계에서 날아와 어젯밤 옵시디아에 도착했다는 이야기까지 모두 들었다.

"……그렇군……. 이거 엄청난 고생을 하게 했군 그래……."

총사령관의 말에 대표검사는 가볍게 고개를 흔들었다.

"아니, 이쪽이야말로 먼저 전령을 보내는 것이 맞다고 생각했지만……. 그게 도착해서 답변이 오기를 기다리면 다음 달이 되어 버리니까 말이야."

현재 센트리아와 옵시디아 사이의 연락은 열 곳이나 되는 도시와 요새를 경유하는 기마 전령에 의지하고 있었다. 편도에 걸리는 날짜는 약 2주. 게다가 암흑계에 다수 서식하는 대형 마수에게 전령이 공격당할 위험성도 있었다.

"그렇겠지……. 그 부모해골을 다시 찾을 수만 있다면 좋을 텐데……."

이스칸이 한숨과 함께 그렇게 말하자 키리토도 안타까운 표정으로 고개를 끄덕이는 것을 보고 로니에는 눈을 깜빡이며 물었다.

"저기, 부모해골……이라는 건 뭔가요?"

"그건 나도 전쟁이 끝난 뒤 알게 된 건데, 이계전쟁 당시 황제 벡터가 이스칸을 포함한 십후(十侯)에게 명령할 때 사용했던 신기가 있었다고 해. 커다란 부모해골 하나와 자식해골 열 개가 한 벌인데, 부모해골에 대고 말을 하면 그 목소리가 멀리 떨어진 곳에 있는 자식해골에게 곧바로 전해진다고 하더라고."

키리토의 설명에 로니에의 눈이 휘둥그레졌다.

"고, 곧바로요……?! 그런 게 있으면 편지도 전령도 필요 없게 되겠네요?"

"필요 없게 되겠지……. 뭐, 부모로부터 자식에게만 가는 일방통행 방식이니까 한 벌만으로는 대화가 되지 않겠지만."

"전쟁 직후 부모해골과 자식해골 몇 개가 사라진 만큼 이제 와서는 소용없는 이야기긴 하지만 말이야."

하아 하고 한숨을 쉰 뒤 이스칸은 힘껏 머리를 흔들었다.

"그보다 문제는 그 인계인 살해 쪽이야. 말이 안 돼……. 인계로 관광을 가는 녀석들은 암흑계 5종족회의와 암흑계군 총사령관인 내 이름으로 된 절도와 싸움, 살인은 엄격히 금지한다는 서면을 가지고 있어. 한 장 한 장 내가 직접 서명한 물건이지……. ≪힘의 규약≫이 있는 한, 그 명령을 무시할 수 있는 것은 암흑계에서 오직 한 사람뿐이야."

그것은 당연히 이스칸 자신일 거라고 로니에가 생각한 순간, 셰이타가 끼어들었다.

"두 사람."

"…………두 사람뿐이야."

씁쓸한 얼굴로 정정하는 이스칸을 보고 키리토가 살짝 미소를 지었지만 바로 곤혹스러운 표정으로 돌아가 말했다.

"그래, 나도 그렇게 생각해. 실제로 오로이가 인계인 청소부를 살해할 때 사용했다는 단검은 무구고에서 사라졌어. 아마 철 엘레멘트에서 생성시킨 ≪임시 무기≫겠지. ……그 사실을 알아차린 건 내가 아니라 로니에였지만."

"흐음, 네 녀석도 좋은 제자를 키우고 있군."

"제, 제자는 아니지만 말이야……."

고개를 갸웃거리는 키리토를 보며 로니에도 지금의 자신은 키리토의 무엇일까 하는 생각이 들었지만, 급히 생각을 바꾸고 손을 들어 발언했다.

"저기, 저도 그때 이후로 계속 생각을 했습니다만……. 문제의 흉기는 오로이 씨가 순간적으로나마 착각할 만큼 충실하게 산 고블린족의 단검을 재현한 것이었습니다. 그러므로 저희들은 사건에 암흑술사가 연관된 것이 아닌가 하는 추측을 했습니다……. 그렇지만……."

거기서 일단 입을 다물고 셰이타와 이스칸을 차례차례 본 뒤 용기를 내어 물었다.

"……그 전에, 암흑술사 길드의 상황은 지금 어떤가요……?"

부부는 슬쩍 시선을 교환한 뒤 이스칸이 헛기침을 하며 말했다.

"그건 다음 회의 때 정식으로 보고할 생각이었는데……. 한심한 이야기지만 술사 길드의 현 상황은 우리도 파악을 하지 못했어."

"어떻게 된 거야……?"

키리토도 미간을 찌푸렸다.

"선대 총장이었던 디 아이 엘이 녹색 기사에게 베여 죽은 뒤 그 뒤를 케이 유 비라는 여자 술사가 계승했어. 그렇지만 암흑술을 잘 모르는 내가 보기에도, 그 녀석은 아무래도 박력이 부족해 보이더군."

이스칸의 말을 세이타가 보충했다.

"그녀보다는 내가 술력이 위일 거야."

"그래서, 몰래 조사해보니 케이는 디가 살아 있을 무렵 길드 내 서열이 기껏해야 10위 정도였더군. 즉, 더 상위였던 녀석들은 행방불명이라는 거지."

"……암흑술사들은 ≪동쪽 대문≫의 전투에서 2,000명 가까이나 전사했잖아? 그 부대에 있었던 거 아냐?"

키리토의 지적을 이스칸은 찌푸린 얼굴로 부정했다.

"그렇지는 않을 거야……. 녀석들의 살아남으려는 집념은 마수에도 뒤지지 않으니까. 디 역시 녹색 검사와 싸우지 않았다면 지금도 살아 있을걸. 상위 열 명 정도가 한꺼번에 전사할 만큼 순진한 녀석들이 아니라고."

시선을 로니에에게 되돌리며 이스칸은 설명을 마쳤다.

"……그런 까닭에 지금 5종족회의에 참여하고 있는 암흑술사 길드는 어쩌면 빈 껍질 같은 것일 수도 있어. 정말 힘이 있는 술사 녀석들은 어딘가 숨어 있을 가능성이 있다는 거지. 그 녀석들이 인계에서 일어난 사건에 관련되어 있을 가능성도 말이야……. ――하지만, 로니에라고 했나? 넌 그렇게 생각하지는 않는 거지?"

"네. 저기, 완전히 부정할 수 있는 근거는 없지만……. 그래도 이상하다고 생각해요. 만약 배후가 숨어 있는 암흑술사 길드라면 굳이 철 엘레멘트로 임시 무기를 만들지 않아도 진짜 고블린족의 단검을 손에 넣는 일은 가능할 테니까요…….”

“……확실히 그렇군. 고블린에게 있어 씨족의 문장이 들어간 단검은 나름대로 소중한 것이지만 그렇다고 해도 주조로 만드는 양산품이니까. 훔치거나 매수하거나 해서 한두 자루 정도라면 구할 수 있었을 거야.”

이스칸의 말에 키리토도 고개를 끄덕였다.

“진짜 범인의 목적이 오로이에게 살인죄를 씌워 인계와 암흑계의 긴장을 높이는 일이라면 진짜 단검을 준비하는 편이 더욱 효과적이었겠지……. ──그게 불가능했다는 건 범인이 인계내부의 누군가……라는 것이려나……?”

“그렇다고 하면, 더 큰 의문점이 생겨.”

셰이타가 길고 시원한 눈매를 날카롭게 만들며 지적했다.

“인계인은 암흑계인보다 훨씬 엄격한 법에 묶여 있어. 살인은 명확한 금기목록 위반이지. 즉 청소부를 살해한 자가 인계인이라면 그 녀석은 금기목록을 무시할 수 있다는 뜻이 돼.”

키리토와 동시에 로니에도 아무 말 없이 고개를 끄덕였다.

그것은 사건 직후 파나티오와 듀솔버트 등과의 회의에서도 지적된 부분이었다. 금기목록에 속박되지 않는 정합기사들조차 청소부 야젠처럼 죄가 없는 시민의 천명을 독단적으로 모두 빼앗을 수는 없었다.

우리도 아직 아무것도 아는 게 없어, 라는 말을 한숨과 함께 내뱉으며 키리토는 천천히 고개를 저었다. 이스칸도 아무 말 없이 고개를 끄덕이며 잠시 생각하는 표정을 짓고 있었지만, 분위기를 바꾸려는 듯 억센 두 손으로 짝 하고 박수를 쳤다.

“——좋아, 어찌 됐건 상황은 이해했어. 유감이지만 이쪽에서 인계로 가는 관광사업은 잠시 중단시키는 편이 좋을 것 같군…….”

“그래……. 지금 현재 센트리아 쪽은 정보의 확산을 막고 있지만 만약 제2, 제3의 사건이 발생하면 통일회의에서도 제어할 수 없게 될 거야. 일시적으로 동쪽 대문을 봉쇄하고 센트리아에 체류 중인 관광객들도 가능한 빨리 귀국시킬 생각이야.”

무척이나 아쉬운 목소리로 그렇게 말한 뒤 키리토는 더욱 무거운 어조로 말을 이었다.

“……그리고 센트럴 커시드럴에서 보호하고 있는 산 고블린족 오로이 말인데……. 그는 바로 돌려보낼 수 없어. 아직 무언가 알고 있을지도 모르고, 그가 함정에 빠진 어떤 이유가 있을지도 모르니까 말이야. ——오로이는 톱 언덕의 우보리 씨족이야. 미안하지만…….”

“그래, 우보리에게는 내가 사람을 보내 사정을 설명해 두도록 하지.”

고개를 끄덕인 후 이스칸은 애꾸눈을 힐끗 창밖으로 향하더니 다시 키리토를 쳐다보았다.

“——이쪽에서 인계로 가는 관광객은 그렇게 한다고 하더라도……. 인계에서 이쪽으로 오는 상인대(商人隊)는 어떡할 거야? 옵시디아에도 지금 상인대 하나가 체류 중일 텐데.”

“으음, 어떡하지…….”

키리토도 팔짱을 끼고 고민에 빠졌다.

교류사업은 암흑계에서 인계를 방문하는 관광객 외에도 인계에서 가는 상인대 파견도 이루어지고 있었다. 아직은 시험적인 규모로 마차 몇 대분의 교역품을 조금씩 사고파는 단계였지만, 암흑계에는 조명용 발광석 외에도 인계에는 없는 진기한 물품이 많이 존재하므로 큰 돈벌이가 될 것이라는 냄새를 맡은 대상인들이 파견 허가를 계속 요청하는 모양이었다.

"……만약 사건의 배후가 조직적인 세력이고 이곳 옵시디아에도 동료가 있다면, 청소부 살해의 반대 상황……. 즉 인계 상인이 암흑계 주민을 살해하는 사건을 일으키려고 할 가능성이 있어. 그렇지만 상인대에는 인계군의 숙련된 위사와 신성술사가 경호를 맡고 있고, 상인들도 마음대로 돌아다닐 수 없다는 규칙이 있으니까 그렇게 간단하지는 않으리라……고 생각해."

키리토의 말에 셰이타도 끄덕였다.

"나도 교역사업까지 지금 당장 중지할 필요는 없다고 생각해. 상인대는 인계의 귀중한 약과 매체를 대량으로 운반해 오니까 예상 외로 환영받고 있어. ……만약을 대비해 옵시디아에 체류 중인 상인대에는 내 제자를 붙여둘게."

"제, 제자……? 셰이타 씨는 단신부임……이 아니라, 그러니까 혼자 이쪽으로 온 거 아니었나……?"

키리토가 검붉게 칠한 얼굴에 놀랐다는 표정을 짓자 이스칸이 우려와 자랑이 섞인 얼굴로 대답했다.

"그게 말이야, 셰이타 녀석. 지금은 전권대사 겸 암흑기사단의 객원 사범이거든."

"개, 객원 사범이라는 게 뭔데……?"

"기사단에 시찰을 갔을 때 그곳에 있는 젊은 대장의 시합 신청을 받고 빌린 검으로……, 그것도 검이 아닌 검집으로 박살을 냈거든. 지금은 기사단 총본부에 자신의 도장까지 가지고 있어."

"제자는 열 명도 안 되지만 모두 실력이 꽤나 괜찮아."

"그, 그렇군요……."

제대로 말도 하지 못하는 키리토를 향해 셰이타가 진지한 얼굴로 덧붙였다.

"당신도 꼭 도장에 와서, 제자들과 같이 수련을 해줬으면 좋겠어."

"아, 아니. 난 전통 유파의 검술은 딱히 수련해본 적도 없으니까……."

의자째 슬금슬금 뒤로 물러나는 키리토의 어깨를 이스칸이 왼손을 뻗어 붙잡았다.

"그거 괜찮군. 기사단이 끝난 뒤에는 권투사단의 수련장에도 와줘. 네 녀석이 강하다는 것을 의심하는 녀석들이 꽤 있거든. 이번 기회에 ≪힘의 규약≫을 제대로 가르쳐주라고."

"돼, 됐거든, 그런 건! 난 문관 지망이라고!"

……아아, 이래서야 이미 도망갈 수 없는 상황이네요.

하고 곤혹스러워 하는 키리토를 보며 안타깝게 생각하는 로니에였다.

셰이타와 이스칸 전용 욕탕을 빌려 긴 여행의 먼지와 얼굴의 도료를 씻어낸 키리토와 로니에는 같은 층의 객실로 안내를 받았다. 두 사람의 너무나도 갑작스러운 방문은 인계로부터 급사(急使)가 온 것으로 성내에 알려졌다.

그렇지만 그 사자가 인계 대표검사라는 사실은 알리지 않은 탓에 안내를 맡은 위병은 사자답지 않은 경장을 보고 수상쩍은 시선을 보내기도 했으나, 두 사람이 허리에 찬 검은 보고는 태도를 바꾸었다. 역시 암흑계에서는 신기급 무기가 인계 이상으로 드문 모양이었다.

방 두 개가 나란히 있는 객실에서 잠시 휴식을 취한 뒤, 정오부터 이스칸, 셰이타 부부와 함께 점심. 오후에는 대형 마차로 시가지 중심부에 있는 암흑기사단 본부와 권투사단 훈련장으로 안내되어 키리토는 단장 보좌라고 하는 한쪽 팔의 거한 권투사와 진짜로 시합을 강요당했으나 “비공식적으로 온 거니까!” 하는 필사적인 호소 덕분에 간신히 피할 수 있었다.

그 뒤는 중앙시장과 대격투기장을 시찰했지만, 당연히 관광만 한 것은 아니었다. 키리토와 이스칸은 시간만 나면 이번 사건과 교류사업에 대해 의견을 나누었고 로니에도 호위라는 자신의 임무를 다하기 위해 주변에 계속 주의를 기울였다. 물론 상위 정합기사인 ≪무음≫ 셰이타가 동행하고 있었으므로, 만약 누군가의 습격이 있었다 해도 로니에가 나설 차례는 없었겠지만——.

그런 생각을 하니 뒤늦게나마 드는 의문이 있었다. 셰이타는 요이요비를 타고 급강하했을 때도, 이번 시가지 시찰에도 허리에 검을 차고 있지 않았다.

성으로 돌아오는 흔들리는 마차 안에서 로니에는 긴 의자 위의 몸을 살짝 셰이타 쪽으로 내밀며 말을 걸었다.

"저기, 셰이타 님. 검을 안 가지고 계시는 건가요……?"

그러자 기사는 일순이었지만 왠지 그리운 표정을 지으며 고개를 끄덕였다.

"맞아. 내게는 ≪흑백합검≫이 처음이자 마지막 애검이었으니까."

"…………."

자신의 마음과 통했던 신기를 잃는 일이 정합기사에게 어떤 의미를 가지는 것인지 로니에는 아직 정확하게 알지 못했다. 아무 말도 못 하는 로니에의 손 위에 가볍게 손을 놓으며 셰이타가 아련한 미소를 지었다.

"지금의 난 ≪무음(無音)≫이 아니라 ≪무수(無手)≫의 기사라고 해야겠지. 그렇게 된 것을, 난 기쁘게 생각해. ……가끔 흑백합을 떠올리면 쓸쓸해지긴 하지만."

"그러……시군요……."

——이 사람은, 나로서는 상상도 할 수 없을 만큼 높은 곳에 있는 거야.

새삼스레 수습 기사인 자신과 상위 정합기사의 엄청난 차이를 곱씹고 있노라니 이번에는 셰이타가 생각지도 않은 질문을 던졌다.

"그 검은 가지게 된 지 얼마 안 됐지?"

"아……. 네, 맞아요. 이름도 아직 못 정했어요."

고개를 끄덕이며 백은으로 된 날밑 부분을 살짝 어루만졌다.

"그렇구나. 아직 주인과의 유대는 부족하지만, 그래도 무척이나 좋은 검이야. 소중히 하도록 해……. 전쟁은 끝났지만 기사의 싸움은 평생 끝나지 않으니까."

"——네!"

로니에가 힘찬 목소리로 대답하자 앞에 앉아 있던 키리토와 이스칸이 놀란 듯 뒤를 돌아보았다

이윽고 마차는 시가지를 빠져나와 큰 다리를 건너 성문을 통과하는 정규적인 코스로 옵시디아 성에 귀환했다.

센트럴 커시드럴에 비교할 정도는 아니더라도, 높이가 500메르에 50층으로 이루어진 옵시디아 성에는 커시드럴에 있는 것과 같은 자동승강반은 갖추어져 있지 않았다. 즉 위층으로 가기 위해서는 계속 계단을 오를 수밖에 없었지만, 그것은 동시에 적에 대한 대비책이 된다고 한다.

이스칸 부부가 거주하는 49층까지 네 사람은 쉬지 않고 단숨에 올라갔다. 부부와 키리토는 숨을 헐떡이는 모습조차 보이지 않았지만 로니에는 도착한 뒤에도 잠시 동안은 헉헉댈 수밖에 없었기에, 이런 부분에서도 수행의 모자람을 깊이 통감했다.

심호흡으로 숨을 고른 뒤 기다려준 세 사람에게 예를 표한 로니에는 대계단이 아직 위로 이어져 있다는 것을 깨닫고 고개를 갸우뚱거렸다.

"저기……, 셰이타 님. 이 위에는 뭐가 있는 건가요?"

"50층에는 옥좌가 있는 공간이야. 나도 한두 번밖에 들어가지 않았지만."

“헤에……. 옥좌라고 하면, 황제의?”

이번에는 키리토가 물었고 이스칸은 얼굴을 찌푸리며 고개를 끄덕였다.

“그래, 1년 몇 개월 전에 황제 벡터가 있었던 곳이 바로 이 위지.”

“자, 잠깐 들어가 봐도 돼……?”

흥미진진한 표정을 짓는 키리토에게 이스칸은 슬쩍 두 팔을 벌렸다.

“물론이지……라고 말하고 싶지만 50층의 문은 벡터가 죽고, 랄까 네 녀석이 죽인 순간 다시 ≪봉인의 사슬≫로 폐쇄돼서 뭘 해봐도 그게 잘리지가 않아. 50층에서는 한끝산맥과 동쪽 대문이 보인다는 전설이 있어서 나도 한 번 더 들어가보고 싶긴 한데…….”

권투사의 말을 듣고 과거 ≪자르지 못하는 것은 없다≫는 말을 들었던 정합기사도 고개를 끄덕였다.

“나도 보물고의 검을 빌려 시험해봤는데 사슬은 잘리지 않았어. 흑백합검이었다면 단번에 잘랐겠지만.”

“…………흐음………….”

키리토의 목소리에 “밤하늘검으로 도전해보고 싶어!”라는 생각을 바로 알아차린 로니에는 재빨리 오른쪽 소매를 두 번 잡아당겼다. 로니에의 “절대로 안 됩니다!”라는 생각을 키리토도 알아차렸는지 다시 한 번 미련이 남은 표정으로 계단을 응시하며 고개를 끄덕였다.

“그런가, 그럼 견학은 포기하지.”

“그 대신 저녁밥은 이것저것 귀한 것을 준비시켰으니 기대해도 좋을 거야.”

“그거 기대되는군.”

이야기가 끝난 것이라고 여겼는지, 세이타가 한 걸음 물러섰다.

“난 리제타에게 밀크를 주고 올게. 그럼 저녁 식사때 봐.”

“아, 나도 가지. 오늘은 아직 한 번밖에 얼굴을 보지 않았으니까.”

바로 부모의 얼굴이 된 두 사람을 손을 흔들며 배웅한 키리토는 다시 한 번 최상층으로 가는 계단을 쳐다보았다. 로니에가 아무 말 없이 고개를 흔들자 키리토는 쓴웃음을 지으며 말했다.

“알고 있어. ……그럼 우리도 방으로 돌아갈까?”

8

저녁 식사 자리는 이스칸, 세이타, 키리토, 로니에와 리제타까지 포함해 다섯 명뿐이었지만 따뜻하고 시끌벅적한 분위기에 마치 북 센트리아 본가에서의 식사 시간처럼 즐거웠다.

이스칸이 반은 장난을 치려는 마음에 준비한 듯한 ≪무지개색 도마뱀 꼬치구이≫나 ≪불꽃버섯 튀김≫ 같은 수상하기 짝이 없는 갖가지 요리에 키리토가 만용을 부리며 도전했고, 괴성을 지를 때마다 리제타가 꺄르르르 하고 웃었다. 그런 사랑스러운 딸을 보며 세이타와 이스칸도 행복한 듯 미소를 지었다.

아기는, 가족이란 건 좋구나 하는 생각을 다시금 하며 식사를 마친 로니에는 오늘 두 번째의 목욕을 한 뒤 배정받은 객실로 돌아왔다.

욕실은 당연히 센트럴 커시드럴의 대욕탕과 비교하면 무척 작은 것이었지만, 이곳이 높이 500메르나 되는 거성의 거의 최상층이라고 생각하면 하루 종일 깨끗하고 뜨거운 물이 준비되어 있는 것은 기적적인 일이었다. 커시드럴처럼 신성술을 이용하는 것은 아닌 듯했고 대체 어떻게 대량의 물을 운반하는지 궁금했는데, 과거 평범한 바위산이었을 무렵부터 정상 부근에서 온수가 나왔고, 성으로 가공된 뒤에도 그 수맥을 조리와 목욕, 난방에 이용하는 모양이었다.

어젯밤의 싸구려 숙소와 비교하면 방은 따뜻했고 침대도 부드러워서인지, 준비된 잠옷으로 갈아입은 로니에는 9시 종을 듣기도 전부터 졸려왔다. 내일 이른 아침 인계로 돌아갈 예정이었기에 빨리 자는 것이 최선이었으나, 하루를 마치는 것이 왠지 아쉬워 누운 채 북쪽 벽을 응시했다.

벽 건너편에는 지금쯤 키리토도 잘 준비를 하고 있을 것이다. 어쩌면 이미 잠이 들었는지도 모른다. 중앙도시를 출발한 뒤 벌써 40시간 이상이나 함께 있었지만, 아직 중요한 것은 아무것도 이야기하지 못한 듯한 기분이 들었다.

물론 무엇보다 중요한 것은 경호 임무였고 결코 잡담을 위해 동행할 것을 신청한 것은 아니었지만――, 그래도 침대에서 일어나 옆방 문을 조용히 두드리고 싶다는 충동을 로니에는 필사적으로 참아냈다.

키리토에게는 아스나라고 하는 소중한 사람이 있다. 같은 리얼월드 사람이고 스테이시아 신처럼 아름다우며 모두에게 차별 없이 상냥하지만 검을 뽑으면 누구보다도 강했다. 이계전쟁 당시, 로니에는 마차 안에서 떨고만 있었으나 아스나는 심한 부상을 입어 피투성이가 된 몸으로도 필사적으로 키리토를 지켜냈다. 그런 사람과 경쟁할 자격이 있을 리 없었다.

이런 마음은 입 밖으로 내어선 안 된다. 절대로.

양질의 모포를 머리끝까지 뒤집어쓰고 로니에는 꼬옥 눈을 감았다. 그러나 한번 달아난 잠은 좀처럼 다시 돌아오려 하지 않았다.

그래도 긴 여행의 피로 때문인지 광석 칸델라를 끄는 것도 잊고 어느새 잠이 든 로니에는, 희미하게 고함소리가 들린 것 같아 눈을 떴다.

창밖은 아직 어둠에 묻혀 있었다. 느낌상으로는 심야 2시 아니면 3시 정도인 듯했다. 침대에 누운 채 귀를 기울이다 꿈인가 하고 다시 눈을 감았다. 바로 그때, 이번에는 확실하게 문 건너편에서 긴박한 목소리가 들려왔다. 그리고 여러 사람의 황급한 발소리도.

잠옷을 입은 채 침대에서 내려와 문에 귀를 대었다. 위병으로 여겨지는 발소리가 계단 방향으로 멀어지는 것을 확인하고 살짝 문을 열자, 마침 옆방에서 키리토도 얼굴을 내미는 것이 보였다.

잠이 덜 깨 멍한 눈의 대표검사에게 종종걸음으로 다가갔다.

"선배……. 대체 무슨 소동일까요?"

"글쎄……. 위병들이 모두 아래층으로 내려가는 것 같았는데……."

몇 번이나 눈을 깜빡이다 드디어 완전히 잠에서 깼는지 키리토가 걸치고 있던 외투를 로니에의 어깨에 덮어주며 말했다.

"우리도 가보자."

"아……, 네? 괜찮을까요?"

"뭔가 도움을 줄 수 있을지도 모르지."

탁 하고 어깨를 치는 키리토에게 로니에도 고개를 끄덕일 수밖에 없었다.

"그렇지만 방해가 될 것 같으면 바로 돌아오는 거예요!"

바로 달리기 시작하는 키리토의 등에 급하게 소리친 다음에 로니에도 뒤를 따랐다.

계단을 달려 내려가 48층에 도착하자마자, 아까보다 명료한 고함소리가 들렸다.

"물러서 있어!"라고 외치는 목소리는 분명 이스칸의 것이었다. 고개를 끄덕이고 넓은 복도를 남쪽으로 달렸다.

막다른 길에서 오른쪽으로 돌자 앞쪽에 커다란 이중문이 보였다. 상당히 중요한 시설인 모양이었는지 은으로 장식된 흑요석 문은 활짝 열려 있었고, 안에서는 공포와 혐오로 가득한 위병들의 목소리가 계속해서 들려왔다.

키리토와 로니에는 20메르 정도의 복도를 단숨에 달려 방으로 뛰어들었다.

순간, 좌우의 휘황찬란한 빛 때문에 일순 눈이 부셨다. 통로 전방에 서 있는 열 명 정도의 위병들이 든 광석 칸델라의 빛이 넓은 방 가득 장식되어 있는 무수히 많은 무기와 방호구, 보석, 조각 등에 반사된 것이었다. 이곳은 옵시디아 성의 무구고, 아니 보물고가 분명했다.

"이 괴물 녀석……!"

위병들 건너편에서 다시 이스칸의 목소리가 울렸다. 발을 멈추었던 키리토가 칼을 뽑고 있는 위병 무리를 뛰어넘어 저편으로 사라졌다. 로니에도 어쩔 수 없이 잠옷에 외투를 걸친 모습 그대로 짧게 달린 뒤 바닥을 찼다.

키리토와 아스나가 습득한 아인크라드류 검술은 특징적인 연속 검기 외에도 빠른 발놀림과 도약을 중시하고 있었고, 로니에도 매일 수련 중이었다. 그 보람이 있었는지 간신히 위병들을 뛰어넘는 일에 성공하자 뒤에서 남자들의 놀란 목소리가 들려왔지만 그것을 의식할 수는 없었다.

몇 메르 앞에 잠옷 바람의 이스칸과 셰이타가 나란히 서 있었다. 그리고 그 바로 맞은편에 검은색의 무언가가 두 개 존재했다.

괴물, 이라고밖에 말할 수 없었다. 전체의 형태는 사람이나 아인에 가까웠지만 목과 두 팔이 이상하리만치 길었고 특정 종류의 어류를 닮은 길쭉한 머리 끝에서는 무수히 많은 이빨이 나 있는 원형의 입이 쉴 새 없이 뻐끔거리고 있었다. 뾰족한 머리 측면에는 네 개씩 눈이 나란히 달려 있었고 등에는 얇은 피막을 가진 날개, 허리에는 긴 꼬리가 늘어져 있었다.

"저건……, 미니언?!"

키리토가 소리치자 셰이타와 미스칸이 힐끗 돌아보았다.

"미안, 깨우고 말았군. 그렇지만 이쪽 일에 손님들을 끌어들일 수는 없지! 저따위 괴물은 내가 한 방에 쓰러뜨리겠어!!"

이스칸이 쥔 주먹에 화염 같은 빛이 깃들었다. 그러나 옆에 서 있던 셰이타가 재빨리 오른손을 내밀어 남편을 제지했다.

"미니언의 피는 독이야. 맨몸으로 공격하면 안 돼."

"그렇지만……."

이스칸이 신음하자, 마치 두 사람의 대화 내용을 이해한 것처럼 두 마리의 미니언이 푸슉푸슉 하고 소리를 내었다.

직접 보는 것은 이번이 처음이지만 로니에도 미니언에 대한 지식은 일단 가지고 있었다. 다크 테리토리의 암흑술사가 사역하는 인조 생물로, 이계전쟁 초반 ≪대문의 전투≫에 대량으로 투입되었지만 기사장 베르쿨리의 신기 ≪시천검≫의 무장완전지배술에 의해 섬멸되었다. 인계군에게 전혀 피해가 없기도 했던 까닭에 조금 큰 박쥐 정도의 인상을 갖고 있었지만, 실물은 그보다 훨씬 무시무시했다. 몸길이는 2메르 가까이 되었으며 긴 두 팔 끝에 난 검게 빛나는 갈고리 발톱은 칼처럼 길고 날카로웠다.

게다가 각 속성의 술식과 찌르기, 타격에도 강한 내성을 가지고 있어 가장 유효한 것은 예리한 칼날에 의한 참격이었지만, 이스칸은 물론 세이타도 검을 가지고 있지 않았다. 이럴 줄 알았으면 방에서 검을 가져올걸, 하고 후회했지만 로니에도 키리토도 맨몸이었다.

"총사령관 각하, 저희에게 맡겨주십시오!"

뒤에서 위병 한 사람이 소리쳤지만 이스칸은 완강히 움직이려 하지 않았다.

대치한 미니언도 무슨 명령을 받았는지 슈욱슈욱 하는 위협음만 낼 뿐 공격하려는 기색은 없었다. 괴물의 좌우에는 선반이 몇 개인가 쓰러져 바닥에 보석이며 장식품이 흩어져 있었지만 그것을 훔치려고 하지도 않았다.

애당초 저 두 마리는 어떻게 많은 위병들에게 들키지 않고 최상층에 가까운 보물고까지 침입할 수 있었을까……를 생각하던 로니에는 그제야 깨달았다. 등 뒤에 거대한 날개가 있으므로 바보처럼 계단을 올라올 필요가 없다. 야음을 틈타 날아와 창문으로 침입한 것이다. 자세히 보니 미니언의 훨씬 뒤쪽에 있는 창문이 금속제 창틀째 파괴되어 있었다.

그것이 가능하다는 것은 즉……, 즉——.

로니에의 머릿속에서 번뜩이는 불꽃처럼 어떤 생각이 떠오른 순간, 옆에서 키리토도 날카롭게 숨을 들이마셨다.

"두 사람 모두 피해!"

소리치는 것과 동시에 오른손을 내밀었다. 펼쳐진 손바닥 주위에 창백하게 빛나는 광점——얼음 엘레멘트가 순식간에 30개 정도 생겨났다.

그것을 본 셰이타와 이스칸이 즉시 물러났다. 키리토는 즉각 얼음 엘레멘트를 사출, 두 마리의 미니언의 주위에 모두 해방시켰다. 보통 얼음 엘레멘트는 단순하게 해방만 시키면 위력이 광범위에 확산되기 마련이지만, 키리토의 엘레멘트는 마치 고도의 술식에 의해 제어되는 것처럼 냉기가 미니언에게만 달라붙어 검은 거체를 하얗게 얼렸다.

"기샤아아아앗!!"

길쭉한 머리를 흔들며 미니언이 소리를 질렀지만 금세 끝에 달린 입까지 동결되며 움직임이 멎었다. 엄청난 위력이지만 점토에서 만들어진 미니언은 화염이나 냉기에도 강한 내성을 가지고 있었다. 잠시 얼어붙는다고 해도 천명은 크게 줄지 않을 터——.

그러나 당연히 키리토도 그것을 생각한 모양이었다. 오른손을 내민 채 재빨리 지시를 내렸다.

"두 사람 모두, 지금이야!"

"좋았어!!"

이스칸이 소리를 지르며 바닥을 찼다. 셰이타도 그 뒤를 따랐다.

"우라아아!"

기합소리와 함께 날아간 이스칸의 주먹이 오른쪽 미니언의 몸을 관통했다. 이어서 셰이타의 손날이 왼쪽 미니언을 수직으로 갈랐다.

일순의 시간차와 함께 오른쪽 미니언이 무수히 많은 파편이 되어 폭발했고 왼쪽 미니언은 정확하게 두 동강이 나 좌우로 나뒹굴었다. 양쪽 모두 완전히 동결되어 있었던 까닭에 독성이 있는 혈액은 한 방울도 흘러나오지 않았다.

뒤에서 위병들이 환성을 질렀고 몸을 돌린 이스칸은 어이가 없다는 미소를 지으며 말했다.

"소문 이상으로 터무니없는 녀석이군, 키리토. 엘레멘트 생성은 아무리 고위 술사라고 해도 한 손에 다섯 개가 한계라고 들었는데……."

"이야기는 나중에, 이스칸!"

자신에 대한 칭찬을 제지한 키리토의 목소리는 부부에게 공격을 지시했을 때 이상으로 긴장감이 서려 있었다.

"미니언은 이곳의 보물을 훔쳐가지도, 우리를 공격하려고도 하지 않았어. 녀석들을 조종한 술사의 목적은 틀림없이 양동작전을 위한 시간벌기일 거야."

그 말을 들은 순간, 로니에의 머릿속에서는 조금 전의 번뜩임이 구체적인 두려움으로 변했고 동시에 셰이타의 얼굴도 창백해졌다.

"설마……."

희미하게 중얼거리자마자 맹렬한 속도로 달리기 시작했다.

로니에와 키리토, 위병들 사이를 바람처럼 빠져나가 보물고에서 뛰쳐나갔다.

"우리도 가자고!"

키리토가 그렇게 소리치는가 싶더니 이스칸이 입고 있는 인계 동제국풍의 잠옷을 잡고 달리기 시작했다.

"무, 무슨 소리야? 양동작전이라니……?"

잘 연마된 흑요석 바닥을 맨발로 철벅철벅 달리며 당황스러운 목소리를 내는 권투사에게 키리토가 갈라진 목소리로 알려주었다.

"아마 술사의 진짜 목적은 보물보다 훨씬 중요한 것일 거야."

"훨씬 중요한……."

따라하던 이스칸의 애꾸눈이 갑자기 튀어나올 것처럼 커졌다. 적금색 머리카락이 곤두서는 소리가 로니에에게도 들리는 것 같았다.

"리제타."

낮은 목소리로 사랑하는 딸의 이름을 중얼거린 직후, 권투사의 두 발이 희미한 붉은 빛을 띠었다.

쾅! 하는 소리가 바닥에서 나는 것과 동시에 바닥이 거미집처럼 갈라졌다. 상식을 벗어난 가속도로 순식간에 두 사람을 앞지르더니 선행했던 셰이타보다 조금 늦게 계단에 도착한 뒤, 계단을 네다섯 칸씩 한꺼번에 오르기 시작했다. 그 뒤를 미끄러지는 듯한 발놀림의 키리토가 따랐다.

온몸을 마비시키는 듯한 전율에 저항하며 로니에도 열심히 달렸다. 계단을 올라 49층 복도로 뛰어들었지만 세 사람의 모습은 이미 보이지 않고 발소리만 들렸다.

그것을 쫓아 다시 내달려 처음 들어왔었던 아기방 앞을 지나 부부의 침실로 추정되는, 복도 막다른 곳의 방으로 뛰어들었다.

활짝 열린 문을 통과하자 이상한 냄새가 코를 찔렀다

등이 소형 광석 칸델라 하나뿐이라 넓은 방은 어두침침했지만, 그래도 산산이 부서진 커다란 창문과 그 앞에 고인 검은 피웅덩이, 그리고 쓰러진 두 사람의 위병의 모습은 분명히 보였다.

아마 미니언의 것으로 추정되는, 이상한 냄새를 풍기는 피웅덩이 위에 위병들이 쓰러져 있었다. 두 사람 모두 숨은 붙어 있는 듯했지만 고통스럽게 신음하는 것은 부상 때문인 것일까? 아니면 독의 작용 때문인 것일까? 방에는 위병들 외에는 이스칸의 모습밖에 보이지 않았다.

"구드, 가이홀, 무슨 일이 있었던 거냐?!"

소리치며 다가가려고 하는 이스칸을 한 사람의 위병이 손을 들어 제지했다.

"사령관님, 이 녀석에게 닿으면 안 됩니다……."

다른 한 사람이, 아마도 통증보다 분함 때문에 얼굴을 일그러뜨리며 보고했다.

"두 분이 아래로 내려가고 잠시 뒤 창문이 부서지는 소리가 나서……, 안으로 들어오니 검은 괴물이……. 어떻게든 격퇴를 하려는 순간, 어느샌가 방에 암흑술사가 나타나 그 녀석이 저와 구드에게 환술을 걸어서……."

거기까지 말하고 헉헉거리며 거친 숨을 내쉬는 위병을 대신해 다른 위병이 설명을 이었다.

"저희들은 괴물의 독을 맞고 움직일 수 없게 되었고 술사는 침대에서 리제타 님을 안아 올리더니 괴물을 타고 창문을 통해 밖으로……. 저희들이 본 것은 거기까지입니다……."

"…………그렇군……."

고개를 끄덕이며 이스칸은 빠드득 이를 악물었다.

방의 오른쪽을 보자 벽 쪽에 부부의 것으로 보이는 2인용 침대와 그 안쪽에 작은 아기용 침대가 놓여 있었다. 아마도 리제타는 낮에는 밝은 햇빛이 들어오는 아기방에서 지내고, 밤에는 이곳에서 부부와 함께 잤던 모양이었다.

그렇게나 귀여운, 아직 태어난 지 석 달밖에 되지 않은 아기를 납치당했다. 너무나도 무서운 사건을 받아들일 수 없었던 로니에가 우두커니 서 있을 때, 파괴된 창문 저쪽의 테라스에서 셰이타와 키리토가 방으로 들어왔다.

"……찾을 수가 없어. 암소탐색술에도 반응이 없고."

셰이타가 작은 소리로 말하자 키리토도 고개를 저었다.

"나도 아무것도 감지하지 못했어……."

분하다는 듯 그렇게 말한 뒤 바닥에 쓰러져 있는 위병 두 사람에게 시선을 돌렸다. 오른손을 들어 보물고에서와 마찬가지로 엘레멘트를 생성시켰다. 그러나 이번에는 얼음 엘레멘트가 아니라 하얗게 빛나는 빛 엘레멘트였다. 숫자도 열 개 정도였지만 그것을 다시 반으로 나눠 위병들의 몸에 접촉시켰다.

따뜻한 빛이 두 사람을 감싸자 마치 그 빛에 증발되는 것처럼 바닥에 고여 있던 검은 액체의 대부분이 사라졌다. 위병들은 신기한 듯이 자신들의 몸을 쓰다듬기도 하고 심호흡을 하기도 하다가 벌떡 일어나 세이타와 이스칸을 향해 머리를 조아렸다.

"사령관님, 권관내사님. 책무를 다하지 못해 정말 어떻게 사죄를 드려야 할지 모르겠습니다."

"무슨 수를 써서라도 지켜야 했던 리제타 님을 빼앗기고 말았으니 저희들은 죽음으로써 그 죄를……."

그렇게 소리치는 두 사람의 어깨를 이스칸이 동시에 강하게 잡았다.

"그런 짓을 해도 리제타는 돌아오지 않아. 그보다 딸을 되찾는 데 힘을 빌려줘."

가슴속은 천 갈래 만 갈래로 찢어지겠지만, 그래도 억제된 목소리로 그렇게 말하며 권투사는 두 사람의 상체를 일으켜 세웠다.

"먼저 듣고 싶은 건 여기에 침입한 암흑술사의 겉모습이다. 그 녀석의 얼굴을 봤나? 목소리는?"

"그게……."

먼저 대답한 것은 구드라는 이름의 키가 큰 위병이었다.

"시커먼 두건을 눌러 쓰고 있어서 얼굴은 보이지 않았습니다……. 목소리도 남자인지 여자인지 명확하게는……."

"그렇군……."

이스칸은 입술을 깨물었고, 대신 키리토가 입을 열었다.

"그 술사가 창밖으로 나간 뒤 몇 분이나 지나서 우리가 들어왔지?"

그 질문에는 덩치가 좋은 가이홀이 대답했다.

"3분……. 아니, 기껏해야 2분 정도였던 것 같습니다……."

"2분……?"

의아한 표정을 지으며 키리토가 창밖의 밤하늘을 다시 쳐다보았다. 셰이타도 눈썹을 찡그리며 중얼거렸다.

"상처 입은 미니언을 타고 겨우 2분 만에 사라졌다고……?"

대도서실 사서의 암흑술 강의에서 얻은 지식으로는 미니언의 비행 속도는 사람이 달리는 것과 비슷한 정도였다. 이곳은 높이 500메르의 상공이었기에 어느 방향으로 날아가든 불과 2분 만에 완전히 모습을 감추는 것은 불가능하다고 생각했지만, 상대가 암흑술사라면 은신술 같은 것을 썼을지도 모른다. 하지만 키리토와 셰이타도 발견하지 못한 것을 로니에가 찾을 수 있을 리가 없었다.

무력감에 안타까워하면서 로니에는 방 안을 가로질러 아기용 침대에 다가갔다.

상자처럼 생긴 침대 안에는 당연히 아무도 없었지만 귀여운 공갈젖꼭지와 곰, 비룡 모양의 인형이 남아 있었고, 가슴이 찢어지는 듯한 느낌이 밀려들었다.

눈을 돌리려던 바로 그때.

비룡 인형 위에 무엇인가 기묘한 것이 떨어져 있는 것을 알아차리고 로니에는 손을 뻗었다.

그것은 동그랗게 만 뒤 붉은 끈으로 묶은 양피지였다. 아무리 보아도 아기의 장난감은 아니었다.

"저……, 침대 안에 이게……."

그렇게 말하며 내민 양피지를 이스칸이 번개 같은 속도로 낚아챘다.

튼튼해 보이는 끈을 손가락 끝으로 간단히 절단하고 펼쳤다. 다음 순간, 이스칸의 왼쪽 눈이 크게 벌어지더니 쉰 목소리로 신음을 흘리고는 비틀거리며 침대에 주저앉았다.

그 손에서 셰이타가 양피지를 빼앗았다. 기사의 얼굴에도 바로 경악의 빛이 번졌고, 강하게 입술을 깨물며 키리토에게 내밀었다.

받아든 키리토의 옆에서 로니에도 검은색 글자를 들여다보았다.

【2월 21일 일몰까지 인계통일회의 대표검사를 암흑계군 총사령관 암살 미수죄로 대투기장에서 공개처형하고 그 목을 인계에 돌려보내라. 그렇게 하지 않으면 죄 없는 아이의 목이 옵시디아 성에 보내질 것이다.】

"…………말도…………안 돼."

신음을 흘리며 로니에는 몇 번이나 머리를 흔들었다. 21일은 바로 오늘이었다. 처형 시한인 일몰까지는 앞으로 열서너 시간밖에 남아 있지 않았다.

곧바로 떠오른 생각은, 이스칸과 셰이타가 그런 짓을 할 리가 없다는 것이었다.

그렇지만 바로 두 사람이 사랑하는 딸의 목숨이 걸려 있다는 사실이 떠올랐다. 그보다 소중한 것이 지금 이 두 사람에게 있을까?

무의식적으로 로니에의 왼손이 움직여 왼쪽 허리에 닿았다. 그러나 그곳에 검은 없었다. 키리토와 마찬가지로 침실에 놓고 온 것이다.

게다가 만약 검을 차고 있었다고 해도……. 그리고 혹시라도 이스칸과 셰이타가 유괴범의 협박에 굴복한다 하더라도 두 사람과 싸울 수 있을까? 키리토와 로니에가 도망치면 리제타가 죽을 수밖에 없었다.

그 순진무구한 아이를 죽음으로 내모는 일은 절대 하고 싶지 않았다. 그렇다고 해서 키리토가 사형에 처해지는 일은 호위역으로서 허락할 수 없었다. 절대로.

과거 한 번도 경험해보지 못한 갈등 속에 로니에는 그저 멍하니 서 있을 수밖에 없었다. 양피지를 든 키리토의 얼굴을 쳐다보려 했지만 고개조차 움직이지 않았다.

"저……, 각하……."

벽 쪽에 동료와 나란히 서 있던 위병 구드가 조심스럽게 입을 열었다. 양피지의 내용이 궁금하겠지만 이스칸은 천천히 오른손을 들어 문 바깥쪽을 가리켰다.

"구드, 가이홀. 복도로 나가 아무도 안에 들이지 마라."

"넵……."

암흑계식 경례를 하고 두 사람의 위병은 문으로 향했다. 그러나 도중에 가이홀이 걸음을 멈추더니 몸을 돌렸다.

"저기, 한 가지 더 보고드릴 일이……."

네 사람이 일제히 쳐다보자 땅딸막한 위병은 짧은 목을 더욱 움츠리며 말을 이었다.

"대단한 것은 아닙니다만……, 암흑술사와 괴물이 창문으로 나가자마자 바로 무슨 기묘한 소리가 들렸던 것 같습니다."

"소리……? 무슨?"

셰이타의 물음에 가이홀은 적당한 단어를 찾는 것처럼 몇 번이나 입을 열었다 닫았다 한 뒤 대답했다.

"뭐라고 할까, 돌절구를 움직이는 것처럼 버걱버걱 하는 소리가……."

"돌절구라고……?"

이 성을 잘 알고 있는 이스칸도 짐작이 가는 것이 없는 모양이었다. 가이홀은 다시 경례를 하고 구드와 함께 방에서 나가면서 문을 닫았다.

숨 막히는 침묵으로 가득 찬 침실에 잠시 뒤 키리토의 목소리가 울렸다.

"……미안해. 이스칸, 셰이타 씨. 리제타가 납치된 건 내 책임이야……."

"……무슨 소리를 하는 거야? 네 녀석에게 책임 따윈 없어."

이러지도 저러지도 못할 심경이겠지만 이스칸은 침대에 앉은 채 키리토의 말을 부정했다.

"잘못한 건 리제의 경호를 소홀히 한 데다 멍청하게 양동작전에 걸려든 나야. 하지만……, 변명처럼 들리겠지만 암흑술사의 미니언은 이 높이까지 날 수 없어. 여기까지 날 수 있는 것은 암흑기사단의 비룡뿐이지. 그렇지만 녀석들은 뒤쪽 발착대 이외에는 다가오는 것이 금지되어 있어. 그러니 창문으로 침입해올 적은 있을 리 없다고 속단해버린 거야……."

무릎 위에서 강하게 깍지 낀 두 손이 우드득우드득 하는 소리를 내었다. 남편에게 다가간 셰이타가 그 위에 자신의 손을 가만히 놓았다.

"그렇다 하더라도 이 사태를 초래한 건 역시 나야."

오른손에 협박장을 든 채 다시 키리토가 말했다.

"로니에는 인계의 살인사건이 나를 옵시디아로 보내기 위한 함정일 수도 있다는 가능성을 제기했었어. 그렇지만 난 옵시디아까지 하루 만에 이동하면 어떤 음모도 불가능할 거라고 판단했었지. 그렇지만 리제타를 납치한 녀석들이 한 수 위였어……. 녀석들은 인계와 암흑계 양쪽에 동료가 있고, 거기에 기룡보다 빨리 연락하는 수단도 가지고 있었던 거야."

"기……룡? 그것을 사용하면 센트리아에서 옵시디아까지 하루 만에 이동할 수 있는 거야?"

셰이타의 말에 키리토가 끄덕였다.

"그래……. 조만간 제대로 보여줄게. 그렇지만 지금은 리제타의 일이 먼저야……."

양피지에 눈을 돌리며 한층 더 낮은 목소리로 말했다.

"……이 녀석들의 목적은 아마도 인계와 암흑계를 다시 한 번 싸우게 하는 것일 거야. 무시하면 틀림없이 협박을 실행하겠지. 나는 지금부터 리제타를 되찾기 위해 전력을 다하겠지만……, 만약 찾지 못하면 나를……."

"말하지 마!!"

처형하도록 해, 라고 말하려고 했던 키리토를 이스칸이 날카로운 목소리로 제지했다.

로니에는 예전에 키리토와 아스나에게 두 사람이 리얼월드에서 언더월드로 이동하는 구조에 대해 설명을 들은 적이 있었다.

두 사람은 리얼월드에 존재하는 ≪에스티엘≫이라는 신기비슷한 것에 누우면 영혼만이 언더월드로 이동된다고 했다. 그런 까닭에 언더월드에서 천명을 모두 잃는다고 해도 두 사람은 죽지 않는다고 했다. 영혼이 리얼월드로 돌아가 그곳에서 눈을 뜬다는 것이다.

지금 키리토는 그 사실을 생각하고 있을 것이다. 그렇지만 일단 리얼월드에 돌아가면 아마도 두 번 다시 언더월드로는 돌아올 수 없다――라고도 두 사람은 말했다. 그것은 로니에에게 있어서 키리토의 죽음이나 마찬가지였다. 당연히 키리토를 만나고 함께 시간을 보낸 모든 사람들에게도 마찬가지일 터였다. 인계는……. 아니, 언더월드는 아직도 그가 필요했다.

폭풍처럼 휘몰아치는 생각과 감정을 말로 할 수는 없었지만, 로니에는 키리토에게 한 걸음 다가가 검은 셔츠의 소맷자락을 꼬옥 쥐었다.

그 모습을 본 셰이타가 아주 조금이지만 입가에 미소를 지었다. 안심시키려는 듯 로니에에게 고개를 끄덕여 보이면서 억제된 목소리로 말했다.

"나는 일단 북쪽 마을 구역에 있는 암흑술사 길드 본부에 가서 이야기를 들어볼게. 이 방에 침입한 것은 틀림없이 현 길드에 소속되어 있지 않은 떠돌이 술사일 테지만, 미니언이 개량되었다면 그쪽에서 뭔가 알아낼 수 있을지 몰라."

"알았어……. 그렇다면 나도 같이 가지. 셰이타만 가면 술사 녀석들이 말을 얼버무릴지도 모르니까."

이스칸이 벌떡 일어나더니 침대 위에 있던 은관을 들고 머리 위에 썼다. 셰이타와 동시에 잠옷을 벗고 옷을 갈아입기 시작하는 바람에 로니에는 당황하여 눈을 돌렸다.

키리토는 다시 시선을 부서진 창문 쪽으로 향하고 있었다. 가볍게 입술을 깨물고 무엇인가를 생각하는 듯했지만 부부가 옷을 다 갈아입는 것과 동시에 그쪽으로 돌아보며 말했다.

"리제타를 납치한 술사와 미니언이 다시 다른 층을 통해 성안으로 돌아왔을 가능성은 없을까?"

얼굴을 찌푸린 이스칸이 낮게 신음했다.

"으음……. 지금 이 시간에는 창문이 모두 잠겨 있으니, 만약 외부에서 창문을 부수고 들어왔으면 각층 위병이 알아차렸을 거야. 하지만……, 만약 성에 내통자가 있으면 안에서 창문을 열어줬을 수도 있겠군……."

고개를 끄덕이며 셰이타가 단호한 목소리로 말을 덧붙였다.

"모든 병력을 동원해 성안을 샅샅이 수색하도록 하지."

"나랑 로니에가 그걸 도와줘도 될까?"

키리토가 이야기하자 이스칸은 주저하지 않고 고개를 끄덕였다.

“부탁한다. 미니언이 나타나면 네 녀석의 힘이 필요하니까. 이걸 가지고 가.”

책상의 작은 서랍을 열고 안에서 은색 목걸이를 꺼내 휙 하고 던졌다. 키리토가 한손으로 받아들자 자신의 머리에 쓴 은관을 오른쪽 엄지손가락으로 가리켰다.

“이건 군의 총사령관이라는 표식이고, 그건 그 대리라는 표식이야. 그걸 보여주고 내 이름을 대면 웬만한 억지는 통할 거야.”

“알았어, 고마워.”

문장이 들어간 은판이 달린 사슬을 키리토가 목에 걸자 이스칸이 큰 걸음으로 다가와 검사의 어깨를 강하게 쥐었다.

“——부탁한다.”

짧은 한 마디만을 남기고 셰이타와 함께 빠른 걸음으로 방을 나갔다. 문이 열렸다 닫혔고, 마치 그것을 기다렸다는 듯이 오전 4시의 종이 조용히 울렸다.

9

키리토와 로니에는 각자의 방으로 돌아가 잠옷에서 통상장비로 갈아입고 검을 찬 후 가장 먼저 49층부터 수색을 시작했다.

그렇다고 해도 모든 방의 문을 열며 돌아다니는 것은 아니었다. 강 건너편에서 셰이타가 있는 곳을 알아낼 수 있을 정도의 강대한 심의력을 가진 키리토는 문이나 벽 너머로도 사람이나 괴물의 존재를 알아차릴 수 있으므로 각 층의 중심부에서 잠깐 집중하는 것만으로도 충분했다.

위병이 노려볼 때마다 가슴의 문장판(文章板)을 보여주고 층에서 층으로 이동하며 수색을 계속한 지 두 시간.

드디어 옵시디아 성의 최하층인 지하 3층 대저장고에 도착한 키리토는, 십자 형태의 통로 중앙에서 잠시 눈을 감았다가――천천히 고개를 저었다.

"틀렸어……. 여기에도 없어."

깊은 한숨을 쉬며 검은 바위벽에 등을 기댔다. 저장고에는 사람이 아무도 없었고, 조용한 통로에는 광석 칸델라의 빛만 희미하게 흔들리고 있었다.

생각에 잠긴 듯한 키리토에게 로니에는 조심스럽게 물었다.

"그럼 역시 성안이 아니라 밖으로 도망쳤다……는 걸까요?"

"응……. ――하지만 그렇다면 상처를 입은 미니언이 겨우 2분 만에 3킬로르 이상이나 날았다는 말이 되는데……."

“사, 3킬로르……? 선배의 감지력은 그렇게 멀리까지 닿는 거예요……?”

“대상에 따라 다르지만 주변이 아무것도 없는 하늘이고 상대가 미니언 정도의 크기라면 확실히 알 수 있어. 분속 1.5킬로르라는 것은 시속 90킬로르라는 건데……. 그렇게 엄청난 속도로 날 수 있는 미니언이 존재한다고는 보기는 어려워.”

“거의 비룡과 비슷한 정도네요……. 역시 암흑기사단의 용기사가 협력했다……는 걸까요?”

로니에가 목소리를 죽여 묻자 키리토는 다시 머리를 좌우로 흔들었다.

“상대가 비룡이라면 10킬로르 떨어져 있더라도 감지할 수 있어. 2분 만에 그렇게 날 수 있는 비룡은 없지. 기룡이라면 몰라도…….”

거기서 말을 끊고 “혹시?” 하고 중얼거렸지만 곧바로 부정했다.

“아니야……. 기룡을 사용했다면 엄청난 굉음이 들렸을 거야. 절대 ≪돌절구≫ 같은 정도가 아니라……. ──그보다 돌절구 같은 소리라는 건 대체 뭐지……?”

그 말을 듣고 로니에도 열심히 생각했지만 아무것도 떠오르지 않았다.

대신 떠오르는 것은 품 안에서 열심히 밀크를 먹는 리제타의 체온과 식사 자리에서 들었던 웃음소리였다. 로니에가 북받치는 감정을 힘겹게 참아내고 있을 때, 키리토가 조용히 말했다.

"리제타는 두 세계를 이어주는 희망이야. 그 아이가 죽는 일은 절대 일어나선 안 돼……."

그 목소리에 배어 있는 깊은 우려감 속에 일종의 결의가 느껴지는 것 같아 로니에는 숨을 멈추었다.

바위벽에 기댄 채 고개를 숙인 키리토의 얼굴은 그늘에 가려 보이지 않았다. 그러나 로니에는 자기도 모르게 다가가 키리토의 양쪽 어깨를 꼭 잡았다.

"……안 돼요, 선배. 키리토 선배가 희생되어선 절대로 안 돼요."

잠시 침묵이 이어진 뒤, 키리토가 조용히 대답했다.

"예전에도 말했지? 혹시 이쪽 세계에서 죽더라도 난 사실은 죽는 게 아니야. 그렇다면 리제타가 아닌 내가……."

죽는 게 옳다는 말을 로니에는 비명처럼 들리는 목소리로 가로막았다.

"안 돼요! 그런 건 상관없어요……. 선배와 두 번 다시 만날 수 없다니, 절대로, 절대로 싫어요……!!"

키리토의 가슴에 얼굴을 힘껏 묻었다. 은의 문장판이 이마에 파고들었지만, 그런 통증 따윈 가슴을 도려내는 듯한 고통에 비하면 아무것도 아니었다.

"전 평생 선배의 보좌연사로 있을 거예요. 영원히 선배의 곁을 지키기로 결심했다고요. 그 이상은 아무것도 바라지 않아요……. 그렇지만 선배가 자신을 희생하겠다면 저도 함께 하겠어요. 함께 처형당하겠어요!"

자신을 인질로 삼는 것과 마찬가지인 치사한 말이라는 자각은 있었다. 그러나 동시에 그것은 로니에의 거짓 없는 본심이었다.

"……로니에……."

고뇌로 가득 찬, 낮고 갈라진 목소리로 이름을 부르더니 키리토는 두 손을 들어 로니에의 어깨 위에 놓았다.

키리토가 마음만 먹으면 로니에를 이틀이든 사흘이든——, 모든 것이 끝날 때까지 완전히 구속하거나 혼절시키는 것도 가능하리라. 하지만 그런 일에는 의미가 없었다. 눈을 떴을 때 키리토가 처형되었다면 바로 뒤를 따를 뿐이다.

그러나 키리토는 오른손을 로니에 머리에 얹더니, 부드럽게 머리카락을 어루만지며 속삭였다.

"……고마워, 로니에. 나는 포기하지 않아. 반드시 리제타를 구해낼 거야……. 그리고 로니에와 함께 커시드럴로 돌아갈 거야. 그곳이 우리들의 집이니까 말이야……."

그 말을 듣는 순간 로니에의 두 눈에서 눈물이 흘러넘쳤다. 울음소리가 나올 것 같았지만 필사적으로 참으며 고개를 끄덕였다.

"…………네. ……네……."

겨우 그렇게 말하고 로니에는 한 층 더 강하게 키리토의 품에 파고들었다. 키리토도 로니에가 안정을 찾을 때까지 계속 머리를 쓰다듬었다.

10분 뒤, 아침 6시 종소리를 들으며 지상 1층의 대회의실로 올라가자 마침 셰이타와 이스칸이 암흑술사 길드 본부에서

돌아오는 참이었다.

바로 합류하여 이야기를 들었지만 유감스럽게도 유괴범과 직접 관계가 있는 정보는 얻지 못했다고 했다.

"술사 길드 본부는 이계전쟁에서 행방불명이 된 술사의 행방도 파악 못 하고 있고, 미니언의 개량 실험도 한 적이 없는 모양이야. 총사령관으로서 질문한 것이니까 힘의 규약이 있는 이상 술사 녀석들이 거짓말을 했을 리는 없어."

이스칸의 말에 세이타도 침울한 표정으로 끄덕이며 말을 덧붙였다.

"단지 한 가지……. 한 달 전쯤 길드가 관리하고 있는 점토 채취지에서 자루에 넣어두었던 최고 품질의 점토가 대량으로 사라졌다는 듯해."

"대량이라고 하면……, 구체적으로는?"

키리토가 묻자 이스칸이 고통스러운 표정으로 대답했다.

"정확하게 미니언 세 마리 분량이라더군. 녀석들은 그 사건을 내부에서 처리하고 5족회의에는 보고를 하지 않았어……. 그걸 사전에 들었더라도 오늘 습격은 예상 못 했겠지만……."

"한 달 전이라……. 역시 인계의 사건과 연동되어 있을 거야……."

중얼거리는 키리토에게 이번에는 이스칸이 물었다.

"이미 위병으로부터 보고는 받았지만……, 너희들 쪽은 어땠는데?"

"그게……. 최상층부터 최하층 저장고까지 모든 층을 탐색해봤지만 미니언도 리제타도 찾지 못했어. 만에 하나 이스칸과 셰이타가 모르는 비밀의 방이 있다 해도……. 공간의 연속성이 완전히 절단된 곳에 숨어 있지 않는 한, 내 탐지를 회피할 수는 없었을 텐데 말이야.”

“네 녀석이 그렇다면 그런 것이겠지……. 그럼 이미 어딘가 멀리 도망쳤다는 건가……?”

이스칸이 은관을 쓴 머리를 쥐어뜯었다. 그 손을 셰이타가 살며시 잡더니 두 손으로 감쌌다.

조용해진 대회의실에 성의 정문이 닫히는 소리가 무겁게 울렸다.

문 본체뿐 아니라 경첩 주위도 모두 흑요석을 깎은 듯 엄청난 중량의 광물이 서로 스치는 소리는 독특했다. 마치 멀리서 천둥이 치는 듯한 그 소리를, 얼마 전에도 어디에선가 들은 것 같아 로니에는 기억을 더듬었다.

그건……, 맞아. 센트럴 커시드럴에서 기룡 1호기의 비행 실험을 할 때. 커시드럴의 천장에 부딪힐 뻔한 기룡을 구하기 위해 아스나가 스테이시아 신의 힘을 발휘해 커시드럴의 95층부터 윗부분을 옆으로 옮길 때였다. 거대한 대리석이 서로 스치면서 정확히 그런 소리가 들렸다.

바위와 바위가……, 스치는 소리. 마치 돌절구 같은 소리.

“……저기! 셰이타 님…….”

상위 정합기사의 바로 앞까지 달려가 로니에는 다급하게 물었다.

“셰이타 님과 이스칸 님의 침실 근처에 저 커다란 문과 같은, 거대한 흑요석 문은 없는지요?”

"흑요석 문……? ――아니, 근처의 문은 모두 목제이고 바깥의 창문 테두리는 철제인데?"
"그럼 바위와 바위가 서로 스치는 구조물 같은 건요……?"
그 말을 듣고 키리토도 입을 열었다.
"위병들이 들은 돌절구 소리……! 확실히 성 외벽에 숨겨진 문 같은 것이 있다면 그런 소리가 나겠어……. 하지만……."
"단순히 숨겨진 문이라면, 키리토의 코를 속일 수는 없었을……테지?"
키리토에 이어 이스칸이 팔짱을 낀 채 중얼거렸다.
"……게다가 우리 침실 근처에 그런 문이 있다는 이야기는 들은 적이 없어. 애당초 외벽에 숨겨진 문 같은 것을 만든다 한들 누가 사용하겠어? 하늘을 날아다니는 녀석들 외에는 말이야."
"숨겨진 문……이 아니라면……?"
작은 소리로 그렇게 말하고 키리토는 시선을 대회의실 천장으로 향했다.
"이스칸, 네가 말했었지? 지금의 최상층인 49층 위에 진짜 최상층이 있다고."
총사령관과 전관대사가 동시에 헉 하고 숨을 들이마셨다.
"오……, 50층 말이야……? 하, 하지만 그곳은 단단히 봉인되어 있고 사슬도 끊겨져 있지 않은 것을 위병들이 이미 확인했어."
"외벽 쪽은? 50층에는 창문이 하나도 없는 거야?"
"…………아니……. ……그게……, 확실히……."

이스칸이 어색한 동작으로 고개를 옆으로 갸웃거렸다.

"……벡터가 내려와 당시 암흑계 십후가 모였을 때는 분명 커다란 창이 있었어. 그렇지만 지금은……, 밖에서 보면 49층 위로는 바위만 보일 뿐 창 같은 것은 하나도……."

"아마 닫힌 걸 거야."

키리토가 확신에 찬 목소리로 말했다.

"벡터가 죽은 뒤 봉인의 사슬이 부활하면서 외벽의 바위가 움직여 창문도 전부 봉쇄된 거야. 그래서 공간이 완전히 분리된 거지. 위병들이 들은 돌절구 소리는 그 바위가 다시 한 번 움직인 소리였을 테고."

"하지만……, 하지만 말야……"

적동색 피부가 창백해진 이스칸이 속삭이듯 말했다.

"50층 봉인을 풀 수 있는 건 황제 벡터뿐이라고…………. 그렇다면 리제를 유괴한 건…………."

그 다음 말을 입에 담기가 두려운 듯 권투사 우두머리는 이를 악물었다.

전율로 가득한 침묵을 셰이타의 단호한 목소리가 깨뜨렸다.

"가도록 하죠. 50층에."

바로 키리토가 고개를 끄덕였다.

"그래……. 문을 조사하면 뭔가 알 수 있을지 몰라."

이스칸도 두려움을 떨치려는 듯 고개를 힘차게 끄덕였다.

네 사람은 다시 성의 최상층까지 쉬지 않고 달렸다. 두 번째라 요령이 생긴 것인지 로니에도 이번에는 숨을 헐떡이지 않고 따라올 수가 있었다.

49층에서 일단 멈춰 서서 위로 이어지는 계단을 살폈다. 성의 온수 및 난방이 연결되어 있지 않아서인지 혹은 다른 이유가 있는 것인지, 어두침침한 계단에서는 냉기가 끊임없이 흘러나와 로니에의 다리에 엉겨 붙었다.

"……가자."

이스칸이 짧게 선언하더니 계단에 발을 올렸다. 세 사람도 뒤를 따랐다.

겨우 한 층이었지만 왠지 1층부터 49층까지보다 길게 느껴지는 계단을 다 오르자 전방에 양쪽으로 여는 검은 문이 보였다. 들은 대로 좌우의 문에는 굵기가 10센 이상이나 되는 거대한 사슬이 감겨 있었다. 사슬은 단단하게 감겨 있었고 늘어진 부분은 거의 없었다.

커다란 문의 앞에 있는 짧은 복도를 천천히 걸어간 이스칸은 회색 사슬에 오른손을 대어보더니 "차갑군" 하고 중얼거리며 손을 떼었다. 그러나 다시 한 번 손을 뻗었고 이번에는 강하게 사슬을 쥐었다. 자세를 낮추고 기합과 함께 잡아당겼지만 사슬은 희미한 금속음을 낼 뿐 꿈쩍도 하지 않았다.

"……역시 봉인은 풀리지 않았어……."

사슬에서 뗀 오른손을 검은 문에 대고, 이어서 왼손과 오른쪽 귀도 문에 대었다.

"아무것도 안 들려……. ——하지만 리제가 성안에 있다면 여기밖에는 있을 곳이 없어……."

몇 걸음 물러난 권투사는 천천히 몸을 낮추더니 권격 자세를 취했다.

단단히 틀어쥔 오른손에 붉은 화염이 깃들었다. 차가운 공기가 찌릿찌릿 떨리기 시작하자 로니에는 자기도 모르게 몇 걸음 뒤로 물러섰다.

맨주먹으로 봉인의 사슬을 부술 생각인 건가……, 하고 생각한 바로 그 순간, 키리토가 앞으로 나섰다.

권투사 우두머리의 엄청난 투기에 움츠러든 기색도 없이 다가가더니 왼쪽 어깨에 손을 얹었다.

"내가 할게, 이스칸."

"아니……, 내가 하게 해줘."

"네 주먹은 미니언이나 유괴범과 싸울 때를 위해 아껴둬. 게다가 나는 이런 일이 특기거든."

긴장이라고는 전혀 느껴지지 않는 키리토의 말에 이스칸은 휴우 하고 길게 숨을 내쉬더니 자세를 풀고 돌아보았다.

"하여튼, 여전히 이기적인 녀석이라니까. 알겠다……. 여긴 맡기지."

쓴웃음을 지으며 아내 옆으로 물러섰다.

대신 사슬 앞에 선 키리토는 오른손을 펼쳐 둔하게 빛나는 사슬에 대고 신중하게 쓰다듬었다. 그 동작을 몇 번인가 반복한 뒤, 사슬 중앙 부분의 한 점을 집게손가락으로 계속 문질렀다.

"여기에……, 눈에 보이지 않을 만큼 얕긴 하지만 확실히 손상된 자국이 있네. 이건 셰이타 씨가?"

키리토가 돌아보지도 않고 한 말에 상위 정합기사는 천천히 고개를 끄덕였다.

"그래. 전에도 말했지만, 흑백합검이었다면 베었을 거야."
"그렇겠지. ……이 손상된 자국을 이용하도록 할게."
고개를 끄덕이며 사슬에서 손을 떼고 세 걸음 정도 물러서더니 키리토는 드디어 왼쪽 허리의 검을 잡았다.
샤링 하는 차가운 소리와 함께 뽑은 검을 보고 이스카과 세이타가 희미하게 탄식했다.
신기 ≪밤하늘검≫의 도신은 금속이 아니라 약간의 투명감이 느껴지는 칠흑의 소재로 이루어져 있었다. 옵시디아 성을 형성하고 있는 흑요석과 비슷하게 보였지만, 젖은 듯이 매끄러운 동시에 엄청난 중량을 느끼게 하는 그것은 놀란가르스 제국 북쪽 숲에 우뚝 서 있던 거대한 삼나무의 가지였다고 한다. 지금은 센트럴 커시드럴의 공창장으로 취임한 사드레 씨가 1년이라는 시간과 여섯 개의 숫돌을 소비해 가지를 갈아 장검으로 만들었고, 그 검으로 키리토는 몇 명인가의 정합기사를 베고 원로장 튜델킨과 최고사제 어드미니스트레이터를 쓰러뜨렸으며 결국 암흑계의 황제 벡터까지도 베었다. 그야말로 세계를 구한 전설의 검이라 할 수 있었다.
그러나 아무리 검의 우선도가 높다고 해도 그것만으로는 봉인의 사슬을 벨 수 없다.
틀림없이 사슬은 센트럴 커시드럴의 외벽이나 중앙도시 센트리아를 네 등분하는 불후의 벽과 마찬가지로 ≪파괴불능속성≫을 가지고 있을 것이다. 신과 같은 힘을 가진 아스나조차도 커시드럴의 벽을 움직이게 할 수는 있어도 파괴는 하지 못한다.

사슬을 절단할 수 있는 것은 검사의 기술이나 검의 우선도가 아니라, ≪세상의 섭리≫를 다시 쓰는 기적의 힘——심의력뿐.

키리토는 다시 세 걸음 정도 물러서더니 왼손을 앞으로 뻗고 밤하늘검을 쥔 오른손을 어깨 뒤쪽까지 당겼다. 앞뒤로 벌린 두 발로 바닥을 단단히 딛고 크게 숨을 들이마시더니, 그대로 멈추었다.

전통적인 유파에는 없는 자세를 취한 키리토의 몸이 붉은 빛에 물들었다. 발끝에서 소용돌이가 일어나 로니에의 얼굴을 때렸지만, 그녀는 얼굴을 돌리지 않고 필사적으로 참았다.

잠시 뒤, 붉은 빛은 오른손의 검에 집중되었고 칠흑의 도신이 진홍색으로 번뜩였다. 초겨울의 삭풍 같은 진동음이 들리는가 싶더니 점차 음량이 늘어났고, 이윽고 비룡의 울음소리를 연상시키는 금속질의 굉음으로 변했다. 공기가 찌릿찌릿 떨리고, 흑요석으로 된 바닥과 벽이 작게 흔들렸다.

"어……, 엄청나군……!"

이스칸이 신음했고,

"이것이……, 키리토의 심의……."

세이타에게서도 놀란 목소리가 새어나왔다.

갑자기 간소한 검은 바지와 재킷만 몸에 걸친 키리토의 모습이, 미쳐 날뛰는 광풍 속의 등불처럼 흔들리면서 바뀌는 듯한——, 느낌이 들었다. 격렬하게 펄럭인 것은 검은 가죽으로 만든 긴 외투 자락인 건가? 오른쪽 가슴과 양쪽 어깨에서 강철 방어구가 둔하게 빛났다.

"으아압!!"

짧은 기합소리를 내며 키리토가 바닥을 찼다.

오른손의 검이 심의력 전부를 싣고 일직선으로 뻗어나갔다. 굉음이 극한까지 높아지면서 좌우의 벽에 작은 균열이 일어났다.

사슬까지의 거리는 약 5메르. 분명히 서리 바깥이었다. 그러나 마치 검 자체가 늘어난 것처럼 하나의 창이 되어 발사된 진홍색 빛은 봉인의 사슬 중앙의 한 점을 관통했다.

소리가 사라지고, 빛이 사라지고, 바람이 사라지고, 키리토의 모습이 원래대로 돌아왔다.

정적 속에서, 봉인의 사슬은 한가운데가 소리도 없이 둘로 갈라진 채 힘없이 늘어져 있었다. 중후한 문이 몸을 떠는 것처럼――, 혹은 문으로서 소생한 것처럼 잠깐이지만 무겁게 울렸다.

키리토는 털썩 바닥에 무릎을 꿇었고 로니에는 서둘러 달려갔다.

"선배!"

왼쪽 가슴 아래쪽으로 자신의 팔을 넣어 부축해 일으켰다. 바로 셰이타와 이스칸도 다가왔다.

"어이, 키리토! 괜찮은 거야?"

이스칸의 목소리에 키리토는 왼손을 들어 올리며 대답했다.

"그래……. 금방 회복될 거야. 그보다 빨리 문을……. 시스템, 아니 세계의 섭리에 이상이 생긴 걸 알게 되면 사슬이 수복될 거야."

"알았어."

고개를 끄덕인 셰이타가 문에 다가가 무시무시한 조각이 새겨진 흑요석 판에 두 손을 대었다. 쿠구궁 하는 소리와 함께 조금이지만 안쪽으로 움직였다.

"……열려."

돌아보는 셰이타에게 키리토가 갈라진 목소리로 지시했다.

"두 사람 모두 서둘러! 안에 유괴범이 있다면 이미 문이 열린 사실을 알아차렸을 거야……. 나도 바로 따라갈게!"

"그……, 그래!"

고개를 끄덕인 이스칸이 거대한 문을 오른발 발차기로 열어젖혔다. 그 안쪽에도 통로는 이어져 있었지만 로니에 일행이 있는 장소와는 질감이 다른 암흑으로 차 있었고, 얼어붙을 듯한 냉기가 흘러나왔다.

그러나 리제타의 부모는 조금의 주저함도 없이 통로로 뛰어들었다. 어둠 속으로 두 사람의 뒷모습이 사라지고 몇 초 뒤 키리토가 기합과 함께 일어서면서 로니에를 쳐다보았다.

"우리도 가자."

키리토가 걱정되는 마음을 억누르며 로니에도 끄덕였다.

"……네!"

돌입하기 전에 계단 아래쪽을 수색 중인 위병들을 불러야 하지 않을까 하는 생각도 했지만, 키리토가 말하는 대로 일각을 다투는 상황이었다. 그리고 적이 고위 암흑술사라면 술식에 대한 내성이 적은 검사였던 위병들이 오히려 방해가 될 위험도 있었다.

적어도 이것만큼은, 하고 허리의 휴대용 주머니에서 영약이 든 작은 병을 꺼내 뚜껑을 열고 키리토에게 건넸다. 쓰고 시큼한 맛에 얼굴을 찡그리면서도 단숨에 마신 키리토는 조금 혈색이 돌아온 얼굴로 "고마워" 하고 감사를 표한 뒤 로니에와 함께 문을 통과해 어두운 통로로 들어갔다.

마치 투명한 막을 빠져나가는 듯한 감각이었다. 온수 난방이 전혀 기능하지 않는 것인지 입김이 하얗게 나올 정도의 냉기가 온몸을 찔렀지만, 곧바로 희미하게 들려온 목소리가 로니에로 하여금 추위도 공포도 잊어버리게 만들었다.

그것은 분명 어린 아기의 울음소리였다.

"…………!"

키리토와 시선을 교환하고 달리기 시작했다.

통로는 앞에서 왼쪽으로 꺾여 있었다. 그곳을 돌자 앞쪽에 두 번째 문이 보였다. 울음소리는 열려 있는 그 문 저편에서 들려오고 있었다.

정신없이 뛰어들고 보니 그곳은 거대한 공간이었다.

바닥은 검붉은 색깔의 융단. 그 양쪽으로는 추악한 괴물이 조각된 원기둥. 벽에는 창백한 빛을 내는 광석 칸델라. 그리고 정면은 두 단 정도 높았고, 그 중앙에 호화로운 의자가 놓여 있었다. 황제 벡터가 내려왔다고 하는 옥좌가 분명했다.

방의 중앙에 나란히 서 있는 이스칸과 셰이타. 그 앞쪽에 날개를 펼친 채 서 있는 검은색 괴물――미니언이 있었다.

그리고 옥좌 옆에 그림자 같이 보이는 누군가의 모습이 있었다.

검은 후드가 달린 로브를 걸치고 있었지만 로브의 끝자락이 연기처럼 뿌옇게 보여 정확한 모습이 보이지 않았다. 가느다란 몸이었지만 상당한 장신. 오른손에는 매서운 보라색으로 빛나는 단검을 쥐고 있었고 그 끝을 왼팔로 안은 아기에게 들이대고 있었다.

얼굴을 찡그리고 우는 리제타의 목소리는 연약했다. 이런 추위 속에 두 시간 이상이나 있었으니 천명이 상당히 줄었을 것이다. 지금 바로 구하지 않으면, 하고 생각했지만 이 상황에서는 함부로 움직일 수 없었다. 셰이타와 이스칸의 뒷모습에서도 분노와 초조함이 전해지고 있었다.

검은색 로브를 걸친 유괴범이 후드 안쪽의 어둠에서 로니에와 키리토에게 시선을 던졌다——는 느낌이 들었다. 직후 어떤 종류의 짐승이나 새가 억지로 인간의 말을 하는 듯한 기괴한 목소리가 울렸다.

"……그렇군. 봉인의 사슬을 벤 건 인계 대표검사님이었나. 소문 이상으로 귀찮은 분이로군……."

그 목소리에서 나이나 인종 등은 알아낼 수 없었다. 그러나 딱 한 가지, 분명하게 느낄 수 있는 것이 있었다.

"네놈은……, 남자인가! 그렇다는 건 암흑술사가 아니라는 거군!!"

이스칸이 소리치자 유괴범은 슈우슈우 하는 기괴한 웃음소리를 내었다.

"인계의 신성술사에는 남자도 있다고 하던걸요? 그렇다면 남자도 암흑술사가 될 수 있지 않을까요?"

"……아니, 그 독검은 본 기억이 있어……. 네놈은 암살자 길드 소속이지?!"

"글쎄요……. 이런 검은 누구나 사용할 수 있지 않나요? 당신이 권투사단에서 쫓아낸 권투사일지도 모르는 일이죠……."

재차 놀리는 듯 웃던 유괴범이 갑자기 사람이 달라진 것처럼 싸늘한 목소리로 말했다.

"이야기는 끝이다. 이렇게 된 이상 공개처형은 포기할 수밖에 없겠지만 대표검사의 목만큼은 받아가기로 하지. 전권대사, 당신의 특기인 손날로 지금 당장 대표검사의 목을 베어라. 그러지 않으면 딸의 목숨은 없다."

검은 로브에서 뻗은 회색의 오른손이 단검을 리제타의 얼굴에 갖다 대었다.

이스칸과 셰이타의 등이 삐걱댈 정도로 굳었다.

그 순간――.

채앵! 하는 날카로운 소리가 울리며 독검의 끝이 크게 튕겨나갔다. 리제타의 온몸을 하얀 빛이 원이 되어 감싸고 있었다. 유괴범은 아기를 떨어뜨릴 뻔했지만 바로 빛의 원째로 다시 안았다.

리제타 자신이 무언가를 한 것은 아니었다. 로니에의 옆에서 왕좌 방향으로 똑바로 뻗은 키리토의 오른손이 같은 색의 빛을 발하고 있었다. 심의장벽으로 아기를 보호하고 있는 것이었다.

"셰이타! 이스칸!"

고통스러운 목소리로 키리토가 소리쳤다.

"오래는 못 버텨! 리제타를……!"

"그래!!"

소리치는 이스칸의 온몸에서 타오르는 화염을 닮은 빛이 뿜어져 나왔다.

동시에 검은 로브의 남자가 기괴한 소리를 발했다. 그에 반응해 미니언이 움직이기 시작했다.

"부슈슛!"

괴물의 포효를, 권투사의 포효가 지웠다.

"우라아아아아아————!!"

이스칸이 맹렬하게 돌진하여 화염이 깃든 주먹을 미니언의 배에 내리쳤다. 괴물의 거체가 굽어지면서 배에서부터 사지로 물결이 치듯이 부풀어 올랐고——.

액체를 가득 채운 가죽주머니가 터지듯이 퍼억 하고 검은 피를 대량으로 뿜으며 폭발했다. 독이 포함된 혈액을 이스칸은 두 팔을 교차시켜 온몸으로 받았다.

직후 이스칸의 뒤쪽에서 날렵한 그림자가 튀어나왔다. 독혈의 직격을 피한 세이타는 회색이 가물거릴 정도의 속도로 왕좌에 돌격했고,

"…………!!"

무음의 기합소리와 함께 왼쪽 손날이 번뜩였다.

보라색 단검을 쥔 유괴범의 오른팔이 어깻죽지부터 절단되어 바닥에 떨어졌다. 리제타를 안고 있던 왼쪽 팔도 자르기 위해 세이타가 오른손을 들어올렸다.

——그러나.

검은 후드 안쪽, 입이 있는 위치에서 무언가가 작게 빛났다.

바람총이었다.

셰이타는 재빨리 왼손을 들어 화살을 막았지만 가녀린 몸이 중심을 잃고 기울었다.

빛의 원으로 보호받는 리제타를 다시 단단히 붙들고 검은 로브의 남자는 미끄러지듯 옥좌 왼쪽으로 달렸다. 그러나 그쪽은 검은 벽이 있을 뿐 어디에도 도망칠 곳은 없었다.

아니야…….

머릿속에서 몇 가지 생각이 번뜩이다 그것이 형태가 된 순간, 로니에는 검을 뽑아들고 달리기 시작했다.

저쪽에서는 검은 로브를 펄럭이며 유괴범이 벽을 향해 돌진하고 있었다. 그의 가슴팍에서는 커다란 알갱이의 보석이 선명한 붉은 빛을 뿜고 있었다.

벽의 일부에 같은 색의 빛이 솟구쳤다. 사각형으로 만들어진 흑요석 벽이 무거운 바위가 스치는 듯한……, 돌절구 같은 소리를 울리며 올라가기 시작했다.

조금 전까지 없었던 창문을 향해 리제타를 껴안은 유괴범이 몸을 날렸다.

유괴범과의 거리는 10메르 이상. 로니에의 각력으로는 한 번의 도약으로 좁힐 수 있는 거리가 아니었다.

그러나 좁혀야 했다. 좁히지 않으면 안 되었다.

"이야아아아앗———!!"

몸속 깊은 곳에서 최대한의 기합을 내며 로니에는 바닥을 찼다.

오른손의 검을 들어올렸다. 극도로 정밀하게 결정한 위치와 각도에 일체화한 팔과 검이 정확하게 들어간 그 순간, 도신에서 눈부신 하늘색 빛이 뿜어져 나왔다.

로니에의 몸이 보이지 않는 손이 밀어주는 것처럼 가속되었다. 공중에 창백한 궤적을 그리며 10메르의 거리를 단숨에 좁혔다.

아인크라드류 고속돌진기 ≪소닉 리프≫.

신성어로 ≪음속의 도약≫이라는 의미를 가진, 키리토가 직접 전해준 비검이 유괴범의 왼쪽 팔을 어깨 부근부터 베어 떨어뜨렸다.

직후, 키리토의 심의장벽이 소멸되었고 리제타가 공중에서 떨어졌다.

양팔을 잃은 검은 로브의 남자는 대량의 피를 흘리면서도 발을 멈추지 않았고 창문을 향해 도약했다.

다시 한 번 검기를 발동한다면 유괴범을 벨 수 있었을지도 모른다. 그러나 로니에는 멈춰 서서 리제타를 받는 쪽을 선택했다.

유괴범이 머리부터 창문을 향해 뛰어들었다. 그러자 아침햇살에 녹은 것처럼 그 모습이 사라졌다.

그와 동시에 로니에는 왼손으로 안전하게 리제타의 몸을 받은 뒤 가슴에 꼬옥 품었다. 쪼그리고 앉아 검을 바닥에 놓고 희미한 울음소리를 내는 아기의 몸을 데우기 위해 양팔로 감쌌다.

"……리제, 무서웠지? 이제 괜찮아……. 이제 괜찮아……."

뺨을 비비며 열심히 속삭이자 울음소리는 점점 잦아들었고 작은 손이 로니에의 뺨에 닿았다. 왼쪽에서 다시 창문이 닫히는 소리가 울렸다.

누군가 등을 건드릴 때까지, 로니에는 필사적으로 아기를 끌어안고 있었다.

10

100명의 위병이 한나절이나 수색했음에도 불구하고 유괴범의 사체는 발견되지 않았다.

500메르 가까운 높이에서 양팔을 잃은 상태로 뛰어내렸으니 살아 있을 리는 없었지만, 이스칸도 셰이타도, 그리고 키리토 역시 이것으로 사건이 끝났다고 낙관할 생각은 없는 모양이었다.

성내의 사후처리가 겨우 끝난 오후 4시, 창문이 수리된 아기방에 네 사람은 다시 모였다.

셰이타의 품 안에서는 리제타가 이미 사건에 대한 것은 모두 잊은 듯 힘차게 밀크를 마시고 있었다. 성내의 의사와, 고위 술사이기도 한 셰이타 자신의 손으로 독과 암흑술의 영향이 없는지 세밀하게 확인한 결과, 다행히 아무 문제도 없었다고 했다.

그러나 한편으로는, 유괴범에 대해서도 아무것도 모르는 것이나 마찬가지였다. 최대의 수수께끼인 황제 벡터 외에는 조작할 수 없는 50층의 창을 연 방법도 모르는 상태였다.

"……전혀 관계가 없을지도 모르지만……"

인계에는 존재하지 않는, 약간 사과향 비슷한 향기가 나는 차를 마시며 로니에가 입을 열었다.

"그 남자가 창문을 열려고 했을 때 가슴에 걸고 있었던 커다란 보석이 붉게 반짝였어요."

"붉은 보석……?"

키리토가 중얼거리자 셰이타도 동시에 고개를 갸웃거렸다. 두 사람 모두 짚이는 게 없는 듯했다.

그러나 큼직하게 자른 나무열매 파이를 먹으려고 하던 이스칸이 눈썹을 찡그리며 중얼거렸다.

"붉게 빛나는 보석이라……. 색깔이 어땠는지 기억나? 로니에 양?"

권투사단 단장에게 이름을 불린 것은 이번이 처음이라는 생각을 하며 로니에는 대답했다.

"그러니까, 그다지 밝지 않은……, 석양이나 피를 연상시키는 어두운 색이었어요."

"피의 색…………. ——아니, 설마……."

"이봐, 이스칸! '설마'로 끝내는 건 반칙이라고!"

키리토가 끼어들자,

"반칙이라는 건 뭔데……?"

의아한 표정을 지으면서도 이스칸은 설명했다.

"이계전쟁 전 내려온 황제 벡터의 왕관에도 그런 느낌의 돌이 달려 있었어. 녀석이 몸에 지니고 있던 보석이라고는 그것뿐이라 왠지 기억에 남는군."

"벡터의 왕관……? 그렇다면 정말 설마가 맞겠군. 그 남자는 이곳에서 몇 천 킬로르나 남쪽에 있는 바위산에서 기사장 베르쿨리와 함께 한 차례 죽었어. 그 뒤에 부활했을 때는 물론 그런 왕관은 쓰고 있지 않았고. 그런 만큼 처음 장비는 전부 바위산에서 소멸했을 거야."

"하지만 그곳을 직접 본 건 아니지?"
이스칸의 지적에 키리토는 "그렇지……" 하고 고개를 끄덕였다.
당시 키리토는 마음을 닫은 상태였다. 기사장 베르쿨리와 황제 벡터가 대결했던 곳에 있었던 것은 앨리스 뿐이었지만, 그녀는 이미 언더월드의 어느 곳에도 없었다.
베르쿨리의 유체는 앨리스가 비룡으로 운반했고 ≪종말의 제단≫ 근처에서 키리토가 인수받아 인계까지 옮겼다. 지금은 센트럴 커시드럴 남동부에 펼쳐진 화원 중앙에 건설된 묘비 아래에 잠들어 있었다.
"……그러고 보면 베르쿨리가 벡터와 싸운 곳에 대한 수색은 이루어지지 않았어. 지금으로서는 어디인지 추정하기도 어렵고……."
복잡한 표정으로 그렇게 말하더니 키리토는 시선을 창밖으로 향했다.
"……그렇지만 50층 창문을 개폐한 것이 보석의 힘이라면 이스칸이 말한 대로 그것이 벡터의 소유물이었을 가능성은 분명히 있어. 그렇다고 누가 어떻게 그것을 회수했는지……. 그 남자의 정체가 무엇인가 하는 의문은 여전히 남지만……. ――옥좌의 방에서 말했던 암살자 길드라는 건 대체 어떤 조직이야?"
돌아보며 묻는 키리토의 말에 이스칸은 차를 단숨에 다 마시더니 혐오감이 묻어나는 목소리로 대답했다.
"말 그대로 암살을 생업으로 하는 녀석들이야. 독을 사용하고……. 암흑계 십후에 이름을 올렸던 프 자라는 이름의 두목은 암흑장군 샤스타의 반역에 휘말려 죽었지. 그때부터 완전히 조직이 약화되어 지금은 5종족회의에도 가담하고 있지 않아. 나도 거의 존재를 잊어버리고 있었지만……. 그 검은 로브가 암살자 길드의 일원이라면, 그 녀석이 미니언을 사역했을 리는 없을 것 같은데……."

"행방불명인 암흑술사와 마찬가지로 철저하게 조사해봐야겠어."

셰이타의 말에 크게 고개를 끄덕였다.

"그래. 즉시 기사단이며 상공 길드와도 이야기를 나눌 생각이야. 더 이상 옵시디아에서 소동이 일어나서는 안 돼."

그렇게 선언한 이스칸에게 키리토가 몸을 내밀었다.

"그 건 말인데, 암흑술사 길드에도 협력을 요청해야 하지 않을까? 디 아이 엘이 한 짓을 생각하면 암흑술사들이 냉대받는 것도 어쩔 수 없을지 모르지만……, 그래도 가능하다면 그녀들에게도 성을 보호해달라고 요청하는 편이 좋겠어. 위병만으로는 술식에 대한 방어가 불안해."

"여전히 듣기 싫은 말을 쉽게 내뱉는 녀석이군."

쓴웃음을 지었지만 이스칸은 어깨를 움츠리며 대답했다.

"그렇지만 확실히 그 말대로야. 옵시디아 안에서 인족끼리 싸우면 아인족과의 문제가 해결될 리가 없겠지……. ──키리토, 넌 언제까지 여기에 있을 수 있지?"

이번에는 이스칸이 몸을 내밀었고, 키리토는 상체를 뒤로 뺐다.

"무, 물론 나도 최대한 협력하고 싶어……. 그렇지만 오늘 밤은 일단 인계로 돌아갈게. 저쪽에서의 문제도 아직 해결이 되지 않았으니까……."

"아, 그건 그렇군. ……그렇지만 리제타를 되찾아준 일에 대한 예도 표하고 싶고 맛있는 먹을거리도 아직 많이 남아서 말이야…… "

어린아이처럼 입을 삐죽이는 이스칸을 보고 키리토는 어딘가 그리운 듯한, 동시에 애석함이 느껴지는 미소를 지었다.

"……뭐, 뭐야? 그 낯짝은?"

"아니……, 이스칸의 말이 옛날 친구를 좀 닮아서 말이야. 뭐 다음 달에는 또 회의가 예정되어 있잖아. 그때는 더 많은 사람들을 잔뜩 데리고 올게."

"그래, 어젯밤 먹은 진미보다도 더 엄청난 것들을 준비해둘 테니 각오하도록 해. ……어쨌거나 이번에는 정말 신세를 졌어. 이 은혜는 평생 잊지 않도록 하지."

일어선 이스칸이 내민 오른손을 키리토 역시 일어서서 힘껏 쥐었다. 그런 두 사람을 보고 셰이타의 품에 있던 리제타가 꺄르륵 하고 기쁜 듯 웃었다.

배정받은 방에서 잠깐이지만 선잠을 잔 뒤, 간단한 식사를 마친 키리토와 로니에는 오후 8시 옵시디아 성에서 출발했다.

이번에는 얼굴에 연고를 바를 필요도 심의력으로 비행할 필요도 없었다. 셰이타가 애룡 요이요비로 기룡을 숨겨둔 곳까지 바래다주었기 때문이다.

강철의 용을 보고 셰이타도 놀란 기색이었지만, 금세 기룡이 가진 가능성을 깨달은 듯했다. 이것이 양산되어 인계와 암흑계가 더욱 쉽게 왕래할 수 있는 날이 기대된다는 말을 남기고 셰이타는 부임지이자 자택인 흑요석의 성으로 돌아갔고, 키리토와 로니에도 기룡을 타고 서쪽 하늘로 날아올랐다.

비행이 안정되자 휴우 하고 길게 숨을 내쉰 뒤 앞좌석에서 키리토가 말했다.

"어쨌거나 유괴범으로부터 리제타를 되찾을 때의 ≪소닉 리프≫는 정말 훌륭했어. 대체 언제 그렇게 실력을 갈고 닦은 거야?"

"네……? 아, 아니에요. 뭐라고 할까, 그냥 정신없이……."

어깨를 움츠리고 의자와 벽 사이에 세워둔 애검의 백은 날밑을 살짝 어루만졌다.

"……그때는 검이 힘을 빌려준 느낌이 들어요. 평소의 저였으면 절대 그런 거리는 뛰지 못했을 거예요."

"그렇군……. 좋은 검이네."

"네."

고개를 끄덕이며 로니에는 등받이에 몸을 기댔다.

조용히 비행하는 기룡의 방풍창으로 암흑계의 밤하늘이 보였다. 인계와 비교하면 별은 적었지만 하늘에 뜬 거대한 초승달이 하얗게 빛나고 있었다.

인계와 암흑계는 멀리 떨어져 있지만 양쪽 세계에 사는 사람들은 같은 달을 보고 있는 거야…….

그렇게 생각한 순간, 옵시디아의 마을에서 숙박소의 간판을 보았을 때라든가 시종의 선율을 들었을 때와 같은 이상한 느낌이 들었고, 이번에야말로 로니에는 그 느낌의 정체를 깨달았다.

"저……, 저기, 키리토 선배."

"응? 왜?"

"그……, 인계와 암흑계는 어떻게 같은 말과 문자를 사용하게 된 걸까요? 언더월드가 탄생한 이래 두 세계의 교류가 거의 없었던 만큼 완전히 다른 말을 사용해도 이상할 게 없잖아요……."

지금까지는 의문으로 여겨지지는 않았지만 넓은 세계를 자신의 눈으로 보았기 때문인지 그 이유가 궁금해져 키리토에게 그렇게 물었다.

리얼월드 출생의 검사는 잠시 침묵을 지키다 대답했다.

"그러게……. 이 세상을 만든 리얼월드 사람들의 목적은 인계와 암흑계를 싸우게 하는 것이었으니까, 두 개의 세계가 완전히 다른 언어를 사용하는 편이 그들에게도 편리했겠지. 의사가 소통되지 않으면 평화교섭도 불가능하니까 말이야. 그렇지만 그들은……. 어쩌면 리얼월드인이 아닌 다른 어떤 존재는 의도적으로 언어를 공통화시켰어. 그 이유는 나도 몰라. 그렇지만 어쩌면 적의와 분쟁을 초월한 다음 세계를 만들어내기 위해서일지도 모르겠어……."

키리토의 말은 로니에에게는 너무 어려웠다. 그렇지만 더 많은 설명을 요구하지 않고 열심히 생각을 거듭했다.

밤하늘에 떠 있는 달은 이 땅과 마찬가지로 거대한 구체라고 키리토는 말했다. 그렇기 때문에 솔루스의 빛을 받아 차고 기우는 것이라고 했다.

만약 달에도 사람이 살고 있다면 그들에게는 로니에가 사는 이곳이 하얗게 빛나는 초승달로 보일 것이다. 달의 주민들도 같은 언어로 이야기를 하는 것일까? 이쪽 세계의 인간들과 마찬가지로 수많은 과오를 저지르고, 싸워서 피를 흘리고, 그래도 보다 나은 세계를 꿈꾸며 하루하루를 살아가는 것일까?

밤하늘에 조용히 뜬 초승달이 많은 생명을 기르는 요람처럼 느껴져 로니에는 살며시 달을 향해 왼손을 뻗었다.

그 손을 다시 애검의 칼자루로 되돌리며 로니에는 말했다.

"저기, 선배."

"응……?"

"저, 이 검의 이름을 정했어요. 달……, ≪달그림자검≫으로 할래요."

"그렇군. 응, 무척 좋은 이름인걸. 틀림없이 로니에를 지켜줄 거야."

키리토의 말에 미소를 지으며 "네!" 하고 고개를 끄덕인 뒤, 로니에는 흘러나오는 이유 모를 눈물을 손가락 끝으로 천천히 닦았다.

빨리 티제를 만나고 싶다는 생각이 들었다.

죽은 유지오 상급수검사를 사모하는 마음과 기사 렌리의 구혼 사이에서 흔들리는 친구에게 이번 여행에서 알게 된 것, 생각한 것을 말하고 싶다.

그런 로니에의 마음을 알아차린 것인지, 키리토는 아주 조금 기룡의 비행 속도를 높였다.
담백한 달빛을 받으며 강철의 용은 서쪽으로, 서쪽으로 계속 비행했다.

(마침)

후기

소드 아트 온라인 19권『문 크레이들』을 읽어주셔서 정말 감사합니다.

이번 이야기는 18권에서 완결된 앨리시제이션 편의 후일담처럼 되어 있지만 '후일'이라는 말에 다소 어폐가 있으므로 먼저 그 부분부터 설명을 드리겠습니다.(이하 스포일러가 있으니 주의!)

18권 중반에서 언더월드는 현실세계의 약 500만 배라는 속도로 시간이 흘러가는 ≪한계가속 페이즈≫에 돌입했습니다. 키리토와 아스나는 그 시간의 흐름 속에 남게 되었고 언더월드에서 200년이나 되는 세월을 지낸 뒤 로그아웃을 하게 됩니다만, 이『문 크레이들』은 그 200년 중 극히 초기의 에피소드입니다. 그러니까 19권의 극 중에서는 닷새가 조금 안 되는 시간이 흐릅니다만 현실세계에서는 그 시간의 500만분의 1인, 약 0.08초밖에 지나지 않은 거죠.

그런 아주 짧은 시간 동안의 이야기입니다만, 죄송합니다. 한 번 더 이어집니다! 하권에서는 무대를 다시 센트리아로 돌려 키리토와 로니에, 아스나가 이번 음모의 배후자들과 대결할 예정입니다. 가능한 빨리 간행하고 싶으므로 잠시만 기다려주십시오.

내용을 조금 더 보충해보겠습니다.

작품 안에서 로니에가 자신과 티제가 정합기사가 될 때의 번호를 상상합니다만, 그 부분에서 '32번은 유지오 아냐?' 하고 생각하신 분도 있으실 겁니다. 실제로 그는 어드미니스트레이터의 손에 의해 기억을 봉인당하고 ≪정합기사 유지오 신서시스 서티투≫라는 이름을 얻게 됩니다만, 키리토와의 전투를 통해 기억을 되찾게 되고 그 뒤 어드미니스트레이터와의 전투에서 사망하게 되죠. 그러나 그 경위를 아는 존재는 『문크레이들』 시점에서는 키리토밖에 없었고, 그는 유지오가 정합기사가 된 사실을 아무에게도 말하지 않았습니다. 그런 까닭에 32번은 결번이 되지 않고 조만간 티제가 이을 것입니다.

하권에서 거기까지는 아마 도달하지 못할 거라 생각합니다만 로니에와 티제의 정기사 서임과, 두 사람의 사랑의 행방은 언젠가 어디에서든 써보고 싶습니다.

이 책의 발행일로부터 약 1주일 뒤인 2017년 2월 18일에는 드디어 극장판 소드 아트 온라인 오디널 스케일이 공개됩니다(일본 현지 기준). 지금까지의 VRMMO와는 전혀 다른 AR 게임이 무대가 됩니다만, 엄청난 영상이 가득 담겨 있으므로 꼭 극장의 대화면으로 봐주십시오! 그리고 abec 씨와 미키 씨, 이번에도 아슬아슬한 진행으로 무척이나 폐를 끼치고 말았습니다! 다음 권에서도 잘 부탁드립니다!!

2017년 1월 모 일 카와하라 레키

J NOVEL

SWORD ART ONLINE_소드 아트 온라인 19
〈문 크레이들〉

2017년 5월 30일 제1판 제1쇄 발행
2018년 10월 30일 제1판 제2쇄 발행

지음 | 카와하라 레키
일러스트 | abec
옮김 | 김준

발행인 | 오태엽
편집팀장 | 김충영
편집담당 | 윤찬영
일본어판 오리지널 디자인 | BEE-PEE
한국어판 디자인 | Design Plus
라이츠사업팀 | 이은선, 조은지, 이선, 백승주
출판영업팀 | 안영배, 이풍현, 경주현
제작담당 | 박석주

발행처 | (주)서울미디어코믹스
등록일 | 2018년 3월 12일
등록번호 | 제 2018-000021
주소 | 서울특별시 용산구 새창로 221-19(한강로2가)
전화 | (02)799-9174(편집), (02)791-0752(마케팅)
팩스 | (02)799-9334(편집)
인쇄처 | 코리아 피앤피

ISBN 978-89-263-6176-4
ISBN 978-89-263-1086-1 (세트)

작가와 담당의 최강 태그,
제정신이라면
출판 못 한다.
현대 샐러리맨의 필독서!
- 아마존 서평 중 -
최강의 [redacted]
신사가 찾아옵니다!
NEXT
제이노블 NEXT, 6월 런칭!!
왕도 이세계 판타지?!
「소설가가 되자」의 「나로우콘 대상」을 수상한 문제작, 마침내 서적화!

도움 안 되는 신령님+까칠한 무녀+수습 신부의 본격 제령 코미디!

앞문의 마녀 양(오타쿠), 뒷문의 수호령님(역시 쓸모없음)

이번에는 트윈 테일 오타쿠 마녀(스코틀랜드 출신)가 등장했다?!

1, 2권 한정 세트 동시 발행!!

초판한정 **스페셜 책갈피** 증정!

노래방 사건 해결을 계기로 타다하루 일행이 소속된 제령 협회에 경영 상담 의뢰가 들어온다. 새로 생긴 거대 상업 단지의 영향으로 불황에 빠진 상점가는 마지막으로 지푸라기라도 잡으려 하는데, 아무래도 그 상업 단지가 수상하다.

타다하루, 나츠키, 스즈네, 미시로, 니사키, 그리고 영국에서 온 마녀까지 멤버로 가세하여 문제 해결에 도전하는데…….

다양한 캐릭터의 개성이 폭발하는 동네 밀착형(?) 제령 스토리, 그 두 번째 장!

시미즈 후미카 지음 | **R켄** 일러스트 | **조민경** 옮김

NOVEL **절찬 판매 중!**

이세계인데 전기, 수도, 가스, 인터넷까지?! 「소설가가 되자」 초인기작, 드디어 개막!

은둔형 니트가 10년 만에 외출했더니

①집이 통째로 이세계로 워프했다(상)

은둔형 니트, 집째로 이세계의 대지에 서다!

상하권 한정 세트 동시 발행!!

초판한정 **스페셜 책갈피** 증정!

10년 만에 집 밖으로 나가기로 결심한 호죠 유지는, 멍하니 서 있었다. 그도 그럴 것이, 은둔형 니트였던 청년의 앞에는 그가 알고 있는 일본이 아니라……, 판타지 생물이 활보하는 본 적도 없는 경치의 이세계가 펼쳐져 있었던 것이다. 그렇다, 유지는 집과 함께 통째로 이세계로 와버린 것이다. "어, 유지 오빠, 밖에 나갈 수 있었어?!" 우연히 그 자리에 있었던 사촌동생 군지 요코. 일단 그녀와 협력해서 이 알 수 없는 상황을 파악하기로 했다. 그리고 곧, 유지는 한 가지 이상한 점을 깨달았다. "숲 속에 있는데 왜 수돗물이 나오지? 전기랑 가스도……." 낯선 이세계에서, 어째서인지 멀쩡한 전기와 수도, 인터넷 환경. 그곳에서 유지는 과연……?!

이세계인데 인터넷이 된다고?!
쾌적한 환경에서 이세계와 교류하는
안락 코미디 제1탄!

반도 타로 지음 | **베니오** 일러스트 | **김경훈** 옮김

J NOVEL **절찬 판매 중!**

이세계인데 전기, 수도, 가스, 인터넷까지?! 「소설가가 되자」 초인기작, 드디어 개막!

은둔형 니트가 10년 만에 외출했더니

①집이 통째로 이세계로 워프했다(하)

은둔형 니트, 집에서 나와 드디어 모험으로!!

상하권 한정 세트 동시 발행!!

초판한정 **스페셜 책갈피** 증정!

10년 만에 집 밖으로 나간 호죠 유지는 초조했다. 알 수 없는 이유로 집 전체가 이세계로 워프되고 얼마 후, 의식주와 인터넷 환경까지 갖춰진 유지의 쾌적한 이세계 생활은 순조로운 것 같았다. 그러나 물과 전기는 언제 끊길지 모른다……. 게다가 소모품도 언젠가는 떨어진다. 그래서 내린 결론――유지, 요코, 앨리스, 코타로는 강을 따라 남쪽으로 가서 마을을 찾기 위해 숲을 탐험했다. 그러나 얼마 지나지 않아 사건이 일어난다. 같이 살게 된 앨리스가 잠시 한눈을 판 사이에 누군가에게 납치된 것이다. 그리고 앨리스를 구하기 위해 쫓아가자 갑옷을 입은 여기사와 고양이 같은 수인이 나타나고――두 사람은 자칭 모험자라는데?!

'의식주' 걱정 없는 쾌적한 환경에서 이세계를 탐험하는 안락 코미디 제1탄, 그 두 번째 장!

반도 타로 지음 | **베니오** 일러스트 | **김경훈** 옮김

J NOVEL **절찬 판매 중!**